Auma

Sibylle Stengel Klemmer

Ein unerwarteter Besuch

Bibliografische Information der Deutschen Nationalbibliothek
Die Deutsche Nationalbibliothek verzeichnet diese Publikation
in der Deutschen Nationalbibliografie; detaillierte
bibliografische Daten sind im Internet abrufbar unter
http://dnd-dnb.de.

Verlag: BoD · Books on Demand GmbH, In de Tarpen 42,
22848 Norderstedt, bod@bod.de
Druck: Libri Plureos GmbH, Friedensallee 273,
22763 Hamburg
ISBN: 978-3-7693-8973-9

Kapitel 1

Hier waren sie nun. Für einen kurzen Moment zögerte sie im Eingangsbereich. War es eine gute Entscheidung gewesen, hierherzukommen? Sie ließ ihren Blick über die Gruppe fröhlicher Menschen wandern, die sich vor ihr präsentierte. Durch die geöffneten Fenster fiel Sonnenlicht und tauchte den Raum in warme Farben. Sonores Gemurmel, durchmischt von Gelächter, drang in ihre Ohren. Es gab so vieles, was auf sie einströmte. Getränke, Speisen und bunte Wiesensträuße standen großzügig verteilt auf den Tischen. Schön, kam ihr in den Sinn und ein wohliges Gefühl durchzog sie. Die Voraussetzungen für ein gemütliches Beisammensein passten. Na dann.

Noch auf der Herfahrt war ihr der Sinn des Treffens durch den Kopf gegangen. Würden sie die alten Zeiten wieder ansprechen? Allein bei dem Gedanken war es ihr kalt den Rücken runtergelaufen. Kein Stress. Keine Probleme, bitte. Von ihr aus könnte es einfach ein netter Abend werden. Mehr nicht. Anfänglich wollte sie an diesem Treffen gar nicht teilnehmen. Doch ein Blick in die Runde rief ein Grinsen auf ihrem Gesicht hervor. Innerlich zwar noch etwas verhalten, gab sie sich einen

Ruck und ging auf die Gruppe zu. Der Geruch von frischen Kräutern, guten Weinen, durchmischt mit verschiedenen Parfümvariationen drang in ihre Nase. Ihre Augen begannen zu leuchten. Was würde heute alles passieren? Ein paar Köpfe drehten sich zu ihr und luden sie ein, sich zu ihnen zu setzen. Ein vielstimmiges HALLO verstärkte ihre Einladung. Ihre Schultern entspannten sich, mit jedem Schritt, den sie näher kam. Dafür kribbelte ihr ganzer Körper vor lauter Neugier.

Wie lange hatte Catherin diesen Trupp schon nicht mehr gesehen? Und jetzt mittendrin quatschte und quatschte sie in einem fort. Mal wurden lustige Erlebnisse oder berufliche Entwicklungen ausgetauscht. Dann waren es Banalitäten, bei denen sie sich wieder näherkamen. Ob sie mit oder ohne Kopfkissen schliefen und warum. Catherin liebte es, auf dem Bauch zu schlafen, und brauchte somit kein Kissen. Die Begründung, der Kopf würde sonst abbrechen, hatte früher schon Gelächter verursacht. Die wechselnden Themen und unterschiedlichen Lebenskonzepte weckten eine immer größer werdende Neugier in ihr. Super! Mehr Geschichten, mehr Austausch, mehr Geselligkeit. Das war es, was sie an Menschen so toll fand. Die Unterschiede zu entdecken und die Motivation dahinter zu verstehen. Verstehen, warum jemand das tut, was er tut. Ihr Blick wanderte über ein paar Gesichter. Einige erkannte sie sofort. Tim zum Beispiel. Er war genauso humorvoll und gesellig wie früher. Und ein echter Hingucker.

Dann Leopold, was sollte sich bei ihm schon geändert haben? Korrekt bis ins Knochenmark. Natürlich mittlerweile eine exzellente Ausbildung. Erfolgreich im Job, keine Frage. Wenn sie ihn näher betrachtete, und dabei kniff sie ihre Augen ein wenig zusammen, ein durchaus attraktiver Mann. Ja, warum war es ihr bisher noch nicht aufgefallen? Ihr Kopf neigte sich und ihr Blick wanderte an ihm entlang. Hinter seiner super korrekten

Fassade, und dabei biss sie auf ihrer Unterlippe herum, sah er richtig gut aus.

Ein helles Lachen erklang und lenkte ihre Aufmerksamkeit auf Lennja. Strahlend und fröhlich. Immer noch. So hatte sie ihrem Namen schon damals alle Ehre gemacht. Neben ihr Edeltraut. Mit ihrem Namen assoziierte man einen völlig anderen Typ Menschen als den, den man nun vor sich hatte. Edeltraut hasste ihren Namen schon von klein auf. Vielleicht auch ein klein wenig ihre Eltern dafür, dass sie sie so genannt hatten. Wer konnte das schon wissen? Denn Edeltraut war groß, unglaublich gut aussehend, witzig, hatte einen tollen Job und genoss das Leben.

Mit ihr wäre Catherin gern besser befreundet gewesen. Es hatte aber nie geklappt. Warum eigentlich nicht? Wahrscheinlich aus den gleichen Gründen, aus denen sie sich heute nicht traute, zu ihr zu gehen und ihr zu sagen, dass sie sich riesig freute, sie wiederzusehen. Aber der Abend war ja noch lang.

Sie schaute umher. Warmes Licht schien durch die Fenster. Auf der Terrasse hüpften kleine Vögel herum. Dahinter der See. Eingerahmt von Feldern und Bäumen. Das lustige Zwitschern der Vögel drang durch die Fenster, vermischte sich mit dem Stimmengewirr von Menschen, die sich lange nicht mehr gesehen hatten. Erneut ausgelassenes Gelächter. Sie griff nach einem frischen Stückchen Brot und bestrich es mit einem Dip, der vor ihr stand. Hmm, köstlich. Allein schon der Geruch! Ihr lief das Wasser im Mund zusammen. Am liebsten würde sie die Schale auf ihren Schoß stellen und ihr Brot eintunken. Aber, hmm, das waren die Dinge, die man nicht tun sollte, wenn man einigermaßen erzogen worden war. Doof eigentlich!

Sebastian stieß sie an. So, wie er sie ansah, hatte er sie etwas gefragt. Was wollte er wissen? Es war ihr unangenehm, dass sie nicht aufgepasst hatte, und sie rückte ein Stück von ihm weg. Ihre Augenbrauen zogen sich in Falten, am liebsten hätte sie die Arme vor dem Körper verschränkt. Als Blockade. Bei ihm war sie eh immer auf der Hut. Warum, konnte sie gar nicht sagen, aber das Gefühl war einfach da. Ihre Nasenflügel hoben sich angriffslustig. Sie atmete tief durch, schloss kurz die Augen … locker bleiben! Ein Schmunzeln huschte über ihr Gesicht. Was hatte sie gelernt? Sie war erwachsen, konnte mit derartigen Situationen zurechtkommen. Sich ihnen stellen, musste nicht flüchten oder auf Angriff gehen.

Also gut, wie lautete seine Frage?

„Ich habe deine Frage leider nicht verstanden. Das ganze Gebrabbel, verstehst du?"

„Wie es dir ergangen ist?"

Aha, das wollte er wissen. Innerlich verknotete sich alles in ihr. Das ging ihn nichts an, fand sie. Aber gut, irgendetwas halbwegs Freundliches musste sie ja von sich geben.

„Weißt du, ich bin meiner Liebe fürs Reisen treu geblieben und habe es zum Beruf gemacht."

„Wie denn das?"

Da hatte es wieder einmal geklappt. Man erzählte etwas, ließ aber einen wichtigen Teil weg, um die Neugier des Gesprächspartners zu wecken. Früher hatte sie alles gerade heraus erzählt, was in ihren Augen das Interesse der Zuhörer nicht gerade befeuerte.

„Ich bin Location Scout. Dabei komme ich in der ganzen Welt herum."

„Wow, das hätte ich gar nicht gedacht."

So, hätte er ihr also gar nicht zugetraut! Ihr Atem ging schneller. Ihre Arme verschränkten sich vor dem Körper. Und da war er wieder, der unglaubliche Drang, ihm ins Gesicht zu sagen, was für ein Arsch er doch sei, hinter seiner ewig freundlichen Miene. Sie holte tief Luft. Vielleicht war es auch kein Angriff.

„Ja, Menschen ändern sich."

Wow! Hatte sie das wirklich geschafft? So zu antworten? Nicht direkt eingeschnappt zu sein, sondern ganz cool auf diese Provokation zu reagieren. Ja, ja, ja, hatte sie, hatte sie! Innerlich hüpfte sie vor Glück. Ein Strahlen lief über ihr Gesicht.

„Dann wirst du also beauftragt, für einen Film XY, für diese oder jene Szene eine passende Location zu finden? Je nach Budget wahrscheinlich unterschiedlich, oder?"

„Genau. Mittlerweile bin ich bei großen Produktionen und habe fast unbeschränkte Möglichkeiten."

„Toll. Ich wünschte, ich hätte auch so einen Traumjob."

Was war das denn? Hatte er das wirklich gesagt. Derjenige, der immer großartig war, gab zu, dass etwas nicht so perfekt lief? Das gibt's nicht. Sie sah ihn mit großen Augen an und ihre Kinnlade wäre heruntergefallen, wenn sie sich nicht zusammengerissen hätte. Wie sollte sie reagieren? Das war neu, ihr Bild von ihm saß noch zu fest. Unruhig rutschte sie hin und her. Sollte sie jetzt nachfragen, was er beruflich machte, oder lieber nicht?

„Schade für dich", stolperte es aus ihr heraus. Catherin, was bitte war denn das jetzt? Ihr wurde ganz warm. Schade für dich. Super! Wie eine Königin, die ihren Untertanen eine Audienz gewährt. Arroganter ging's wohl kaum noch. In ihrem Kopf überschlugen sich die Gedanken. Was sollte sie machen?

„Aber unglücklich siehst du nicht aus." So hoffte sie noch die Kurve zu bekommen.

„Schön, dass es so wirkt. Ich führe das Unternehmen meiner Eltern weiter. Erfolgreich, was die Zahlen bestätigen. In meinem Kopf sind aber viele Ideen, die ich nicht oder nur zu einem winzigen Teil umsetze. Die Verantwortung … ach, du weißt ja."

Schau an, ein ganz normaler Mensch.

„Versuch dir doch einmal im Jahr einen Traum zu erfüllen, du wirst sehen, wie gut es dir tut, und du bekommst Schwung für den Alltag." Oh je, hoffentlich geht das nicht schief. Jetzt schwinge ich mich auch noch zur Lebensberaterin auf. Eben habe ich ihn innerlich noch als Arsch degradiert und jetzt halte ich Lebensweisheiten für ihn parat. Vorsichtig sah sie zu ihm hinüber.

„Jaja, danke."

Zack, da war es wieder. Diese Arroganz. Wütendes Grummeln entfuhr ihr. Alles ging ganz schnell. Ist doch'n doofer Typ. Jaja. ‚Red' du mal', hätte er genauso gut sagen können. Wäre auch ein Wunder, wenn der sich geändert hätte. Seine Antwort hatte ihr einen Stich versetzt. Um sich verletzen zu lassen, war sie nicht hierhergekommen. Schnell wandte sie sich wieder ihrem Dip zu. Ablenkung tat gut. Hm. Ihre Gesichtszüge entspannten sich. Das Leben konnte doch so einfach sein.

„Vielleicht gibst du mir ein paar Tipps, schöne Reiseziele, die noch unentdeckt sind."

Doch nicht doof?, schoss ihr durch den Kopf. Das war aber auch ein Hin und Her. Sie musste über sich selbst lachen und drehte sich zu ihm.

„Wie weit darf es denn gehen?"

„Ach, weißt du …"

Ihre Aufmerksamkeit wurde in Richtung Eingang gelenkt. Wer war denn das? Einige begrüßten ihn mit einem fröhlichen HALLO.

Kapitel 2

Schon irgendwie merkwürdig, sie wieder alle hier auf einem Haufen zu sehen, dachte Tak. Wenige Tage vor ihrem Treffen überlegte er noch, auf wen er sich denn besonders freuen würde und auf wen er verzichten könnte. Edeltraut, war sein erster Gedanke, die auf jeden Fall. An ihre gemeinsame Zeit erinnerte er sich gern.

Und Nicoletta, so süß dieser Name auch klang, mit ihr verband er nur negative Erinnerungen. Unangenehmer Mensch. Auf irgendeine Art und Weise schaffte sie es, Menschen gegeneinander auszuspielen. Was auch immer der Grund dafür gewesen war.

Und Yuma, selbstverständlich! Der Gedanke alleine machte ihn traurig. Er würde nicht dabei sein können.

„Tak."

Eine glockenhelle Stimme rief seinen Namen. Marieluise war es. Ihre damalige Leiterin. Die Organisatorin, Vermittlerin und Schutzpatronin. Im Laufe der Zeit war sie zu viel mehr geworden als nur die Leiterin einer Jugendgruppe im Ausland. Sie hatte ein präzises Gespür dafür, wann ihre Führungsqualitäten benötigt wurden und wann nicht. Beeindruckend.

„Schön, dass du da bist."

„Gern, wo ist noch Platz?"

„Komm zu uns." Pia, Odette, Lennja, Maximilian und Castigo rückten enger zusammen. Das daraus resultierende Schieben und Gedrängel brachte einige zum Lachen. Er stand immer noch. Sein Blick fiel auf Lennja. Sie schien zu leuchten. Früher hatte er schon den Eindruck, als ob in ihrer Gegenwart die Sonne aufgehen würde. Auch wenn es sich noch so kitschig anhören mag. Es war so. Etwas Strahlendes ging von ihr aus. Komisch eigentlich, mehr wusste er aber auch nicht von ihr. Wo sie doch so aufgeschlossen war. Was sie jetzt wohl machte? Hatte sie Familie? Nee, das konnte er sich irgendwie nicht vorstellen. Ein geregeltes Leben – nein. Wieso eigentlich nicht?

„Na, was schaust du mich so fragend an? Weißt du nicht mehr, wer ich bin? Ich bin Lennja oder Lenny wie ihr mich genannt habt."
Wie sollte er reagieren?

„Klar weiß ich, wer du bist! Und … du lebst jetzt im Ausland und hast eine Schafzucht?"

„Hey, da hat aber einer recherchiert."

„ECHT? Das war voll ins Blaue geraten."

„Ganz so, wie du's beschreibst, ist es zwar nicht, aber schon sehr nah dran."

„Erzähl."
Neugierig beugte er sich vor und quetschte sich neben sie auf die Bank.
Mit ihrem typischen Augenzwinkern antwortete sie.

„Ja, ich lebe im Ausland und ja, ich habe eine Farm. Statt Schafen züchte ich Vollblutaraber."

„Uijuijui. Das hätte ich jetzt nicht gedacht."

„Was hättest du geglaubt? Mutter von zwei Kindern, glücklich verheiratet, mit Hund und Haus?"

„Nein, ganz sicherlich nicht. Wenn du eins nicht bist, dann ein Familienmensch."

„Ach sooo? Warum denn nicht?"

Oh mein Gott. So sollte das gar nicht rüberkommen. Er schaute verlegen zu Boden und knetete seine Hände. Kaum angekommen und schon steckte er in der Bredouille. Es war ihm einfach so rausgerutscht. War sie jetzt sauer auf ihn? Die Tatsache, dass andere ihn wegen irgendeiner Verhaltensweise nicht mehr leiden konnten, bereitete ihm Unbehagen. Und genau so eine Situation war das jetzt. Er wollte es wieder gutmachen.

„Äh, liebe Lennja, ich wollte dir nicht zu nahe treten, aber ich kann mir dich in keiner Beziehung vorstellen", er schluckte, suchte nach Worten „nicht, dass du nicht attraktiv wärest oder so", versuchte er sich aus der Situation zu retten.

Pause. Lennja sah ihm direkt und ohne jegliche Gefühls-regung in die Augen. Er spürte ein beklemmendes Gefühl in seiner Brust. Langsam schluckte er und es war, als ob dieser automatisierte Vorgang nicht mehr richtig funktionieren würde. Langsam atmete er ein.

„Ach komm, alles gut." Dabei stupste sie ihn mit der Schulter an. „Du hast recht. Ein Familienleben mit festen Regeln ist nix für mich. Mach dir keinen Kopf. Nix passiert." Mit einer Hand strubbelte sie durch seine Haare. Sein erleichtertes Ausatmen konnte man deutlich hören und ließ sie schmunzeln. Das Strubbeln durch seine Haare jedoch hatte ihm nicht so gut gefallen.

Warum eigentlich nicht, warum war sie für ihn kein Familienmensch? Castigo griff nach seinem Glas und warf ungeschickterweise dabei eine Vase um. Im Fall noch griff er zu, sodass sie nicht zu Bruch ging.

„Hey, immer noch der Alte", kam anerkennend von Tak.

Ein sympathisches Grinsen huschte über Castigos Gesicht.

„Wie sieht's aus, altes Haus? Was haben Frauen und Tornados gemeinsam? Erst feucht, dann stürmisch und hinterher ist das Haus weg." Dabei schaute er erwartungsvoll in die Runde. „Und noch einen. Warum trinken Veganer kein Leitungswasser? Weil es aus dem Hahn kommt. HAHAHAHA."

Da war er wieder, dieser Castigo. Auf der einen Seite beeindruckend, kameradschaftlich, gebildet und loyal und dann das. Immer wieder versteckte er sich hinter dieser Blödelfassade. Anfangs hatte ihn Tak daher maßlos unterschätzt.

„Wo ist eigentlich der nervige Nachbar geblieben, von dem du mir erzählt hast? Ich seh' ihn gar nicht mehr. – Der ist im Garten. – Wo denn? – Da musst du schon ein bisschen graben." HAHAHA. Dieses Mal war es nicht nur seine Begeisterung. Es schien ihnen zu gefallen.

„Wann weißt du, dass du schlimme Akne hast?"

„Wenn Blinde versuchen dein Gesicht zu lesen", kam es völlig überraschend dieses Mal von Pia. HAHAHA. Sie war es, die über ihren Witz am lautesten lachen musste.

„Und das von dir, Pia. Pfui, hätte ich nicht gedacht."

„Ich kann noch mehr", fühlte sich Castigo zu weiteren Witzdarbietungen aufgefordert.

„Glaub ich. Aber weißt du noch, wie Marielu …", begann Lennja, die von den Witzen genug zu haben schien.

„Yo, ich hatte gar nicht mehr auf dem Schirm, dass wir sie so nannten."

„Na, Marieluise war auf Dauer viel zu lang. Weißt du noch, wie sie versuchte, zwischen Finn und Bartholomäus zu vermitteln?", frischte Lennja ihre Erinnerungen mit einem verschmitzten Lächeln auf.

„Natürlich, und später waren beide der Überzeugung, es alleine geschafft zu haben. Typisch Marielu."

„Daran kann ich mich nicht mehr erinnern", erklang es überrascht.

Ihre Köpfe drehten sich zu Marielu, die sich zu ihnen gesellte.

„Natüüüürlich nicht!", erklang es aus der Runde.

Kapitel 3

Aus beruflichen Gründen war sie vor ein paar Tagen noch in Deutschland unterwegs gewesen. Ein neuer Film brauchte eine Stadt. Repräsentativ, deutsch, beeindruckende Architektur, gut gekleidete Menschen. Das waren ihre Vorgaben. Gar nicht so einfach, fand sie. Sie wendete sich an Rupert, der aus Deutschland kam, sich also gut auskannte und ihr Frankfurt und Düsseldorf empfahl. In Frankfurt habe er eine Zeit lang gelebt, es sei zwar schon eine Weile her, die Stadt habe sich inzwischen aber eher noch verbessert. Schnell, ein wenig unpersönlich und durch ihre Architektur schon sehr auffällig.

Für zwei Tage war sie nach Frankfurt gereist. Geburtsstadt von Johann Wolfgang von Goethe. Tolles Bankenviertel. Die Skyline, ein bisschen wie New York. Die Wolkenkratzer und der Main. Die restaurierte Altstadt. Städte, die an Flüssen lagen, begeisterten sie immer wieder. Sie hatten etwas Besonderes. So als ob sich die Bewegung und die Frische des Wassers auf die Atmosphäre übertragen würde. Etwas außerhalb in Neu-Isenburg sah es ganz anders aus, fast ländlich. Vielleicht könnten sie es für den Film zusätzlich noch gebrauchen.

Ihre Dokumentationsfotos schickte sie noch am gleichen Tag zur Produktion. Danach ging es ab nach Düsseldorf. Düsseldorf war ganz anders und dann auch wieder nicht. Allein im Medienhafen gab es genügend beeindruckende Architektur. Der Rhein, also wieder eine Stadt am Fluss. Alte und neue Baustrukturen lagen dicht beieinander. Doch irgendetwas war an dieser Stadt, was ihr das Gefühl vermittelte, sich hier nicht wirklich wohlzufühlen. Woran lag es? Wie gewohnt machte sie ihre Referenzfotos und verschickte sie. In den Straßen stand die Hitze. Das war kein Wetter für sie. Bei diesen Temperaturen fiel ihr das Arbeiten viel schwerer als sonst. Hoffnungsvoll zog sie sich in die schattigen Bereiche zurück, um dort Abkühlung zu finden. Aber auch dort gab es keine Erleichterung für sie. Jede kleine Bewegung verursachte Schweißausbrüche. Die Kleidung klebte an ihrem Körper und behinderte ihre Bewegungen bei den Fotos. Als sie ein neues Motiv fixierte, bemerkte sie eine kleine Frau. In ihrem knielangen, blauen Kleid kam sie auf sie zu. Mensch, geh doch einfach schneller, dachte sie ungeduldig. Dann bin ich auch schneller mit dem ganzen Zeug hier fertig. Doch die Frau blieb stehen und wartete. Warum?

„Wollen Sie hier durch?", fragte Catherin barsch.

„Ich möchte nur kurz zum Mülleimer", entgegnete die ältere Dame lächelnd. Catherins Stimmung schlug um. Oh mein Gott … was bin ich ein Blödmann. Diese Frau ist so rücksichtsvoll und will meine Aufnahmen nicht behindern und ich knurre sie einfach an. Sie biss sich auf die Lippe, damit das Gefühl nicht zu groß würde, dass es ihre Augen feucht werden ließ. Was für ein wunderschönes Erlebnis! Auf ihrem eben noch brummigen Gesicht erschien ein freundliches Lächeln. Sie ließ die Dame vorbei und bedankte sich bei ihr für ihre Freundlichkeit. Es gab viele Vorurteile gegenüber Düsseldorf, die sie gehört hatte. Arrogante Menschen, seelenlose Stadt, nur auf Profit und Äußerlichkeiten bedacht. Und dann das! Da war sie wohl ihren eigenen Vorurteilen erlegen gewesen. Gerade sie, die von sich glaubte, nur ganz wenige davon zu haben. Lustig.

Als sie alle Aufgaben erledigt hatte, spürte sie erst, wie müde sie war. Alleine das Verstauen der Kamera in den Rucksack war unglaublich anstrengend und kostete sie viel Kraft. Kraft, die ihr nicht mehr zur Verfügung stand, denn sie war hungrig und durstig zugleich! Und wenn sie hungrig war … Oh, oh, da gab es Geschichten über sie zu erzählen … Da war sie zu rein gar nichts zu gebrauchen. Dann sollte man sie lieber in Ruhe lassen, das war für alle in ihrer Umgebung klar. Ganz in der Früh war sie aufgebrochen und hatte in der Eile ihren Proviant vergessen. Jetzt musste sie schleunigst einen Supermarkt suchen, damit es ihr wieder besser ging. Als sie die Autotür öffnete, kam ihr ein Schwall heißer Luft entgegen. Auch das noch! Sie schloss die Augen und atmete langsam ein und bewusst langsam wieder aus. Doch es nutzte nicht viel.

„So ein Mist! Mist! Mist!"

Als sie den Rucksack mit der Kamera und dem Stativ ins Auto legen wollte, zitterten ihre Hände. Das machte sie wütend. Ihr Mund zog sich zu einem schmalen Schlitz und ihre Nasenflügel bebten. Alles war doof und sie war wütend, wütend auf einfach alles und am meisten auf sich selbst. Wieder hatte sie vergessen, an sich zu denken. Wie lange würde es dauern, einen Supermarkt zu finden? Essen gehen? Nein! Auf ein Restaurant hatte sie keine Lust. Zum einen konnte sie ihre Ausrüstung nicht im Auto lassen und zum anderen fühlte sie sich völlig verschwitzt. Und so, wie sie war, in einem Restaurant einkehren? Nee – geht gar nicht. Sie dachte an die frisch gestylten Menschen, die an den Nebentischen sitzen würden, und dass sie sich dann wie ein ungepflegtes Monster vorkommen würde. Nein, nein, nein, darauf konnte sie verzichten. Wütend haute sie aufs Lenkrad. Es konnte zwar nichts dafür, aber das tat gut. Hoffentlich dauerte es nicht zu lange, bis zum nächsten Shop.

Sie ließ den Wagen an. Als sie sich gegen den Sitz fallen ließ, drückte sich ihr verschwitzter Rücken gegen ihre Bluse, die sofort an ihrem Köper kleben blieb. Das mochte sie nicht. Wieder atmete sie tief durch, ließ alle Fenster herunter und fuhr los.

Laue Luft pustete durchs Auto. Der Fahrtwind schaffte in kurzer Zeit ein angenehmeres Klima. Über ihr Handy hörte sie ihre Lieblingsmusik. Das tat jetzt gut. Was für eine geniale Erfindung, so war man nicht auf die immer gleichen Songs im Radio angewiesen. Klimaanlage an?, überlegte sie für einen Moment. Nein, ist ja Quatsch, die Fenster sind ja offen. Manchmal war die Klimaanlage schon praktisch, im Winter zum Beispiel. Da brauchte sie auch die Sitzheizung. Aber wenn man im Sommer mit offenen Fenstern fahren konnte, dann war das einfach ein unübertreffliches Gefühl.

Selbst zu entscheiden, wann man aus der riesigen Menge technischer Neuerungen welche nutzt und wann nicht. Eine tolle Zeit, in der wir leben, fuhr ihr durch den Kopf. Der Druck auf ihren Lippen hatte sich gelockert, der verkniffene Zug um ihren Mund war verschwunden und um ihre Augen bildeten sich kleine Lachfältchen. Beinahe hätte sie mitgesungen. Einige Kreuzungen später fand sie einen netten Laden, in dem sie einkaufen konnte. Auf einem schattigen Mauervorsprung vertilgte sie ihre Einkäufe. Zuerst in großer Eile, doch mit jedem Bissen wurde sie ruhiger.

,Uh, no Master P (ayy) Ten bad bitches and they after me
One bad bitch look like a masterpiece uh …',

scholl es durch ihr Auto, und begeistert sang sie mit. An

21

der nächsten Kreuzung drehten sich drei Farbige zu ihr. Ihnen schien der Song zu gefallen. Strahlende Augen sahen zu ihr und plötzlich fing einer von ihnen an zu tanzen. Seine geschmeidigen Bewegungen brachten die anderen zum Lachen. Irgendetwas riefen sie sich zu. Sie konnte es nicht verstehen. Aber es sah nach Spaß aus. Es waren Bruchteile von Sekunden, die ausreichten, dass dieser Funke purer Lebensfreude auch auf sie übersprang. Fröhliche Menschen, die das Leben einfach lebten. Den Moment genossen. Das tat sooo gut.

Viel zu oft spielten ihre To-do-Listen eine viel zu große Rolle und sie vergaß darüber hinaus ihren Spaß und die Leichtigkeit. Und dann das hier, nach so einem Tag. Menschen konnten so toll sein! Genau das waren die Situationen, die sie liebte! Die kleinen zwischenmenschlichen Erlebnisse, die ihr so tief in Erinnerung blieben, ihr den Stress nahmen und sie entspannen ließen. Was war das Leben doch schön. Zufrieden fuhr sie in Richtung Hotel und flog am nächsten Tag zurück.

Kapitel 4

Ihren Berufswunsch lehnten ihre Eltern schlichtweg ab. Sie sollte doch etwas Vernünftiges machen. Studiere doch, dann hast du ganz andere Möglichkeiten. Verstell dir doch nicht deine Zukunft. Mach es wie dein Bruder, der wird es zu etwas bringen. Sie wollte aber nicht studieren, sie wollte so schnell wie möglich weg von dieser Familie. Dort war es für sie wie in einem Gefängnis gewesen. Für ihre Eltern war alles, was anders war, schlecht oder gefährlich. Und so eine Sichtweise von gebildeten Akademikern! Menschen, bei denen man annehmen sollte, dass sie reflektiert mit sich und ihrer Umwelt umzugehen gelernt haben! Wo waren ihre Eltern, als sie sie brauchte? Wo? Sie hatten sich um ihre eigenen Promotionen und Habilitationen gekümmert. Sie sollten es verstehen, ihr Bruder und sie. Es sei sehr schwierig, mit Kindern beruflich weiterzukommen. Sie wären doch gut aufgehoben, wären versorgt gewesen. Ihnen hätte es an nichts gefehlt.

Natürlich nicht. Finanziell waren wir bestens versorgt. Und emotional? Was war damit? Klar konnten wir reiten, Tennis spielen, oder golfen. Aber wo waren unsere

Eltern, wenn wir in den Arm genommen oder getröstet werden wollten?

Ihr müsst das verstehen, hieß es immer und immer wieder.

Auf keinen Fall wollte sie so herzlos und egoistisch werden wie ihre Eltern.

Wann hatte sie zum letzten Mal mit ihnen gesprochen? Sie wusste es nicht. Das musste schon eine ganze Weile her sein. Ihr Bruder Castigo, allein ihre Namen waren ein Witz. Castigo und Catherin. Das musste man sich mal überlegen. Warum hatten man uns nicht einfach ganz normale Namen geben können? In der Schule hatten sie sich darüber lustig gemacht, gefragt, was für eine Bedeutung ihre Namen hätten und ob unsere Eltern englischen, französischen oder portugiesischen Ursprungs seien. Unsere Eltern sind einfach nur verrückt, hatte sie meist geantwortet.

Ihr Bruder schien mit ihren Namen kein Problem zu haben. Erstaunlich. Er war in der Schule gut und auch in seiner anschließenden Ausbildung. Die Promotion schloss er in kürzester Zeit ab und machte daraus auch kein großes Tamtam. Seine Mitarbeiter wissen Bescheid, natürlich, aber er würde seine Titel nie an die große Glocke hängen. Im Gegenteil. In seinem Fachbereich ist er eine Größe. Aber kaum jemand kennt ihn sonst. Wer schert sich schon darum, was in den Tiefen der Meere los ist? Ihren Bruder hatte sie immer schon bewundert. Immer war er für sie da. Wie man sich einen großen Bruder halt vorstellt. Sogar besser. Als sie viel viel jünger war, da wollte sie ihn heiraten. Später, als sie ihm ihr Geheimnis offenbarte, haben sie darüber gelacht. Es ginge doch gar nicht, sie waren ja Geschwister. Jemand wie ihr Bruder war ihr bisher noch nicht begegnet. Loyal, lustig und sensibel. Und GEBILDET, würde er jetzt sagen. Du musst mehr Wert auf deine Bildung legen. Und beide würden sich kugeln vor Lachen. Eigentlich war sie glücklich mit ihrem Leben. Ja, was „eigentlich" in einem Satz schon deutlich macht. Meistenteils kam hinter „eigentlich" eine Aussage, die das Vorherige aufhob.

Ihr Job ließ sie die Welt erkunden. So hatte sie die Chance, verschiedenste Menschen unterschiedlicher Couleur kennenzulernen. Manche waren spannend, andere wiederum sehr reizvoll. Einige, mit denen man über alles quatschen konnte, andere, die fürs Feiern geboren waren. Sie steckte in keiner festen Beziehung, also konnte sie tun und lassen, was sie wollte. Und das machte sie auch. Mal mehr und mal weniger.

Mit Luk hatte sie ein etwas längeres, wie sagt man, Techtelmechtel. Was immer auch dieses Wort bedeuten sollte. Luk hatte ihr gutgetan. Sie wusste noch, wie er sie in einem Sommer überraschte. Gemeinsam waren sie an einem Drehort engagiert. Er als Kameramann, zusätzlich sollte er die Schauspieler bei Laune halten. Bei einigen Promis keine leichte Aufgabe. Egal! Es war ein heißer Tag, genauso wie heute. Da ihre Dienste nicht mehr benötigt wurden, machte sie sich aus dem Staub.

Nur in Unterwäsche war sie in den nahegelegenen See gesprungen. Badezeug hatte sie nicht dabei. Ganz nackt zu schwimmen, das hatte sie sich nicht getraut. Falls jemand vom Team auftauchen würde, wäre es ihr peinlich gewesen. Zum Glück mussten die meisten arbeiten, damit hatte sie hier ihre Ruhe. Es war herrlich! Erfrischend und friedlich. Während sie sich auf dem Wasser treiben ließ, begann sie in Gedanken herumzuspinnen. Ein kleiner Hügel am Uferrand mit vereinzelten Bäumen hielt ihren Blick gefangen. Dort könnte ihr Häuschen stehen. Mit einem ganz natürlichen Vorgarten, der zum See führen würde. Ein kleines Häuschen nur für sie? Wie sah ihre Zukunft aus? Wollte sie Familie? Einen Partner? In Gedanken versunken glitt sie durch das Wasser. Auf der Wasseroberfläche spiegelte sich ihr kleines Hügelchen. Die Sonne schien und selbst den Vögeln war es zum Zwitschern zu heiß. Mit einem ohrenbetäubenden PLATSCH klatschte etwas neben ihr ins Wasser. Blitzschnell hatte sich ihr Körper zusammen gezogen und aufgerichtet. Ihre Arme paddelte wie wild im Wasser. Ihr Kopf ruckte von links nach rechts. Was war passiert? Ihr Herz raste. Mein Gott, was hatte sie sich erschreckt! Eine weiße Zahnreihe strahlte ihr entgegen, darüber ein paar lustig blitzende Augen.

„Blödmann!"

„Angenehm, Luk. Luk Waßmuth." Kleine Wassertröpfchen perlten auf seiner leicht gebräunten Haut. Ein Stein fiel ihr vom Herzen. Keine Gefahr. Sie kannte ihn, er war aus dem Team. Ihre Augen wanderten an ihm entlang. Was sie von ihm erkennen konnte, gefiel ihr.

„Angenehm, Pippi Langstrumpf", antwortete sie frech.

„Oh, ist dein Pferd noch am Ufer? Und dein Affe passt auf die Sachen auf?"

„Ja, genau." Es gefiel ihr, wie spontan er darauf einging.

„So, wie du ins Wasser gekommen bist, bist du bestimmt ein Kunstspringer." Das brachte ihn zum Lachen.

„Man bewundert mich weltweit. Meine Fähigkeiten sind einfach außerordentlich." Ihr Blick fiel auf seinen Hals. Sie liebte Hälse und dieser hier machte, dass es in ihrer Bauchgegend kribbelte. Die Wassertropfen, die sich an seinen wohlgeformten Schultern herabschlängelten, verstärkten ihren ersten Eindruck. Die Sonne stand hinter Luk. Dadurch entstand ein Heiligenschein um ihn herum und machte das Bild perfekt.

„Edler Ritter, was treibt Sie in die wilden Fluten dieses Gewässers?", wollte sie wissen, doch er tauchte einfach ab. Weg war er. Sie schaute nach links und rechts, konnte ihn aber nicht entdecken. Wo war er hin? Wohl doch ein guter Schwimmer. Sie drehte sich um sich selbst. Nichts. Die Wasseroberfläche war fast wieder still. Ob ihm was passiert ist?

Doch dann, mit einer ungeheuren Fontäne, schoss Luk vor ihr aus dem Wasser. Direkt auf sie zu und küsst sie. Ganz leicht und völlig unerwartet auf den Mund. Schwups, da war er auch schon wieder weg. Wie hatte er es geschafft? Bei der Wucht, mit der er aus dem Wasser geschossen war, so zärtlich zu sein. Er ist toll! Witzig und voller Überraschungen!

Es war, als ob Sprudel durch ihre Adern flösse. Alles in ihr schien vor Freude zu tanzen.

Da war er wieder. Der Abstand zwischen ihnen wurde zusehends kleiner und kleiner. Jetzt war er keine Armlänge mehr von ihr entfernt und grinste sie an. Wasser floss von seinen Haaren über seine Wimpern. Was für lange Wimpern. Und … was für ein Mund. Hmm…mm.

„Wenn du ihn schon so anhimmelst, dann darfst du ihn auch küssen. Komm, trau dich."

Ihr wurde bewusst, wie lang sie auf seine Lippen geschaut haben musste. Lustig irgendwie. Trotzdem ganz schön frech von ihm, es in Worte zu fassen. Aber auch süß, irgendwie. Seine Art gefiel ihr. Doch sie wollte nicht den ersten Schritt machen, obwohl … den hatte er ja schon gemacht, oder? Trotzdem. Sie schloss ihre Augen und wartete darauf, dass er sie noch einmal küssen würde. Innerlich fühlte sie schon, wie sich ihre Lippen berührten und …

„So wird das nichts, ich bin hier."

Das war zu viel! Sie stürzte sich auf ihn und versuchte ihn zu zoppen, doch es gelang ihr nicht. Er war zu stark. Stattdessen verschlangen sich ihre Arme und Beine in einer wilden Rangelei. Sie lachten und küssten sich dann doch endlich. Der romantische Anfang einer wunderschönen Beziehung. Er war perfekt. Zärtlich, schön, wild, witzig und intelligent. Bei ihm konnte sie einfach sie selbst sein, brauchte sich nicht zu verstellen. Auch wenn ihre Berufe sie an verschiedene Orte in der Welt führten, hielten sie immer engen Kontakt, und wenn es nur zwei, drei Sätze vor dem Schlafengehen waren. Mit ihm war sie zum ersten Mal in ihrem Leben völlig glücklich. Sie konnte mit Luk über alles sprechen. Er hörte einfach zu oder diskutierte mit ihr. Jemand wie ihr Bruder, der gleich tickte und trotzdem anders war. Ein Held und auch mal keiner. Ihr Sex, der beste, den sie je erlebt hatte. Wie füreinander gemacht. Doch irgendwann kam das Thema auf Kinder. Sie wollte keine. Die Stimmung änderte sich. Sie konnte ihm nicht einmal sagen, warum sie keine wollte. Das schien ihn völlig fertigzumachen. Wenn sie eine Begründung gegeben hätte, dann wäre es wohl nicht so dramatisch gewesen, aber so. Das war der Riss, der immer breiter wurde. Bevor er zu groß werden würde, hatte sie vorgeschlagen, sich zu trennen. Um ihm die Möglichkeit zu geben, seinen Kinderwunsch erfüllen zu können. Er hatte „Mach's gut, Pippi" gesagt, was ihr Tränen in die Augen getrieben hatte. Sie war so doof. Warum hatte sie das getan? Damals war sie sich über den eigentlichen Grund nicht im Klaren gewesen. Seit dieser Zeit gab's bei ihr nur kurze Beziehungen. Beziehungen kann man das gar nicht nennen. Doch immer, wenn sie voneinander hörten, freute sie sich riesig. Bis er ihr eines Tages erzählte, dass er Papa werden würde. Sie beglückwünschte ihn. Meinte es in dem Moment auch wirklich ernst. Ein paar Tage später bat sie ihn, sie nie wieder zu kontaktieren.

Kapitel 5

„Hey schaut mal, was ich auf meinem Handy gefunden habe", rief Pia. Die Gruppe rückte näher. Es wurde gedrängelt und geknufft. Jeder versuchte, sich einen guten Platz zu verschaffen, um eine bessere Sicht auf das Foto zu ergattern. Sie zeigte ihnen ein altes Foto von Leopold.

„Wow." Augenbrauen hoben sich voller Erstaunen und ein leiser Pfiff war zu hören.

„Mensch, Leo warst deiner Zeit schon immer weit voraus", Edeltraut grinste, „Businesshose und T-Shirt. Hmm, die Farbe wäre heute bestimmt nicht mehr deine erste Wahl, aber sonst, ganz schön flott." Sie umfasste seine Schulter und drückte ihn kurz. Er verdrehte die Augen.

„Wisst ihr noch, wie wir früher loszogen und Leute verarscht haben?" Schallendes Gelächter, Brabbeln und Kichern. Die eine oder andere Anekdote wurde zum Besten gegeben. Manchmal reichten nur zwei, drei Worte und sie konnten sich vor Lachen nicht mehr halten. Dann ein paar Anspielungen und das Prusten begann von Neuem.

„Als wir in einem Café so taten, als ob Pia extrem

große Füße hätte … MEIN GOTT, ist Größe 50 denn normal für eine Frau?" Haha- haha.

„Ja genau. Daran habe ich schon gar nicht mehr gedacht. Wie die geguckt haben."

„Und wie die versucht haben, die Füße von Pia zu sehen. Hahahaha."

„Oder, wie wir auf offener Straße eine Kamera übergeben haben. Beim Annehmen fiel sie dann mit lautem Getöse zu Boden. Irgendetwas splitterte dabei immer ab." Wildes Gelächter.

„Dann mit lauter Stimme: ‚DU KRIEGST AUCH IMMER ALLES KAPUTT.'" Ein Johlen ging durch die Gruppe.

„Ich für meinen Teil merke, dass ich in letzter Zeit viel zu wenig Blödsinn mache", gestand Leo. Beide Hände in den Hosentaschen stand er da, als wenn er kein Wässerchen trüben könnte.

„Oh, lieber Leopold, dass hätte ich jetzt nicht gedacht", bemerkte Edeltraut mit einem breiten Grinsen. „Wenn ich richtig informiert bin, dann hast du bei deinem Studium richtig reingehauen. Alles in der Regelstudienzeit geschafft und dann auf dem schnellsten Wege Richter am Bundesgerichtshof geworden. Liege ich da richtig?"

„Deine Aussagen sind korrekt."

„Hey, Leo. Wir sind nicht bei Gericht. Entspann dich", kam von Castigo. Unvermittelt stürzte sich Leo auf ihn und eine wilde Balgerei begann. Da waren sie wieder, die Jungs. Heute in feinere Stoffe gehüllt, aber immer noch die gleichen Kindsköpfe wie früher. Bereit für jeden Quatsch. Ein Kreis neugieriger Zuschauer bildete sich um die beiden und feuerte sie an. Ein Kellner eilte konsterniert herbei, wurde aber durch ein paar beschwichtigende Handzeichen davon abgehalten, die beiden zu trennen.

„Alles gut, die machen nur Spaß", sagte jemand grinsend.

„Das hätte ich nicht vermutet. Ich dachte, du bist … ein eingestaubter, bis ins Mark korrekter Mensch, der alles erst einmal genau analysiert, bevor er reagiert." Castigo nahm einen guten Schluck aus seinem Weinglas, ließ ihn eine Weile im Mund und schluckte dann genüsslich.

Der Tumult um sie herum hatte sich gelegt. Die Zuschauer kehrten an ihre Tische zurück und Gespräche wurden wieder aufgenommen. Leopold wischte sich mit dem Unterarm über die erhitzte Stirn.

„Das denken viele. Aber auch wir sind ganz normale Menschen und haben 'ne Menge Spaß", dabei sah er Castigo herausfordernd an. „Wir sollten es nur nicht an die große Glocke hängen."

Während ihrer Unterhaltung machten sie es sich in ihren Sesseln gemütlich. Leo lag mit seinen aufgelehnten Armen und weit ausgestreckten Beinen mehr, als dass er saß. Castigo jonglierte sein Weinglas, während er versuchte, Leo etwas zu erklären, sodass ein paar Tropfen herausschwappten. Die Art, wie sie miteinander redeten, sich gegenseitig Bälle zuwarfen und einer den anderen ergänzte, zeigte, wie wohl sie sich in der Nähe des anderen fühlten. Ihre Unbeschwertheit spiegelte sich auch auf den Gesichtern.

Catherin beobachtete sie schon eine ganze Weile und genoss die Stimmung. Es war schön, ihren Bruder so zu erleben. Und Leo. Wie lange war es her, seit sie ihn zuletzt gesehen hatte? Wie sie seine spontane Aktion überrascht hatte, das hätte sie ihm gar nicht zugetraut. Schon süß! Ihren Bruder so locker zu erleben, war einfach herrlich. Insgeheim wünschte sie sich für ihn, dass seine Stimmung für immer anhalten sollte.

Ihr Bruder! Mit seinen kurzen Locken. Wenn sie ihn ansah, entstand immer wieder dasselbe Bild in ihrem Kopf. Ein Surfer, der mit seinem Brett ins Meer läuft.

Sein Lachen, wenn es ein echtes war, wirkte ansteckend. Leider war es nur zu oft kein richtiges Lachen. Doch in diesem Moment war es echt. Nichts Aufgesetztes. Ihr wurde ganz warm ums Herz. Wie schön.

Kapitel 6

„Zwei schöne Männer, findest du nicht auch?"
Eine schmale Hand legte sich selbstbewusst um ihre
Schulter. „Welchen nimmst du? Ach nee, geht ja nur einer
von denen. Dann nehme ich Castigo, obwohl?"

„Seit wann stehst du auf meinen Bruder?"

„Steh' ich nicht, aber die Rauferei hat beiden
sichtlich gutgetan. Guck dir Leo mal an. Jetzt, wo er
durchgewuselt ist, echt süß."

„Süß?" Mit gerunzelter Stirn drehte sie sich zu Pia
und sah sie entgeistert an. „Süß? Du bist keine vierzehn
mehr."

Pia wiegte sich, ganz mädchenhaft, von einer zur anderen
Seite und schaute schmunzelnd zu den Jungs hinüber.

„Tja, ich bin ja in festen Händen. Schade eigentlich", entfuhr es ihr, mit einem schelmischen Glitzern in
den Augen. Eine Weile noch ruhte ihr Blick genießerisch
auf den beiden Jungs.

Schau an, dachte Catherin, die Pia. Die Zweite, die heute
für eine Überraschung gut war. Die Pia, die souverän in
einer Männerrunde mithalten konnte und gleichzeitig das
Mädchen in sich nicht vernachlässigte. Ein anstrengender
Spagat, den sie zu meistern wusste. In ihrer Branche

brauchte sie Ellenbogen und wusste, wann es nötig war, sie einzusetzen. Jetzt stand sie vor ihr. Ihr perfekt sitzender Hosenanzug unterstrich ihre sportliche Figur. Das Rot auf ihren Lippen betonte in angenehmer Weise ihren geschwungenen Mund. Catherin registrierte, dass Pia ein Stück kleiner war als sie. Nicht viel, aber für eine frühere Hochleistungssportlerin eher eine zarte Figur. Sie wirkte eher wie eine Managerin. Ja, so würde sie sich eine Frau in dieser Position vorstellen. Etwas kühl und distanziert. Auf jeden Fall eine Frau, die für einige Männer zu kompliziert sein würde. Die ihren Mann stand. Durfte man das heute überhaupt noch sagen? Oder muss man ‚steht ihre Frau' sagen? Ach, egal.

„Alles okay bei dir?"

„Ja, ja, bei Tim und mir läuft's gut. Wir sehen uns zwar nicht so häufig, das lassen unsere Jobs nicht zu, aber wir wollen es auch nicht anders. Es ist eben so, wie es ist." Sie zwinkerte ihr zu.

„Bei dir weiß ich ja, was los ist, aber was macht Tim eigentlich?"

„Puuh, das ist gar nicht so leicht zu erklären. Er ist Politikberater."

„Er gehört zur Wirtschaft und sagt den Politikern, wo sie hinrudern sollen. Gibt ihnen die Argumente, die sich dann fürs Volk gut anhören sollen?", kam es spontan von Catherin.

Mit erhobenen Augenbrauen schaute Pia sie an.

„Sehe ich da vielleicht irgendwelche Vorurteile aufkeimen?" Dabei zog sie jedes Wort betont in die Länge.

Catherin knibbelte an ihren Fingern. Sie fühlte sich erwischt.

„Nee, sag mal, was macht er wirklich?"

„Ich erkläre es dir mal so, wie er es mir am Anfang beschrieben hat. Es sind Experten aus Forschung und Beraterbereichen, die Politiker mit Hintergrundinformationen versorgen und über mögliche Auswirkungen ihrer politischen Entscheidungen informieren. Diese Hinweise dienen dazu, mögliche Informationsdefizite im Verwaltungsbereich und/oder Politikbereich zu beseitigen. Des Weiteren werden bereits vollzogene Handlungen oder Entscheidungen fachlich durch empirische Analysen bestätigt."

„Alle Achtung. Das klingt ja wie aus dem Lehrbuch."

„Ist auch auswendig gelernt." Pia ließ ihren Kopf nach hinten fallen und lachte. „Am Anfang habe ich es versucht, das mit meinen eigenen Worten zu umschreiben. Ging meistens in die Hose." Dabei hob sie beide Arme und verdrehte ihre Augen. „Jetzt kannst du dir vorstellen, dass er für seinen Job quer durchs Land fliegen muss. Kurz vor den Wahlen im November geht's natürlich noch mal richtig rund und wir sehen uns dann noch weniger. Meine Saison, mit den Mädels, geht von Mai bis September, da geht bei mir gar nichts und danach …", eine kurze Pause entstand, Pia sah gedankenversunken durch den Raum, „gibt es schon mal ein paar freie Tage."

„Glaubst du, eins deiner Mädels wird dieses Jahr von der WNBA gedraftet?"

„Yep!" Ihr Strahlen zog sich von einem Ohr zum anderen.

„Am liebsten würde ich drüben trainieren. Vielleicht klappt's irgendwann."

„Ich gönn's dir, obwohl … nee, nix obwohl. Mach einfach das, was dich glücklich macht."

„Bin dabei."

„Und unglücklich scheint ihr bei der ganzen Sache auch nicht zu sein."

„Wieso meinst du?"

„Ihr beide seht zufrieden aus."

„Sind wir auch. Vielleicht würde bei uns eine engere Beziehung auch gar nicht klappen. Wer weiß." Sie lachte.

Ein ehrliches Lachen, entschied Catherin.

„Sollte man wohl mal einen Therapeuten fragen, was dahintersteckt, … oder vielleicht auch nicht!" Sie drückte Catherins Arm, stand unvermittelt auf und ging davon.

Kapitel 7

Auch Tak beobachtete Leo und Castigo schon eine ganze Weile. Sie wirkten so vertraut. Wie in alten Zeiten. Sollte er rübergehen? Er fasste sich ein Herz und schlenderte mit seinem Bier zu ihnen.

„Tolle Showeinlage!" Beide Köpfe drehten sich zu ihm um.

„Man tut, was man kann", stellte Castigo mit breitem Grinsen fest und klopfte auf den Sessel neben sich.

„Hast du nachts eigentlich immer noch deine wilden Träume? Und schreibst du sie nach wie vor auf?" Tak ließ sich erleichtert in den Sessel sinken. Er war willkommen, zum Glück. Die Angst, nicht gemocht zu werden und damit nicht willkommen zu sein, durchzog ihn sein ganzes Leben, aber jetzt war die Situation eindeutig klar. Wie von selbst bogen sich seine Mundwinkel nach oben.

„Hey, das hast du dir gemerkt?" Er fühlte sich geschmeichelt.

„Blödmann, komm erzähl schon."

„Stimmt es, dass du von deiner Schreiberei richtig gut leben kannst?"

„Gut leben?! Hmm … ist so ’ne Sache. Ich habe einige meiner Thriller bei einem Verlag untergebracht und kann davon leben. Also Ja. Was meine Träume angeht, die haben mir schon immer bei den verworrenen und verzwickten Ideen in meinen Büchern geholfen. Wenn ich nicht mehr träumen würde, dann hätte ich auch nichts mehr zu schreiben.“

„Ach, hör auf. So langweilig kann dein Leben doch nicht sein. Und in der Welt passiert doch auch genug.“

„Sieh an, die Dreiercombo!“, rief Edeltraut ihnen fröhlich lachend zu. „Habt ihr euch wieder zusammengefunden.“ Mit einem Grinsen und einer Kusshand verschwand sie aber auch schon wieder. Die Blicke der jungen Männer folgten ihr.

„Mensch, ein Knaller wie eh und je. Bin leider nie rausgekommen“, gestand Castigo.

„Denkste, ich? Aber sie war Vorlage für die eine oder andere Figur in meinen Büchern, das könnt ihr euch wohl denken.“

„Was für Beine.“

„Was für ein Ar…“

„Hat einer ’ne Ahnung, mit wem sie zusammen ist?“

„Nee“, kam es einen Tick zu schnell von Tak.

„War da nicht mal was zwischen euch?“, wollte Castigo wissen und legte den Kopf schief.

Tak rutschte unruhig auf seinem Sessel hin und her. Er wollte nicht darüber sprechen. Es war für ihn eine wirre Zeit gewesen, damals. Seitdem hatte er viel ausprobiert, um sich klar zu werden, was er eigentlich wollte. Einiges war im Nachhinein nicht besonders erwähnenswert, hatte aber Spaß gemacht. Anderes war völlig überflüssig und brauchte auch keinen erneuten Zugang zu seinem Bewusstsein. Die Zeit mit Edeltraut oder ‚Diva‘, wie er sie liebevoll genannt hatte, gehörte zu den Erinnerungen, die ihm immer noch ein Lächeln auf sein Gesicht zauberte.

„Ahhhh, scheint doch was dran zu sein?", neckte Castigo ihn.

„Lasst mal gut sein", erwiderte Tak genervt.

„Ich verstehe, der Gentleman genießt und schweigt", setzte Castigo nach. Es gab Dinge, mit denen prahlte Tak gern. Sehr gern sogar. Doch die Geschichte mit ‚Diva' gehörte definitiv nicht dazu. Also versuchte er die Aufmerksamkeit auf etwas anderes zu lenken.

„Leo, erzähl mal was aus dem Schatzkästchen. Ohne Namen zu nennen, natürlich", schlug Tak daher vor.

„Okay. Da will jemand aber ganz geschickt vom Thema ablenken. Gut, kann ich verstehen."

„Ist sie gut im Bett?"

„Castigo, bitte!" Jetzt wurde es selbst Leo zu bunt.

„Noch nicht drüber weg, was?"

„Castigo, lass es einfach." Und erneut war es Leo, der versuchte, Castigo zu bremsen. Für ihn war es okay, wenn sie das Thema wechselten und er eine seiner Geschichten zum Besten gab.

„Was wollt ihr hören? Mord? Wirtschaftsdelikte oder Drogen?"

„Wirtschaft!" – „Drogen!" Kam es fast gleichzeitig aus beiden Mündern. Leo konnte sich ein Grinsen nicht verkneifen, räusperte sich und begann.

„Gut, dann schildere ich mal einen fiktiven Fall, der mit realen Personen oder Begebenheiten natürlich absolut NICHTS zu tun hat." Er schüttelte den Kopf, rückte tiefer in seinen Sessel hinein, nahm mit beiden Händen sein Glas Portwein und atmete tief ein. Dabei schloss er zufrieden die Augen. Eine Pause entstand. Die Augen seiner Zuhörer richteten sich gespannt auf ihn. Doch nichts geschah. Stille. Castigo rückte ungeduldig in seinem Sessel nach vorn und klopfte Leo nervös aufs Knie.

„Du hast wohl keine Drogendelikte auf Lager? Musst dir jetzt schnell was ausdenken, oder?"

Doch Leo ließ sich nicht aus der Ruhe bringen. Er schnupperte noch einmal an seinem Glas, nahm einen Schluck, ließ ihn im Mund herumwandern und anschließend die Kehle hinunterrinnen. Alles, ohne die beiden eines Blickes zu würdigen.

„Alter Genießer. Wenn du überall so lange brauchst, dann weiß ich auch, warum die Gerichte so überlastet sind."

Leo prustete los. Castigo kugelte sich über seinen eigenen Witz und Tak haute sich vor lauter Lachen auf die Beine.

Doch dann hob Leo eine Hand, um anzukündigen, dass er so weit sei.

„Ich will euch etwas Aktuelles zum Besten geben. Erst kürzlich wurde in der MHH ein mutmaßliches Clan-Mitglied aus X behandelt."

„Was ist denn MHH?"

„Die Medizinische Hochschule Hannover. Am Tag Y wurde der mutmaßliche Kriminelle mit schweren Schussverletzungen nach Hannover eingeflogen und in der Notaufnahme eingeliefert."

„Davon habe ich in den Nachrichten gehört. Und du bist jetzt damit beschäftigt?"

„Ganz so schnell kommt der Fall nicht zu uns, aber lasst mich den Tatbestand weiter erläutern. Der begleitende Arzt setzte die MHH-Mediziner darüber in Kenntnis, dass der Patient in X von einem Polizeiaufgebot geschützt worden sei. Die Klinik habe die Polizei informiert, die eine Anonymisierung des zu Behandelnden empfahl. Zu Beginn wurde er, lasst ihn uns K. nennen, von nur zwei Beamten geschützt, nach drei

Tagen rückte das SEK an."

„Und jetzt, wo ist das Problem? Hätten die Mediziner diesen Menschen nicht behandeln dürfen? Es gibt aber doch den hippokratischen Eid."

„Ja. Langsam, lasst mich bitte weiter erzählen. Die Uniklinik und das Hotel, in dem die Ehefrau untergekommen ist, mussten strengstens bewacht werden. Dadurch entstanden immens hohe Kosten."

„Die muss der Kriminelle oder seine Sippschaft ja wohl selber tragen."

„Wäre ja noch schöner, wenn alles mal wieder am Steuerzahler hängen bleiben würde", empörte sich Castigo. Das Thema schien die beiden Zuhörer aufzuwühlen. Ihre entspannte Haltung war verflogen. Sie waren in ihren Sesseln vorgerutscht und signalisierten Leo ihre Bereitschaft, mit ihm diskutieren zu wollen. Leo hob beide Hände.

„Die Klinik kassiert und der üble Rest wird aufs Volk verteilt."

„Hört erst mal weiter zu", versuchte Leo die Gemüter zu besänftigen.

„Ich verstehe nicht, wie du dabei so ruhig bleiben kannst. Regt dich das denn gar nicht auf?" Castigo schüttelte wütend den Kopf.

„Und genau deshalb ist so jemand wie Leo auch Richter und nicht wir", entgegnete Tak, zwinkerte Castigo zu und ließ sich in seinen Sessel zurückfallen. „Erzähl mal weiter, vielleicht schaffen wir es ja, dich nicht mehr zu unterbrechen. Zumindest nicht mehr so schnell."

Sie schauten sich an und mussten schon wieder grinsen.

„Ich kann euch gut verstehen. Jedoch nutzen Emotionen nichts. Die wirken sich nur hinderlich aus und schränken die objektive Sichtweise ein. Also ist es unsere Aufgabe – oder die aller Richter –, den Fall sachlich und neutral zu betrachten. Erst dann wird ein objektives, fachlich gestütztes Urteil gefällt."

Castigo lachte.

„Mach weiter, Klugscheißer." Er nahm einen großen Schluck aus seinem Glas und sah mit erwartungsvollem Blick zu Leo.

„Die Sprecherin des Innenministeriums wies darauf hin, dass die Prozesse und Strukturen der Auskunft und Weiterleitung von Informationen optimiert werden müssten. Das heißt, das MHH hatte den Innenminister zu spät eingeschaltet. Der Patient wurde schon fünf Tage lang versorgt, bevor der Innenminister informiert wurde. Zum jetzigen Zeitpunkt seien die Kosten für den laufenden Polizeieinsatz vom Steuerzahler zu tragen."

Castigo sprang nach vorne.

„Das darf doch wohl nicht wahr sein!"

Empört schlug er sich mit der flachen Hand auf sein Bein.

„Da läuft ja wieder mal was mächtig schief. Und das im Computerzeitalter, und dann sitzt der arme Steuerzahler auf dem Berg von Kosten. Warum kann nicht A.) der Patient oder B.) seine Familie die Kosten übernehmen?"

„Wartet, wartet. Erschwerend kommt hinzu, dass nun die Frau des Patienten K. behauptet, ihr Mann sei Opfer einer Verwechslung geworden. Die deutschen Sicherheitsbehörden gehen allerdings weiter von einem hochrangigen Clan-Mitglied aus."

Ungläubiges Schnauben und Kopfschütteln der Zuhörenden.

„Sind die Klinikkosten denn bezahlt worden?"

„Sind sie. Vom Patienten K."

„Das Krankenhaus freut sich, wird wohl ein dicker Batzen gewesen sein. Den wollte man sich nicht durch die Lappen gehen lassen, um so das Budget des Klinikums zu sanieren."

„Hättest du einen Menschen abgewiesen, der mit

lebensgefährlichen Verletzungen zu dir gekommen wäre?", wollte Tak wissen.

„Natürlich nicht, aber …"

„Du hättest erst einmal sichergestellt, woher die vielen Schussverletzungen gekommen seien, und wenn du das festgestellt hättest, dann wärest du zu dem Schluss gekommen: NEIN, Sie können wir leider nicht bei uns behandeln. In der Zwischenzeit wäre er dann sowieso schon tot."

„So was kann doch parallel laufen. Es operieren doch nicht alle Entscheidungsbefugten der Uniklinik gleichzeitig an der dubiosen Person. Es gibt ja wohl auch einige, die im Verwaltungsbereich tätig sind, und die hätten a.) sofort der Polizei …"

„Haben sie doch", unterbrach ihn Tak, „aber diese Information hätte auch umgehend zum Innenministerium gelangen müssen. Und warum ist das nicht passiert? Weil jeder nach wie vor sein eigenes Süppchen kocht. Gott, was sind wir alle gut vernetzt und modern. Haben wir ja auch beim NSU-Fall gesehen."

„Ach nee, jetzt schmeiß bitte nicht alles in einen Topf."

„Danke, Castigo. Es gibt jedoch in der Tat Meinungen, in denen die These vertreten wird, man hätte den Patienten K. ablehnen können. Allein bei der Anfrage zur Behandlung derartiger Verletzungen hätte der Unfall-chirurg nachfragen müssen."

„Und wie bitte? ‚Hören Sie, sind Sie Mitglied eines kriminellen Clans? Dann können wir Sie aus Kostengründen leider nicht weiter behandeln, es sei denn, Sie übernehmen auch die gesamten daraus resultierenden Kosten.' Ja, ich glaube, das ist sehr realistisch."

„Es gibt sogar eine Forschungsstudie zum Thema Medizintourismus, in der der Standpunkt, einen solchen Patienten abzulehnen, untermauert wird. In dieser Studie werden zum Beispiel der hohe Aufwand für die Sicherheit sowie das daraus resultierende negative Image der Klinik als Bumerang deutscher Kliniken aufgezeigt. In diesem Fall räumt der Direktor der Klinik im Nachhinein Fehler ein. Aus der heutigen Sicht habe er das MHH-Präsidium zu spät über den Vorgang informiert. Die Polizei sei hingegen schon knappe zwanzig Minuten nach Ankunft des Patienten unterrichtet worden."

„Habt ihr mal in Erwägung gezogen, dass die Ärzte vielleicht auch bedroht worden sein könnten? Dass dieses Krankenhaus ausgewählt wurde, da es das beste für ihr Clan-Mitglied oder -Chef war? Es für die Ärzte daher auch keine Wahl gab?"

„Keine schlechte Idee, Tak."

„Und ob es so war, dass die direkte Information an die Polizei eine Sicherungsvorkehrung für ihr Clan-Mitglied darstellte und weiter nichts. Also keine freie Endscheidung vom behandelnden Arzt, versteht ihr. Die wollten, dass ihr Familienmitglied geschützt wird, von unserer Polizei. Und wisst ihr, was ich auch noch glaube, dass, wenn die Klinik ihn nicht behandelt hätte, die Ärzte mit Leib und Leben bedroht worden wären."

„Du siehst zu viel Radau-Filme."

„Kann ja sein, aber vorstellbar ist es doch."

„Auch diese Möglichkeit wird bei der Verhandlung natürlich analysiert."

Kapitel 8

Aus einiger Entfernung betrachtete sie die Dreiergruppe. Dieser Mensch von vorhin war bei ihnen. Wer war das? Catherin kam einfach nicht auf seinen Namen. Die beiden schienen kein Problem mit ihm zu haben. Warum konnte sie keine Verbindung zu ihm herstellen? Hatte er sich so sehr verändert? Und so viel Zeit war nun auch wieder nicht vergangen. Die Frage hielt sie gefangen.

„Hey Catherin. Jetzt frage ich dich schon zum wiederholten Mal. Du bist ja wie in Trance. Alles okay bei dir oder hast du dich gerade in deinen eigenen Bruder verliebt?"

Tim rückte näher an sie heran. Die Runde, mit der sie sich vorhin noch fröhlich ausgetauscht hatte, war völlig ausgeblendet. Und Tim, war der eben schon dabei? Durch seine aufdringliche Fragerei fühlte sie sich genervt.

„Was ist das eigentlich da in deinem Glas? Wodka?" Ohne seine Antwort abzuwarten, machte sie weiter. „Ich wusste gar nicht, dass du jetzt Alkoholiker bist. Obwohl, du hast ja viel mit Politikern zu tun. Da braucht man das zum Überleben", kam es bitterböse aus ihr herausgeschossen. Sie senkte den Blick. Jetzt merkte sie, dass sie den Bogen überspannt hatte. Und warum?

Seit damals reagierte sie in Stresssituationen häufig völlig übertrieben.

„Ohohoh, höre ich da irgendwelche Vorurteile? Kennst du denn irgendeinen Politiker persönlich?"

„Möchte ich auch gar nicht. Mir reicht es, was ich in den Medien so mitbekomme und was sie uns vor den Wahlen versprechen und hinterher nicht umsetzen", war ihre schnippische Antwort.

„Wenn alle Politiker wirklich so schlecht wären, dann würde unsere Welt wohl erheblich schlimmer dastehen."

„Musst du jetzt ja sagen, wo du am Nabel des Geschehens arbeitest."

„Soso, da hat dir Pia erklärt, was ich mache, und dann kommst du mit durchgeladenen Kanonen daher. Warum auch immer. Aber lass uns nicht über den Job reden."

Gut, dachte sie. Noch lieber hätte sie überhaupt nicht geredet. Viel lieber wollte sie in Erfahrung bringen, wer dieser Typ bei ihrem Bruder war. Aber irgendwie tat ihr Tim auch leid. Obwohl sie ihn so angefahren hatte, reagierte er sehr souverän. Das war eine starke Leistung. Sie wollte es wieder geradebiegen.

„Was ist nun wirklich in deinem Glas?"

„Wodka."

„HAHA, sehr witzig."

Ihr wurde bewusst, dass sie durch ihre aggressive Art die Atmosphäre am Tisch extrem verschlechtert hatte. Nicht gut! Nun war es an ihr, für bessere Stimmung zu sorgen. Sie versuchte es mit einem neuen Thema, und zum Glück fiel ihr eine lustige Geschichte von früher ein.

„Kannst du dich noch an damals erinnern, Tim? Als du zu mir kamst und Hilfe brauchtest? ‚Ich brauche bei unserer Hochzeitsplanung Hilfe von dir', und ich ganz spontan antwortete: ‚Oh, du willst mich heiraten? Wie schön! Das kommt zwar etwas überraschend für mich, aber okay. Weiß Pia davon? Ach, egal. Das mit Pia kriegen wir schon irgendwie hin.' Und dann habe ich dich mit Bambi-Augen angesehen und ‚Ich liebe dich auch!' gesagt. Wie du da geguckt hast! Was haben wir uns nachher gekringelt vor Lachen. Dein Gesicht hättest du am Anfang sehen sollen. Völlig in Panik. Zum Glück habe ich nach meiner Liebesbekundung direkt angefangen zu lachen, sonst wärest du, glaube ich, in Ohnmacht gefallen."

„Für 'nen Moment war mir auch ganz schön mulmig zumute. Aber ich hätte es eigentlich besser wissen müssen."

Er schien die Situation gar nicht mehr richtig im Kopf zu haben. Er reagierte so verhalten, oder war er wegen eben noch sauer? Ach, kriege ich schon wieder hin, dachte sie. Es machte Catherin Spaß, so zu agieren wie in ihrer Geschichte. Leute zu überraschen. Die Erwartungen anderer nicht zu erfüllen. Sie liebte das! Tim schien kein Interesse an ihrer Anekdote zu haben, denn er wechselte das Thema.

„Leo könnte auch in ‚Suits' mitspielen, findest du nicht auch?"

„Worin?"

„Schaust du noch immer so wenig fern? Du warst doch diejenige, die keinen Fernseher haben wollte. Und auf dem Handy sehen die Filme ja auch echt mickrig aus."

„Du bist doof. Mittlerweile habe ich einen riesigen Flachbildschirmfernseher, Netflix und Amazon Prime. Kenne mich total gut aus, in allen Serien und neuesten Kinofilmen."

„Da sieh mal einer an."

„Lass dich nicht an der Nase herumführen." Marieluise gesellte sich zu ihnen und beide machten wie auf Kommando für sie Platz.

„Hey, ihr Lieben, die Zeiten sind vorbei. Locker

bleiben." Ihre Autorität hatte sie schon damals gespürt und sich dadurch unter Druck gesetzt gefühlt. Auch jetzt merkte sie, wie sie sich verspannte. Komm, sagte sie sich, es ist viel Zeit vergangen, du bist erwachsen und du brauchst nicht mehr in alte Verhaltensmuster zu verfallen. Nur du kannst diesen Ablauf durchbrechen. Sie musste über sich selbst lachen. So ähnlich würden wohl Therapeuten mit ihren Patienten sprechen. Ihr Wissen stammte aus unzähligen Fachbüchern, die sie gewälzt hatte. Doch ihre Gedanken wurden unterbrochen, als sie Marieluise sagen hörte.

„Wenn Catherin ein Filmnerd geworden ist, dann züchte ich ab Morgen Gänseblümchen."

„Und ich wäre fast darauf reingefallen", ertönte es spielerisch eingeschnappt von Tim. Aber er wollte mehr erfahren.

„Was ist jetzt mit ‚Suits', kennst du die Serie?" Marieluise setzte zu einer Antwort an. Gleichzeitig überlegte Catherin, ob sie für ihre damalige Leiterin eigentlich einen Spitznamen hatten. Sie hieß doch einfach Marieluise, überlegte sie. Doch dann fiel es ihr wieder ein, Marielu hatten sie sie genannt, irgendwie lustig, fand sie. Gleichzeitig hörte sie, wie Marielu Tim begeistert antwortete.

„Natürlich kenne ich die Anwaltsserie. Spannende Fälle, immer gute Cliffhanger, damit man dranblieb, und ausgesprochen gut angezogene und hübsche Menschen. Eine Serie, bei der ich am leichtesten und ausdauerndsten Sport machen kann."

„Ja, so sehe ich das auch. Wenn Filme, dann zur Ablenkung von Stress und Belastung."

„Das musst du gerade sagen, Tim. Du warst doch früher mal ein echter Film-Junkie."
Diese Bemerkung schien Tim wehzutun. Automatisch wandte er sich von Marielu ab, streckte seinen Arm nach vorne auf den Tisch, sodass sie wie eine Barriere

zwischen den beiden lagen.

„Tim, ich wollte dich damit nicht beleidigen. Wirklich nicht. Zum Teil habe ich dich um dein enormes Filmwissen ja beneidet. Die vielen Bezüge, Verweise von Filmschnipseln, die Zitate und Hommagen an uralte Regisseure und ihre Arbeiten darstellten. Ich hatte davon keine Ahnung. Das war schon toll! Nur, dass du fast nie ein gutes Haar an den neueren Filmen lassen konntest, das fand ich, ehrlich gesagt, doof."

Catherin bemerkte, wie er jetzt auch seine Beine von Marielu abwandte. Oh, oh, dass schien ihm wohl noch weniger gefallen zu haben. Er nahm einen Schluck aus seinem Glas. Die Arme eng vor dem Körper verschränkt und mit zusammengepressten Lippen saß er da. Er schien wirklich getroffen zu sein. Komisch. Sie hätte gedacht, dass Personen, die sich im Dunstkreis von Politikern aufhalten, nicht so zart besaitet wären. So konnte man sich täuschen. Bevor es noch unangenehmer würde, stellte sie lieber eine Frage.

„Erzählt mal mehr von der Serie, so, als ob ihr sie mir schmackhaft machen wolltet."

Die beiden schauten sich an. Marielu legte ihm sanft und sehr kurz die Hand aufs Bein. Tim grinste jetzt sogar wieder.

„Ob Marieluises Sachverstand dafür ausreicht, kann ich leider nicht sagen."

„Ganz schön große Klappe."

Sie hielt ihm ihr Glas hin. Er sollte mit ihr anstoßen. Ein Friedensangebot. So war sie.

„Hast du wirklich noch nie eine Folge gesehen? Da spielt doch die Kleine mit, die, die jetzt mit dem Henry von britischen Königshaus verheiratet ist."

„Ex-Königshaus-Mitglied."

„Ja, Ex."

„Nein, ich habe wirklich noch nichts davon gesehen."

„Okay, ist nicht ganz so einfach, den Reiz, den diese Serie ausmacht, in Worte zu fassen. Lass mich mal überlegen." Kurze Pause. „Auf jeden Fall macht das exklusive Renommee der Kanzlei sehr viel aus. Die eleganten Gebäude, Autos, Outfits. Größtenteils sehr attraktive Darsteller und Darstellerinnen. Also Harvey, Mike, Rachel und Donna sehen alle klasse aus, finde ich. Dann die Chefin Jessica, eine farbige, selbstbewusste Frau und …", dabei erhob er die Hände und schaute sie fragend an, „natürlich auch bildschön. Mit den Hauptdarstellern werden verschiedene Altersstufen abgedeckt, sodass jeder was fürs Auge hat, verstehst du?" Er lächelte sie zufrieden an. „Alles in allem ein cleveres Projekt."
Tim biss sich auf die Lippe, verzog den Mund und schien nach weiteren Beschreibungen zu suchen. „Die Fälle verlaufen immer sehr knapp und äußerst brenzlig. Meist geht's gut aus, davor fliegen aber die Fetzen. Hmm. Ich glaub, das war's."
Catherin erhob das Wort.

„Ja, und da wäre noch der tollpatschige Louis Litt, der mit seiner Emotionalität so manchen Mist verzapft und kein Fettnäpfchen auslässt."
Sie richtete sich auf und grinste sie herausfordernd an.

„Blöde Nuss. Natürlich hattest DU keinen blassen Schimmer, worum es in der Serie geht."
Er verschränkte die Armen, verdrehte die Augen und drückte sich tief in seinen Sessel hinein.

„Mach dir nichts draus, Tim."
Marielu beugte sich nach vorn und gab Tim einen Klaps gegen sein Knie.

„Ich bin auch drauf reingefallen. Ich hatte mir schon überlegt, wie ich die Wirkung der Serie erklären sollte, zum Glück bist du mir zuvor gekommen."
Tim sah sichtlich angefressen aus. Ihr hatte es gefallen, die beiden so hinters Licht zu führen, doch vielleicht war sie einen Schritt zu weit gegangen. Zumal Tim zum

wiederholten Male herhalten musste.

„Tut mir leid. Ich kann einfach nicht anders."

„Schon gut", brummte Tim nicht sehr überzeugend.

„Was ist das nun eigentlich in deinem Glas? Darf ich mal riechen?"

Das war ihr ungeschickter Versuch, die Situation zu retten. Tim, der stur an ihr vorbei sah, machte nicht den Anschein, als ob er die Frage beantworten wollte. Doch dann hielt er ihr sein Glas hin. Sie beugte sich vor und schnupperte an dem Getränk. Zack, stieß im Vorbeigehen jemand gegen Tims Arm. Der Inhalt seines Glases ergoss sich nun auf Catherins Kleid. Sie zuckte zurück. Ihre Augen wanderten über die dunklen Stellen, die das Getränk hinterlassen hatte.

„Tut mir leid, ich konnte nichts dafür", kam es von Tim, und sein Blick verriet, dass er es ernst meinte. Seine unerwartet sanfte Reaktion löste ihre Anspannung. Was war heute mit ihr los! Urplötzlich lachte sie los. Es war wie eine Erlösung. Tränen liefen ihr die Wangen. Sie wusste selbst nicht, warum sie so reagierte, aber es tat ihr gut. Nicht nur an ihrem Tisch drehten sich verwunderte Gesichter zu ihr.

Kapitel 9

„Tut mir leid", entschuldigte sich Lennja, die die kleine Überschwemmung verursacht hatte.

„Ach, halb so wild." Catherin hob ihre nasse Schulter, roch daran und schaute Tim fragend an.

„Ja, ja. Menschen ändern sich."
Mit erhobener Augenbraue und herausforderndem Blick ließ sich Tim in seinen Sessel zurückfallen. Schlug die Beine übereinander und wendete sich an Lennja.

„Dann, liebe Lenny, wirst du mir wohl noch einen doppelten Wodka organisieren müssen." Er hielt ihr sein leeres Glas entgegen.
Früher, erinnerte sich Catherin, war er nach zwei, drei Partyausfällen ein strikter Gegner von Alkohol. Also nicht, dass er es generell für alle anderen ablehnte. Nur für ihn stand es nicht mehr zur Diskussion. Wie kam es jetzt zu doppelten Wodkas? Wie passte das zusammen? Pias abschließender Satz fiel ihr wieder ein. Ob da ein Zusammenhang bestand? Sie wusste es nicht und eigentlich wollte sie sich darüber auch keine Gedanken machen. Es gab so viele Lebensmodelle und es war nicht ihre Aufgabe zu entscheiden, wie jemand sein Leben gestalten sollte. Nur eins war ihr klar, so wie ihre Eltern

wollte sie auf keinen Fall sein.

Marielu sah sie fragend an.

„Geht's oder brauchst du einen Fön, um deine Sachen zu trocknen?" Die pragmatische, lösungsorientierte Marielu.

„Danke, aber ich glaube, ich setze mich gleich einfach dort drüben an den Kamin. Dann trocknet es ganz schnell." Über ihren theatralischen Tonfall musste sie selber schmunzeln.

„Gute Idee, ich bin dabei. Sieht gemütlich aus." Doch als sie rüber blickten, sahen sie, dass dieser Platz schon von ihrem Bruder, Leo und dem Neuen besetzt war. Ihrem fetten Lachen nach zu urteilen, waren es vermutlich Themen, bei denen sie jetzt eher stören würden. War okay. Es sah nach Spaß aus, und den wollte sie ihnen nicht verderben.

Kapitel 10

„Habt ihr das gerade mitgekommen? Die da drüben haben über ‚Suits‘ gesprochen. Ich sage nur ‚Donna‘.“

„Wow, ja genau, wem sagst du das.“

„Klar, Leo, dass du auf die stehst. Könntest ja selbst in der Serie mitspielen.“

„Danke. Ich sehe das mal als Kompliment.“

Leo verschränkte die Arme hinter dem Kopf und lehnte sich zurück.

„Die ist aber auch ’n Knaller.“

„Und hat ein paar mächtige …“

Ein einheitliches Johlen erscholl, rüttelte ihre Körper und beförderte sie in ihre Sessel zurück. Tak schlug sich vor Begeisterung auf die Beine. Castigo lachte so heftig, dass ein paar Tropfen seines Rotweins auf seine Hose spritzten. Er bekam es aber nicht mit. Wäre aber auch nicht schlimm gewesen. Als sie sich wieder beruhigten, sah Tak zu Castigo hinüber.

„Was ist eigentlich aus der einen geworden? Weißt du, die, deren Bikinifoto du immer mit dir herumgetragen hast.“

„Ohje, hatte ich schon fast verdrängt. ’ne gaaaanz

komplizierte Geschichte. Fragte ständig, was ich denke und warum ich ihr denn nichts sagen würde, ob ich was vor ihr verschweigen würde oder warum ich immer so einsilbig wäre."

Leo verdrehte die Augen.

„Ohhh ja, kenn' ich."

„Am Anfang war es ja noch sehr schön."

„Sie muss ja 'n Hammer gewesen sein, so wie sie auf dem Foto wirkte."

„Ja, Tak." Ein Grinsen machte sich auf Castigos Gesicht breit, „und 'ne ganz schön Wilde. Konnte nie genug kriegen, das war schon toll. Nicht wie die, die immer Kopfschmerzen und heute bin ich nicht in der Stimmung oder sonst 'ne Ausrede haben. An den verrücktesten Orten hatte sie Lust auf Sex. Einfach genial."

„Und dann hat sie angefangen zu fragen."

Tak schüttelte den Kopf und sah zu Boden.

„Ja genau. Das hat alles kaputt gemacht. Ja, lieber Tak, nicht so wie in deinen Büchern. Ich wünschte, so was würde mal real. Und ewig lockt das Weib. Aber wer wird sie je verstehen?"

Leo strahlte sie an.

„Und wer will ohne sie leben!"

„Ach Leo, dir ist wohl nie was richtig Doofes mit Frauen passiert, oder? Ich meine, bist du schon mal so richtig auf die Schnauze gefallen?"

Leos Kopf kippte zur Seite. Seine Augenbrauen zogen sich zusammen, beide Schultern hoben sich in einer fragenden Geste. Erstaunt erkundigte er sich, wie sie denn darauf kämen, dass ihm so etwas noch nie passiert wäre. Fragend hob er beide Hände, rutschte nach vorne und ohne eine Antwort abzuwarten, setzte er sich aufrecht hin.

„Ich bin zwar klüger", dabei schloss er zufrieden die Augen, vermutlich, um seine Aussage wirken zu lassen, „und sehe besser aus als ihr beiden zusammen, aber …"

Castigo und Tak schnellten in ihren Sesseln nach vorne, rissen ihre Arme hoch und drohten ihm mit den Fäusten. Leo blieb unbeeindruckt sitzen und fuhr fort.

„Ihr könnt die Wahrheit wohl nicht vertragen, das kann ich gut verstehen."

„Blödmann."

„Angeber."

„Lasst gut sein."

Die Hände wie ein Prediger erhoben und ein unverschämtes Grinsen auf den Lippen neigte er den Kopf und sah sie ernst an. Gleich darauf brach ein Lachen aus ihm heraus. So laut und herzhaft, dass die anderen mitgerissen wurden. Es dauerte eine ganze Weile, bis sie sich wieder beruhigten. Sie setzten ihre entspannte Plauderei fort und rückten enger zusammen, um das Feuer im Kamin besser beobachten zu können.

Durch die geöffneten Fenster drang frische Abendluft herein. Das Knistern des Kaminfeuers und der warme Lichtschein umschloss die gemütliche Männerrunde.

Catherin hörte, wie jemand ‚Kann mal einer die Fenster zumachen, wenn er in der Nähe ist' rief.

„Einer", war die Antwort.

„Hahaha, sehr witzig."

Kurz darauf wurden die Fenster geschlossen. Sie blickte zurück zu der Dreiergruppe. Die Stimmung hatte sich geändert. Verloren saßen sie nun da. Beisammen und doch getrennt voneinander. Das Lachen war verschwunden. In Gedanken versunken, die plötzlich keinen Austausch verlangten, die Augen auf den Boden gerichtet, hockte jeder für sich in seinem Sessel.

Kapitel 11

Mit ihrem Wodka in der Hand durchschritt Castigos Schwester den Raum. Das Glas hatte ihr Tim aufs Auge gedrückt. Marielu, die ihren Mund verzogen und ‚Lass gut sein' sagte, schien ihn in seinem Vorhaben dadurch noch zu bestärken. Sie würde das Zeug in ihrem Glas sowieso nicht trinken. Schmeckte nach nichts und machte knülle im Kopf. Das war auch schon alles. Ihr reichte es, wie sie war. Da brauchte sie keine Drogen.

Warum eigentlich? Möglichkeiten für sie zu trinken gab es reichlich. Aber auch wenn sie nicht mitmachte, mochten sie die Leute trotzdem. Auch wenn sie nur sehr wenig Alkohol trank und keine Drogen nahm. Und so fühlte sie sich einfach wohler. Sie hatte miterlebt, wie anders ihre Freunde drauf waren, wenn sie drauf waren. Manchmal war es ganz lustig. Eine Situation vor einigen Jahren fiel ihr ein.

Auf einer winterlich verschneiten Straße waren sie auf dem Weg zu einer Party. Außer ihr hatten alle anderen was geraucht, auch der Fahrer. Die Schneeflocken wirbelten im Scheinwerferlicht, Musik untermalte den Tanz der Flocken in dieser winterliche Szene. Für sie fühlte es sich an, als säße sie im Falcon bei Star Wars.

Ihre Erinnerung ließ sie schmunzeln. Dann, ganz plötzlich, kam es vom Fahrer: ‚Oh Gott, wir rasen ja. Ich mach mal was langsamer!' Sie wusste noch, wie ihr Blick blitzschnell zum Tacho wanderte. 49 km/h ! Sie fuhren 49 km/h. Ja, sie rasten wirklich unglaublich!

Ihr Grinsen wurde breiter. Diese Situation damals hatte ihr überhaupt keine Angst gemacht. Sie hatte sich sicher gefühlt. In Gedanken führte sie ihr Glas zum Mund. Ließ den Duft in die Nase steigen. Riecht nicht schlecht. Das ist etwas Besonderes, hatte Tim gesagt. Nicht irgendein billiger Wodka, das ist ein ‚Belvedere', was ganz Feines. Was ganz Feines, soso. Ihre Miene verfinsterte sich.
Ihr Onkel kam ihr in den Sinn. Im Teenageralter hatte er sie durch sein Verhalten stark geprägt. Bei jedem Familientreffen, das von ihrer Tante und ihrem Onkel ausgerichtet wurde, spielte Alkohol eine große Rolle. Mit fortschreitender Zeit häuften sich unzählige Flaschen auf dem Tisch. Ab einem bestimmten Alkoholpegel unterhielt ihr Onkel die Gäste mit blöden Thekensprüchen. In dieser Phase fühlte er sich unwiderstehlich. Noch heute spürte sie ihre innerliche Abneigung ihm gegenüber. Ein Schauer lief ihr über den Rücken. Sie musste sich schütteln. Besoffen und dumm rumschwätzen, einfach nur eklig. Seit dieser Zeit waren Typen, die ihrem Onkel ähnelten, ein rotes Tuch für sie.
Nicht mehr daran denken, entschloss sie sich. Ihre Augen wanderten im Raum herum und blieben bei einer Gruppe hängen. Was war so interessant? Sie ging näher heran. Es war, als ob sie auf einem Rollband herangezogen würde. Die Heiterkeit wirkte magisch und schließlich blieb sie bei ihnen stehen. Wie von Geisterhand gelenkt, stellte sie sich hinter Sebastian und legte ihm die Hände auf die Schultern. Gerade bei Sebastian!? Was war denn jetzt los?

„Hallo, ihr Lieben, gibt's was Neues in der

Welt?", rief sie lächelnd in die Runde. Warum machte sie das? Der arme Kerl erstarrte zur Salzsäule. Atmete er überhaupt noch? Hoffentlich. Langsam zog sie die Hände von seinen Schultern und ging auf Lennja zu, die wie wild auf ihre Armlehne klopfte. Wohl um ihr zu zeigen, dass neben ihr noch Platz sei und sie sich zu ihnen setzen sollte. Ein dickes Samtsofa begrüßte sie. Sie schnappte sich zwei dicke Kissen und ließ sich hineinplumpsen. Eins für den Rücken und das andere, um es im Arm zu halten. Fest an sich gedrückt, gab es ihr Sicherheit und Schutz. Ganz wohl war ihr bei der vorherigen Aktion nicht. Die verunsicherten Blicke Sebastians trugen dazu bei, dass sie ihr Verhalten hinterfragte. Warum ...? Sie drückte das Kissen fest an sich. Ihr Herz pochte wie wild. Doch nach außen versuchte sie so cool wie möglich zu wirken. So, als würde sie von all dem nichts mitbekommen.

Kapitel 12

Die Musik wurde plötzlich lauter.

‚She can make diamonds shine (ice) on the darkest nights (Uh)…

Platz zum Tanzen war vorhanden. Wie schön. Auf den Gedanken war sie bisher gar nicht gekommen. War das eine geplante Aktion oder war sie spontan entstanden? So oder so, eine wundervolle Entwicklung des Treffens, entschied sie. Das Kissen immer noch im Arm, rutschte sie immer weiter nach vorne und spürte, wie ihr Bein im Takt zu wippen begann. Sie wollte tanzen. Zwei, drei Mutige befanden sich schon auf der Tanzfläche. Wie cool. Lennja beugte sich zu ihr.

„Hast du auch Lust?" Dabei deutete sie mit dem Kopf in Richtung Tanzfläche und verschwand im selben Augenblick. Warum eigentlich nicht? Ein Kribbeln durchfuhr Catherins Körper. Wie lange hatte sie schon nicht mehr getanzt?
Wie sie auf die Tanzfläche gekommen war, wusste sie nicht mehr. Aber dort zu sein, tat einfach gut! Die Musik, entspannte Menschen, der Geruch von Parfums, Alkohol

und auch ein Hauch von dem Kaminfeuerduft stieg in ihre Nase. Eine inspirierende Mischung.

‚… it's not good enough for me, since I been with you …'

Auch nicht schlecht, fand Catherin.

‚You are unforgettable, I wanna get you alone …'

Lauthals wurde mitgesungen. Wie rasch sich die Tanzfläche füllte! Lennja kam lächelnd auf sie zu getanzt.
„Ist aber auch ein leckeres Kerlchen."
Und tanzte mit einem breiten Grinsen wieder von dannen. War es denn so offensichtlich? Ja, Lennja hatte recht. Sie hatte Leo beobachtet, wie er da an die Wand gelehnt stand. Die Hände in den Taschen seiner seidig glänzenden Hose, den Kopf entspannt gegen die Wand gekippt. Seine Hemdsärmel waren aufgekrempelt. Sein elegantes, wahrscheinlich sündhaft teures Sakko hatte er mittlerweile ausgezogen. Was sie da sah, gefiel ihr. Sehr sogar.
Kennt ihr eigentlich den Wunsch, wenn man an einem gut duftenden Menschen vorbeigeht und man seine Nase am liebsten ganz nah an den Hals drücken will, um den Geruch besser einsaugen zu können? Kennt ihr das? Oh man, Hälse waren doch was Wunderschönes. Nur schöne Hälse natürlich! In ihren Gedanken wirbelte sie kleine Kreise ziehend über den Tanzboden. Eine Textpassage wurde jetzt mitgegrölt. Kleinere Gruppen präsentieren lustige Tanzeinlagen. Vermutlich von Musikvideos gecovert. Es sah nach Spaß aus … 'ner Menge Spaß. Sie wollte auch etwas von den coolen Schritten lernen und schloss sich der Gruppe an. Jemand gesellte sich zu ihr und der Unterricht begann. Völlig übertriebene Arm- und Beinschlenker führten zu wildem Gelächter. Wie

herrlich! Catherin fühlte sich so unbeschwert wie schon lange nicht mehr. Es gab nur noch die Musik und glückliche Menschen und sie war mittendrin.

Wie durch ein Wunder tanzte Leo in die Musik versunken neben ihr. Ohhh, seine Bewegungen waren klasse!

Also, sie hatte da ja eine Theorie. Eine ihrer vielen Theorien. Also, wenn Menschen sich ähnlich sehen, dann passen sie als Paar auch gut zusammen, und ihre Erfahrung hatte sie gelehrt, dass es wirklich auch sehr oft zutraf. Die Wahrscheinlichkeit also, dass sehr unterschiedliche Gesichter eine enge gemeinsame Zukunft verband, war für sie sehr, sehr unrealistisch. Doch um diese Theorie geht es hier nicht, sondern um eine andere. Dass eine Person, die geschmeidig und elegant tanzt, zärtlich, einfallsreich und gut im Bett wäre. Fertig! So viel Erfahrung hatte sie zwar nicht, aber die reichte ihr aus, um es als allgemein gültigen Glaubenssatz zu behaupten. Außerdem hatte sie mehrere Freundinnen befragt, die ihre statistischen Erhebungen unterstrichen. Sie musste über sich selber lachen.

Verrückt, aber ihre These gefiel ihr trotzdem. Na, und was sie jetzt von Leo sah, wie sollte sie es auf die Schnelle beschreiben? Es war so ziemlich das Harmonischste, was sie je gesehen hatte. Tanzte sie eigentlich noch oder guckte sie nur noch? Huch, sie tanzte ja immer näher bei Leo.

,Don't worry 'bout a thing …', dröhnte es durch die Boxen und los ging es. ,I'll take you to the future, forget about the past.' Die Tanzenden hüpften nun als Einheit auf der Tanzfläche herum. Es wurde geklatscht und gesungen. Das fröhliche Lachen und die glücklichen Gesichter waren ein Zeichen für die Ausgelassenheit, die den gesamten Raum zu erfassen schien. Es war einfach nur herrlich! Auf einmal stand Leo vor ihr. Mit beiden Händen klopfte er auf seine Oberschenkel. Sie sollte auf seine Hüften springen. Es brauchte einen kleinen

Moment, da sie sich nicht sicher war, ob sie es wirklich tun sollte. Doch dann nahm sie plötzlich Anlauf, sprang auf ihn zu und umschlang ihn mit ihren Beinen.

Peng!

In Bruchteilen von Sekunden strömten unzählige Eindrücke auf sie ein. Es fühlte sich wie viele kleine Explosionen an. Das Kribbeln, so als ob Sprudelwasser durch ihre Adern schießen würde. Sein Geruch, sein Körper, seine Wärme, die Energie und seine Hände auf ihrem Po. Eine völlige Reizüberflutung.

Wow!!! Juchhuuuuuuuu.

Vor lauter Freude hätte sie platzen können. Sie senkte ihren Kopf und sah ihn an. Dann packte sie sein Gesicht und küsste ihn mitten auf seinen wunderschönen, lachenden Mund. Es war einfach so über sie gekommen. Im nächsten Moment schämte sie sich schon für ihre impulsive Aktion, stieß sich sanft von ihm ab und tanzte einfach weiter, so als ob nichts geschehen wäre.

Kapitel 13

„… ich liebe die technischen Möglichkeiten, die uns heutzutage zur Verfügung stehen. All meine Ideen kann ich direkt aufs Handy sprechen und habe sie später für meine Geschichten parat. Letztens zum Beisp…"
Castigo sprang auf.

„Was war das denn?" Seine Nasenflügel bebten und beide Fäuste waren in die Seiten gestützt. „Hat meine Schwester da gerade etwa Leo geküsst?"

„Wo?"
Tak, der rüde in seiner Erzählung unterbrochen wurde, schaute mit hektischen Bewegungen im Raum umher.
Castigo, dessen Brustkorb sich dramatisch hob und senkte, zeigte energisch in die Richtung seiner Schwester.

„Nicht da! Da! Da vorne auf der Tanzfläche."
Das Bild, welches sich Tak darbot, wirkte auf ihn ganz harmonisch. Schön sogar. Ganz anderes als auf Castigo.

„Was für eine schöne Überraschung." Rutschte ihm dabei heraus.
Die vor der Brust verschränkten Arme und die finstere Miene Castigos waren ein sicherer Beleg dafür, dass er Taks Meinung absolut nicht teilte. Was machte ihn denn so wütend, überlegte er. Leo war doch ein cooler Typ.

Eben hatten sie doch noch gemütlich zusammen gesessen und gequatscht. Und jetzt? Was brachte ihn so aus der Fassung? Seine Schwester war alt genug, um selbst zu entscheiden, was sie tat. Wird wohl kaum ihr erster Kuss gewesen sein. Also wo lag das Problem? Er stellte sich neben Castigo.

„Hey. Leo ist doch 'n netter Kerl."

„Ach, hau ab."

Castigo verband eine enge Bindung zu seiner Schwester. Ihr extremes Tief nach der Trennung von Luk hatte er miterlebt. Ihre Bereitschaft, sich danach auf einen Partner wirklich einzulassen, war mit der Zeit immer geringer geworden. Er wollte einfach nicht, dass es ihr wieder schlecht ging. Und es sollte schon mal keiner aus der Gruppe von früher sein, das war in diesem Moment für ihn klar geworden.

‚When I go out, yeah I know I'm gonna be, I'm gonna be the man who goes along with you', klang es aus den Boxen und kurz darauf aus mehreren Kehlen gleichzeitig ‚But I would walk 500 miles, and I would walk 500 more, just to be the man who walks a thousand miles, to fall down at your door.' Imposante Gesangsdarbietungen tönten durch den Raum. Es wurde herzlich gelacht.

Was war passiert? Das da eben war was ganz anderes, als Sebastian provokativ die Hände auf die Schultern zu legen. Das waren Kicks, die sie liebte, die bei ihr durch unerwartete Verhaltensweisen hervorgerufen wurden. Da hatte sie alles im Griff. Doch das mit Leo? Das lief auf einer anderen Ebene. Das war wie ein Rausch. Dieses Gefühl erfüllte ihren ganzen Körper. Es war, als würde alles in ihr kribbeln, als ob sie zehn Zentimeter über dem Boden schweben würde. Schon zu Beginn des Treffens war ihr Leo aufgefallen. Seine Art, auf die Gruppe zuzugehen. Selbstbewusst, aber nicht arrogant. Eine Hand in der Hosentasche. Seine Sonnenbrille, die er, sobald er mit der ersten Person redete, wie selbstverständlich abnahm. Das fand sie klasse! Oh, wie sie die Leute hasste, die sich mit Sonnenbrille unterhielten und so ihre Augen versteckten. So was von doof. Zu Beginn trug er auch noch sein Sakko. Hui, hatte sie gedacht. Tolle Klamotten, oder teure?

Sie musste über ihre Reaktion schmunzeln. Und dann sein strahlendes Lächeln. Nichts Aufgesetztes, so schien es wenigstens. Ehrlich und entspannt.

Geführt von der Musik, drehte sie sich gedankenverloren im Kreis. Was gerade gespielt wurde, hätte sie nicht sagen können, aber es gefiel ihr und ihre Gedanken durften dabei weiter wandern. Außerdem wollte sie wegen des Kusses kein schlechtes Gefühl aufkommen lassen. Vielleicht hatte es ja auch keiner mitbekommen. Bestimmt! Sie spürte den Druck seiner Lippen noch auf ihren und strich sanft über ihren Mund. Wie schön! Wunder-, wunderschön. Sie hatte ihn wirklich berührt. Seine Arme und Schultern angefasst. Breit und fest. Sie schloss die Augen. Oh, was für ein Gefühl. Da war es schon wieder, das Kribbeln. Ihr Körper fühlte sich federleicht an. Auf ihrem Mund ein zufriedenes Lächeln.

Mit Argusaugen beobachtete Castigo seine Schwester. Wie im Traum schien sie über die Tanzfläche zu schweben. In kleinen Kreise und mit einem zauberhaften Lächeln auf ihrem Gesicht. Wie eine kleine Fee, dachte er. Eine glückliche noch obendrein. Er verkniff sich ein Lächeln. Was machte ihm so viel Sorgen? Es war schwierig in Worte zu fassen. Als er sie weiter beobachtete, fühlte er, wie langsam die Wut aus ihm wich und er sich einfach nur für sie freute. Seine Schultern sackten herab und seine Arme lockerten sich. Am liebsten wäre er zu ihr gegangen und hätte sie in den Arm genommen und gedrückt.

Seit Luk hatte sie sich nicht mehr so gefühlt. Luk, ob Leo genauso … Sie wollte nicht daran denken. ,

,And I tried to buy your pretty heart, but the price too high. Baby you got me like …' erklang es und die Bewegungen der Tanzenden verlangsamten sich. Im Einklang mit sich und der Musik tanzte sie weiter. Wenn er jetzt da wäre, dann könnten wir …, träumte sie vor sich hin. Aus den Augenwinkeln nahm sie eine Person war, die sich ihr näherte. Einen Augenblick später stellte sich Leopold vor sie hin, verbeugte sich tief und bat sie um diesen Tanz. Mein Gott, was ist der süß! Ja, ich will, ich will, ich will. Ihr Strahlen war Hinweis genug, dass sie einverstanden war. Mit ruhigen Schritten ging er auf sie zu, umfasste ihre Taille und zog sie ganz, gaaanz langsam zu sich heran.

,… and I can't get enough, must be love on the brain.' Rihanna war sonst nicht so ihre Musik, aber dieses Lied hatte ihr immer schon gefallen. In diesem Augenblick war es geradezu perfekt. Seine Hand lag auf ihrem Rücken. Sie spürte die Wärme, die von ihr ausging. Die andere spürte sie weiter unten. Sie hatte ihre Hände locker um seinen Hals geschlungen. Ein leichter Druck gegen ihren Rücken und der Abstand zwischen ihnen verringerte sich noch mehr. Mit geschlossenen Augen holte sie tief Luft. Dieser Geruch. Ihre Nasenflügel hoben sich, als sie schnupperte. Es war ein Gemisch aus Aftershave, Schweiß und Alkohol. Sie drückte sich dichter an ihn heran. Ihre Arme waren nun eng um seinen Hals geschlungen. Das Gesicht zu seiner Wange geneigt, schnupperte sie erneut. Dieser Geruch, die Berührungen, seine Wärme, das alles brachte sie völlig durcheinander. Der Raum schien sich auf Leo und sie zu reduzieren. Zeit war keine reale Größe mehr. Sie ließ ihren Kopf sanft auf seine Schulter kippen. Die Antwort war eine noch engeren Umarmung. Sein Körper drückte sich dicht an ihren. Wie eine Einheit bewegten sie sich im Rhythmus der Musik. Unbewusst ließ sie ihre Hand vom Hals über seine Schultern, den Rücken entlang gleiten. Ein schöner Körper. Trainiert. Der Übergang von Schultern zum Oberarm, diese kleine Vertiefung, gefolgt von der Wölbung des darunter liegenden Muskels. Oh mein Gott, wie sie das liebte! Seine Arme umschlossen sie noch mehr. Sie fühlte sich berauscht. Eben noch hatte sie ihn von der Ferne aus beobachtet und jetzt … war sie in seinen Armen. Wie himmlisch. Und geborgen zugleich. Das Lied soll NIE zu Ende gehen, wünschte sie sich.

Kapitel 14

„… und die kalte Luft, die um einen herumpfeift, mit den Sonnenstrahlen, die durch die Wolken blitzen und schon mehr Wärme versprechen. Ich liebe diese morgendlichen Spaziergänge mit meinem Hund! Dann den Blick auf den noch stillen See. Das Plätschern von Wasser gegen dahintaumelnde Boote am Steg. Einfach unbeschreiblich." Tak machte eine Pause. Nichts passierte. Konnte es sein, dass ihm niemand zugehört hatte? Er schubste Castigo an.

„Hallo. Hab ich hier für die Wand geredet?"

„Nee."

„Hey! Du bist gut. Ich erzähl dir hier meine innersten Gefühle und du trittst sie mit Füßen."

Castigo kratzte sich an der Schläfe und drückte sich in die hintere Ecke seines Sessels. Es schien ihm unangenehm zu sein. Mit erhobenem Bierglas prostete Tak ihm versöhnlich zu.

„Keine Angst, du musst nicht in Deckung gehen. Ich werd's schon überleben." Er streckte sein Glas nach vorne und stieß mit Castigo an, auf dessen Gesicht ein gequältes Lächeln zu sehen war.

„Komm, ich lenk' dich ab. Du kannst dir nicht

vorstellen, wie viele Inspirationen ich durch die Wanderungen mit meinem Hund bekomme. Zu Beginn habe ich gedacht, ich könnte jede Idee, jedes Detail behalten, das mir zwischendurch so einfällt, und es dann später zu Hause notieren. Aber gepfiffen! Meist war die Hälfte schon auf halbem Weg futsch. Kann sein, dass es nur mir so geht, aber dann habe ich es mit einem Notizbuch versucht. Später habe ich dann gemerkt, dass ich in unserem digitalen Zeitalter die Notizen ins Handy sprechen kann." Taks Augen leuchteten vor Begeisterung.

„Willkommen im modernen Zeitalter."

Castigo war wieder da. Er zwinkerte Tak zu und nahm einen großen Schluck aus seinem Glas.

„Danke. Du wirst es nicht glauben, aber es war eine unglaubliche Umstellung für mich … im Kopf, meine ich."

„Bei deinem Kopf kann ich mir das sehr gut vorstellen!"

„Selber Trottel."

Mit glänzend roten Wangen und vom Tanzen leicht verschwitzt kam Lennja mit dem für sie typischen Strahlen auf die beiden zu.

„Darf ich?" Dabei deutete sie auf den freien Sessel.

„Auf jeden Fall", stieß Castigo wie aus der Pistole geschossen hervor. „Dann brauch' ich mir die langweiligen Erzählungen von Tak nicht länger anzuhören." Er duckte sich, um einer vermeintlichen Attacke Taks auszuweichen.

„Darauf muss ich nicht reagieren", entgegnete Tak und wendete sich demonstrativ Lennja zu. Klopfte aber gleichzeitig Castigo kameradschaftlich aufs Bein. Mit einem breiten Grinsen wendete sich Castigo an Lenny.

„Wie bist du denn auf das Zeug mit den Arabern gekommen?"

„Ach, wisst ihr", sie biss sich auf die Unterlippe und schaute zu Boden, rückte hin und her, sagte jedoch nichts weiter. Ihr unbeschwertes Strahlen war wie weggeblasen.

„Wenn du's nicht erzählen willst … schon in Ordnung. Geht uns ja auch nichts an."
Sie ließ sich von der Lehne des freien Platzes in eine Ecke rutschen und schien darin zu versinken. Mit hängenden Mundwinkeln saß sie da.
Castigo winkte ihr freundlich zu.

„Hey Lenny, haaaallooo, wir wollen dir nix."

‚n-n-n now that that don't kill me, can only make me stronger, I need you to hurry up now, cause I can't wait much longer', erscholl es aus den Lautsprechern. Tak beobachtete, wie einige begeistert die Tanzfläche stürmten. Für ihn war diese Euphorie völlig unverständlich.

„Das ist so gar nicht meine Musik."

„Hätte ich mir auch gedacht. Was hörst du denn so? Helene Fischer, vermute ich mal."
Wenn es überhaupt noch möglich war, so schien Castigos Grinsen noch breiter geworden zu sein.

„Du kriegst gleich'n paar gegen die Schienen."
Tak hob sein Bein und deutete einen Tritt in Castigos Richtung an.

„Wieso, gut aussehen tut sie doch", schob Lennja ein. Sie klang nun schon wieder etwas selbstbewusster.

„Gut, hätte auch nichts dagegen einzuwenden, wenn sie bei mir vor der Tür stehen würde. Aber Leute, die Musik! Ich bitte euch." Sein Gesicht verzog sich zu einer schrecklichen Grimasse.

„Der Begriff Musik trifft auf diese Art, Noten und Texte zu malträtieren, wohl kaum zu."

Prustendes Gelächter erscholl.

‚I need you right now …‘

Tak deutete in die Luft und beschrieb dabei die unsichtbaren Noten.

„Aber das da, ist doch auch'n bisschen wie Ohrenkrebs.“

„Los komm, jetzt will ich wirklich wissen, was du so hörst.“

„Ich? Ich bin ein großer Fan von den Ursprüngen der Musik, von denen, die den Grundstein für all die moderne Musik gelegt haben.“

Lennjas Kopf drehte sich zur Seite.

„Ach du Sch…, sag nicht, Elvis und Konsorten.“

„Was ist dagegen einzuwenden?“

„Meine Mutter hört auch so was.“

Lenny presste sich gegen ihre Rückenlehne und verdrehte die Augen. „Sie findet den Typen auch ‚fesch‘. ‚Sexy‘ würde sie ja nie sagen. Damals war es ja auch revolutionär. Endlich gab es Musik für junge Leute, aber jetzt? Wo es sooooo viele verschiedene Genres gibt?“ Mit erhobenen Augenbrauen sah sie ihn an.

„Ich stehe zu meinem Geschmack. Die Beatles habe ich ja leider nicht mehr mitbekommen, die waren vor meiner Zeit, aber ich liebe sie. Ich kenne all ihre Alben, eigentlich alles, was es über sie gibt.“

Lenny und Castigo schauten sich fassungslos an und prusteten los.

„Immerhin bist du durch dein Schreiben zum Teil in der aktuellen Zeit angekommen.“

„Weißt du, dass es Computer und künstliche Intelligenz gibt?“, warf Lenny amüsiert ein. „Es gibt nicht nur DIE EINE Wahrnehmung. So viele Menschen, so viele Lebenskonzepte. Da gehört ein unterschiedlicher Musikgeschmack dazu.

„Ihr müsst euch nicht über mich lustig machen.“

Er war angesäuert, das konnte man an seiner Stimme

erkennen, versuchte es aber nicht zu zeigen. Nach außen gab er sich souverän.

„Guckt mal, es ist doch wichtig, andere Meinungen stehen lassen zu können, ohne sie direkt in den Staub zu treten."

„Hohoho, da fühlt sich aber jemand ordentlich auf den Schlips getreten."

„Nein, gar nicht. Letztens habe ich im Radio einen Bericht von einem Politikwissenschaftler gehört. Komme jetzt leider nicht auf den Namen. Der vertrat die These, dass die Streitkultur in unserem Land, vielleicht auch weltweit, immer mehr verloren geht."

„Das heißt?"

„Das heißt, die Menschen würden nicht mehr miteinander diskutieren können. Die Fähigkeit, Argumente des anderen anzuhören, auszuwerten und daraufhin eigene Argumente für den jeweiligen Standpunkt vorzubringen, nimmt – in seinen Augen – immer mehr ab. Heutige Diskussionen wäre darauf ausgerichtet, den Standpunkt des anderen als FALSCH zu deklassieren und ihn vernichtend abzuwerten. Eine Möglichkeit von gleichwertigen Sichtweisen wird im Vorhinein schon ausgeschlossen. Damit gingen wichtige Informationen und Bausteine zur Untermauerung der eigene Theorie verloren und eine inspirierende … nein, das ist nicht das Wort, wonach ich suche … ergänzende … ist es auch noch nicht, ihr wisst schon, wie ich es meine, Zusammenarbeit käme nicht zustande."

„Hört sich nicht verkehrt an."

„Und wisst ihr, ich fand seine Einschätzung absolut plausibel. Schaut euch doch mal unsere Medien an. Die verkaufen EINE Meinung. Wenn man der nicht zustimmt, dann ist man der Ar…"

Castigos rückte neugierig nach vorne, sein Interesse hatte er geweckt.

„Komm, ganz so schlimm ist es ja auch wieder

73

nicht."

„Und das Schlimme daran ist", dabei erhob Tak seinen Zeigefinger, „so empfinde ich es, wenn man anderer Meinung ist, ist man nicht nur anderer Meinung, NEIN, heutzutage wird man mit einer anderen Meinung sofort als ungebildet, unmodern bewertet und abgeurteilt. Böser geht es wohl kaum noch. Wer möchte schon gern als doof bezeichnet werden! Oder wie sagt man besser? Bildungsfern. ES DARF KEINE ANDERE MEINUNG GEBEN!" Der letzte Satz sprudelte lautstark aus ihm heraus.

Lennja, die ihren Kopf auf die Hände gestützt hatte, sah ihn fragend an.

„Empfindest du das wirklich so extrem?"

„Auf jeden Fall. Nehmen wir zum Beispiel unsere Klimaschützer. Dort werden alle Klimaveränderungen dem Menschen zugeschrieben."

„Du willst ja wohl nicht behaupten, dass unsere Industrien, Energie, Verkehrsemissionen und Landwirtschaft etc. nichts damit zu tun haben."

„Warte doch mal, nichts damit zu tun haben, habe ich auch nicht behauptet. Der Physiker Henrik Svensmark hat herausgefunden, dass die Aktivitäten der Sonne die Temperatur der Erde in wesentlich höheren Anteilen beeinflussen, als man bisher annahm."

„Aha, ein Verschwörungstheoretiker?"

„Ja, das haben lange Zeit viele gedacht. Von seinen Wissenschaftskollegen wurde er lange Zeit als Paria behandelt …"

„Was ist das, wenn ich mal so blöd fragen darf?"

„Ist nicht blöd, Lenny. Musste ich auch erst mal googeln." Ein Schmunzeln ging durch die Runde. Lennja schien erleichtert, dass es nicht nur ihr so ergangen war.

„Ein Paria ist ein keiner Kaste zugehöriger Inder. Sozusagen ein Ausgestoßener."

„Hm."

„Wenn wir miteinander streiten, respektieren wir einander. Unterlassen wir es …"

Er legte den Kopf schief und sah sie fragend an.

„Stellt euch vor, erst als die vorherrschende Forschergilde seine Befunde nicht mehr länger ignorieren konnte, mussten sie ihm ein wenig Anerkennung schenken. So sagt Svensmark zum Beispiel, dass Klimaforschung schon lange keine normale Wissenschaft mehr ist. Sie ist schon seit Langem politisiert worden, sodass in den letzten Jahren gar kein Interesse mehr an neuen Erkenntnissen bestehen würde. Man hätte sich auf eine Theorie geeinigt und fertig. Dies widerspräche zutiefst dem Prinzipien der Wissenschaft! Und seht ihr, da sind wir wieder bei der Streitkultur. Es darf keine andere Meinung geben."

„Vielleicht spielen ja wirtschaftliche Faktoren eine Rolle. Sozusagen, wenn man alles auf ein Pferd setzt, dann kann man dort auch neue Jobs schaffen und viel Geld verdienen."

„So denke ich auch, meine Liebe."

„Wartet mal, ich komme auch aus dem Bereich. Natürlich müssen wissenschaftliche Forschungsprojekte finanziert werden und natürlich stehen meist finanzkräftige Wirtschaftsunternehmen dahinter, aber mit solchen Scheuklappen würde ich das hier nicht sehen wollen. Unsere Forschungsprojekte werden von unterschiedlichen Gremien finanziert. Hoffe ich auf jeden Fall. Denn sonst würde es ja heißen, dass wichtige Projekte aus wirtschaftlichen Gründen hinten rausfallen würden. Das wäre ein Unding."

„Wäre es auf jeden Fall. Aber sieh dir doch das Beispiel Svensmark an. Andere Theorie, zack, Ausschluss aus der elitären Wissenschaftsgilde. Das ist keine Hypothese, das ist Fakt."

„Und dann greift auch wieder deine Aussage bezüglich der Bewertung anderer Meinungen auf, die die nicht sein dürfen. Wenn man nur leise Bedenken gegenüber der Klimapolitik äußert, dann ist man ganz schnell ein ungebildeter Kretin."

„Ja, genau so empfinde ich es auch. Und dann sind wir wieder bei dem Politikwissenschaftler. Die Fähigkeit, sich mit anderen Meinungen auseinanderzusetzen, miteinander zu diskutieren, gehe immer mehr verloren und dadurch die Möglichkeit, sich auf breiter Ebene weiterzuentwickeln. Ich glaube an diese These."

„Wäre schade, wenn es so wäre."

„Ich glaube, und das kann ich aus Erfahrung sagen, dass es genügend engagierte Wissenschaftler gibt, die in der Lage sind, andere Meinungen bestehen zu lassen und zu diskutieren. Es wird in einigen Bereichen vielleicht so sein, das will ich gar nicht bestreiten, aber der überwiegende Anteil ist weitestgehend unabhängig von Beeinflussungen."

„Und die Finanzierung? Die bestimmt doch im Endeffekt, welches Projekt gefördert wird und welches nicht. Ich will es mal überspitzt formulieren: Vielleicht hat die Finanzierung auch Einfluss auf die Ergebnisse."
In der Hitze des Gefechtes röteten sich ihre Wangen. Tak nahm zwei kräftige Schlucke aus seinem Glas, wischte sich mit der Hand über den Mund und wollte gerade weiter machen, als Edeltraut auf sie zu getänzelt kam. Mit ausgebreiteten Händen lud sie sie zum Tanzen ein.

Oh man, sie sah immer noch klasse aus. Und obwohl er eigentlich kein großer Tänzer war, merkte er, wie er sich innerlich schon aus dem Sessel erhob und ihr auf die Tanzfläche folgen wollte. Zum Glück konnte er sich gerade noch bremsen, um Lennja und Castigo mit einem aufmunternden Händeklatschen dazu zu bringen, auch mitzukommen.

„Oh, nee, das ist gar nicht mein Lied", hörte er Castigo sagen, doch dann erklang

‚Wow I feel good, I knew that I wouldn't of, so good, so good, I got you'

„Da bin ich dabei."
Und wie selbstverständlich nahm er Lennys Hand und zog sie mit sich auf die Tanzfläche. Was nun folgte, war pure Lebensfreude. Wie so oft brachte Musik die Menschen zusammen. Probleme wurden für eine Weile verscheucht. Jetzt wippten, groovten und alberten alle durcheinander. Der eine oder andere lieferte eine witzige Überraschung. Sebastian, der Stippelige, zum Beispiel entpuppte sich als lustiger und einfallsreicher Tänzer. Plötzlich war er ganz locker. Tak schmunzelte, das hätte er nicht gedacht. Vielleicht hatte er sich aber auch früher noch nie wirklich Gedanken darüber gemacht. Bei ‚All the small things' von Blink-182 rockten Castigo und er voll ab. Sie sangen den Refrain ‚Turn the lights off, carry me home, na na, na na, na na, na na' lauthals mit. Später grölten fast alle auf der Tanzfläche im Takt. Er war umgeben von glücklichen Menschen und ein Gesicht stach besonders hervor. Es war Edeltraut, die in kreisenden Bewegungen auf ihn zu getanzt kam. Als sie ihre Arme im Rhythmus hob, stieß sie gegen Taks Hüfte. Ein angenehmer Schauer durchfuhr ihn. Völlig egal, was jetzt gespielt würde, dachte er, wenn sie nur in seiner Nähe bleiben würde. Doch schon erschollen die ersten Töne eines neuen Liedes und ein wildes Wow, durchfuhr die Menge. Der einsetzende Bass war unglaublich. Als wenn einem die Eingeweide durchgeschüttelt würden.
‚let's go, lose control' und dann ‚are you ready for this?' Die Menge wippte auf und nieder. Hände flogen in die Höhe, es wurde gerempelt und lauthals mitgesungen. Er kannte den Song zwar nicht, aber so schwer war der Text ja nicht. Also grölte er mit. Er fühlte sich wohl, fast schon glücklich. Ein fast schon unbekanntes Gefühl. Zu viele vernünftige Gespräche. Überhaupt fand er sich

unglaublich vernünftig und sein Leben mehr als berechenbar. Egal, jetzt hatte er Spaß, und das war gut so. Wo war Edeltraut?

Kapitel 15

Er konnte sich gut an die verrückten Zeiten mit ihr erinnern. Ihr offenes Lachen war das Erste, was ihm an ihr aufgefallen war. Sagt man ja so. Niemand würde zugeben, zuerst ihre Oberweite und später erst ihr Lächeln bemerkt zu haben. Die Vorstellung brachte ihn zum Lachen und ihm entfuhr ein glucksendes Geräusch. Wie auch immer sie sich kleidete, sie sah einfach klasse aus. In manchen Outfits hatte er sie fast nicht wiedererkannt. Erst wenn sie kurz vor ihm stand, erkannte er sie. Unglaublich! Edeltraut hatte dafür kein Verständnis und foppte ihn öfter damit. Männer sind doch echt sonderbar. Worauf achtet ihr Männer eigentlich, wenn ihr Menschen anseht? Es stimmte, wenn die Haare anders frisiert waren oder ihn ein völlig anderes Outfit überraschte, war er völlig aufgeschmissen. Ist sie's oder nicht? Für ihn war es ein völliges Rätsel, wie manche Menschen – meist Frauen, musste er gestehen – andere Personen immer, aber auch immer wiedererkennen konnten. Egal, welche Frisur, Haarfarbe oder Outfit sie gerade hatten. Für ihn unbegreiflich. In einem gemeinsamen Urlaub war es genau eine solche Begebenheit, weshalb seine Diva ihn belächelte. Damals kehrten sie regelmäßig in einem kleinen Café ein und tranken auf der Terrasse meist noch einen Latte Macchiato. Seine Begeisterung für die attraktive Bedienung hatte Anlass zu einigen Späßen gegeben. Doch einige Tage später, am Ende eines herrlichen Tagesausflugs, ließen sie sich erneut in diesem besagten Café nieder. Wie gewohnt, bestellten sie ihre Getränke.

„Einen süßen Zopf hat deine Bedienung heute", meinte Edeltraut augenzwinkernd.

„Welche Bedienung?"

„Das ist jetzt nicht dein Ernst!" Sie hatte ihn völlig entgeistert angesehen. „Sag jetzt nicht, du hast sie nicht erkannt."

Auch heute spürte er das unangenehme Gefühl noch deutlich, das ihre Äußerung damals auslöste. Er hatte den Mund verzogen und mit den Augen gerollt. Dann hatte sie lauthals angefangen zu lachen. Später dann, als er sich nicht mehr so dumm vorgekommen war, konnten sie gemeinsam darüber lachen, und zwar so, dass ihnen Tränen die Wangen herunterliefen. Die Bedienung hatte sie daraufhin nur verwirrt angeguckt. Viel später in ihrer Beziehung hatte sie behauptet, ihr Foto auf seinem Handy hätte nur den Zweck, abzugleichen, mit wem er zusammen sei. Zuerst war es Spaß.

In seinen Erinnerungen gefangen, geriet er aus dem Takt. Die Leichtigkeit war weg und jetzt wollte er auch nicht mehr weitertanzen. Er blickte umher. Ihm war nicht ganz klar, wie er hier hingekommen war, und plötzlich fühlte sich die Tanzfläche nicht mehr richtig an. Er schluckte, bemerkte seinen trockenen Mund und ging schnurstracks auf die Bar zu. Es dauerte eine Weile, bis der Kellner seine Bestellung verstand. Zum Schluss hatte er ihn anschreien müssen, was ihm recht unangenehm war, doch dann hatte es geklappt. Mit dem Rücken an der Bar gelehnt, ließ er seinen Blick durch den Raum wandern. Diejenigen, mit denen er gern gequatscht hätte, tanzten vergnügt. Castigo sah zu ihm rüber und winkte ihm, sich zu ihnen zu gesellen. Doch Tak verspürte keine Lust dazu. Er hob sein Glas, deutete mit einer Hand darauf und hob entschuldigend die Schultern. Castigo winkte ab und verschwand wieder in dem Gewimmel der Tanzbegeisterten. Wo war seine Ex? Er verspürte den Wunsch, mit ihr zu reden. Einfach so. Was sie so machte und wie es ihr ging. Sie einfach nur in seiner Nähe zu haben, würde ihm guttun.

„Prost!"

Lennja streckte ihm ihr volles Glas entgegen.

Mit großen Augen sah er sie an. Mit ihr hatte er überhaupt nicht gerechnet. Was war das da in ihrem Glas? Ein Cocktail? Irgendetwas Milchiges, mit pinkem Strohhalm und einem kleinen Schirmchen auf der Ananas, am Rande des Glases. Ihre Gläser klirrten aneinander. Mit einer Kopfbewegung deutete er ihr an, sich lieber in einen ruhigeren Bereich zurückziehen zu wollen, dorthin, wo man sich besser unterhalten konnte. War die Sache mit dem Tanzen eigentlich spontan entstanden? Vielleicht wusste Lenny mehr darüber. Er ließ sie vorgehen. Das war ihm auch lieber. So würde ihr die Aufgabe zufallen, einen geeigneten Platz zu finden, und er war fein raus aus der Sache. Außerdem ließ man doch der Dame den Vortritt, oder? Über seine Ausrede musste er selber schmunzeln. So war er nun einmal. Lennja fand einen Platz in der Nähe des Kamins. Vorhin hatte er noch gemütlich mit seinen Freunden dort gesessen. Ein heiß begehrter Bereich. Leider war er schon belegt. Zielstrebig änderte sie ihre Richtung und ging auf eine andere Sitzgruppe zu. Seine Augen wurden immer größer. Nicht dorthin! Seiner Meinung nach konnte sich nur eine Frau diesen Platz aussuchen. Sie standen vor einem großen Ecksofa mit ausladender Sitzfläche. An den Rückenlehnen riesige Kissen. Blau, türkis und mit grünen Ornamenten verziert. Alle aus samtigem Stoff.

Auf Lennjas Gesicht erschien ein zufriedenes Grinsen, als sie sich in eine Ecke des Sofas plumpsen ließ. Tak atmete tief durch. Was waren die Ledersessel von vorhin doch schön! Wie sollte er sich hier gemütlich hinsetzen können? Er wurde unruhig. Er verkniff sich eine abwertende Bemerkungen, da er sie nicht verletzen wollte, und setzte sich vorsichtig an den Rand des Sofas. Sollte man sich hier hinsetzen oder direkt hinlegen? Wer hatte so etwas Unpraktisches entworfen? Beim Versuch, sich an der Rückenlehne anzulehnen, baumelten seine Beine in der Luft. Wie bei einem Kind. Das ist doch wirklich albern! Er holte tief Luft. Er kam sich unbeholfen und hölzern vor. Unruhig rutschte er hin und her. Wenn er am Rand sitzen bliebe, dann würden ihm, so ganz ohne Rückenlehne, bestimmt schon nach kurzer Zeit alle Knochen wehtun. Wenn er nach hinten rutschte, dann würde er dasitzen wie ein kleines Kind. Das wollte er nicht. Die Situation verunsicherte ihn. Um allem etwas Positives abzugewinnen, versuchte er etwas zu finden, was ihn entspannter werden lassen konnte. Wenn überhaupt, dachte er, dann sieht dieses Möbelstück dekorativ aus …, aber völlig unpraktisch! Leider verbesserte diese Überlegung seine Stimmung kein bisschen.

Lennja schaute ihn lachend an.

„Ich glaube, das wird dein Lieblingsmöbelstück."

„Du kannst Gedanken lesen."

Ihre Äußerung nahm ihm die Last von den Schultern.

„Fällt auch nicht schwer, bei deinem Gesicht."

Nachdem er ihr erzählt hatte, was ihm zuvor durch den Kopf gegangen war, lachten sie gemeinsam über die ‚vertrackte' Situation.

„Eigentlich können nur wirbellose Wesen auf dieser Couch rumhängen", kam von Tak, der sich gegen die Rückenlehne schmiss, dabei beide Arme nach oben riss und sich spiralförmig, mit verdrehten Augen, vom Sofa rutschen ließ. Lennja kugelte sich vor Lachen. Dann presste sie sich so dicht in die Kissen, dass es aussah, als ob sie von ihnen verschlungen würden.

„Ahhhh!", rief sie mit aufgerissenen Augen, ihre Arme hilfesuchend in die Höhe gestreckt.

„Ist bei Ihnen alles in Ordnung?", war die besorgte Frage eines herbeigeeilten Kellners.

Tak setzte sich aufrecht hin, legte den Kopf schräg und lächelte.

„Ja, wir glauben den Kampf gegen Ihre Möbel gewonnen zu haben."

Die Bedienung drehte sich um und ging kopfschüttelnd davon.

„Können wir was zu knabbern haben? Ich hab noch Hunger bekommen", rief Lennja ihm hinterher.

Pflichtgemäß kam er zurück und erkundigte sich nach ihren Wünschen.

„Möchten Sie etwas Salziges oder kann es auch Eis sein?"

„Oh, Eis!" Verzückt leckte sie sich über ihre Lippen.

„Eis geht immer", bestätigte Tak.

„Für beide?"

Sie nickten.

„Sollen wir woanders hingehen?"

Tak schüttelte heftig den Kopf.

„Dann findet uns der Typ doch nicht mehr und ich will das Eis unbedingt."

Sie machten es sich auf dem Sofa bequem. Lenny so, dass sie von ihm nicht mehr verschlungen werden konnte, und Tak, dass er nicht runterrutschte. Jetzt lagen zwar seine Schuhe auf dem Sofa, aber das war ihm egal.

„Was machen deine Pferde? Wer passt auf sie auf?"

„Ich finde den Typ, der uns gleich das Eis bringt, ziemlich cool. So ein bisschen wie Vladimir McCrary."

Warum wich sie seiner Frage aus? Um nicht unhöflich zu

sein, ging er auf ihre Bemerkung ein.

„Wie wer?"

„Wie einer aus ‚Das fünfte Element'. Ein Film von Luc Besson."

„Aha, muss ich den kennen?"

„Nö."

Als Castigo vorhin eine ähnliche Frage stellte, war sie ihm da nicht auch schon ausgewichen? Sollte er nachhaken oder sie in Ruhe lassen? Doch seine Neugier war geweckt. Sie war doch alt genug, fand er, um ihnen deutlich zu machen, wenn sie damit in Ruhe gelassen werden wollte.

„Jetzt sag mal, was ist das für ein Geheimnis um deine Pferde?"

„Mensch Tak, ich bin Lehrerin."

„Häh?" Jetzt verstand er gar nichts mehr. Verlegen drückte er sich tiefer in die Kissen. Pferde oder Lehrerin, da gab es ja überhaupt keinen Zusammenhang. „Hör mal, willst du mich jetzt verarschen?"

„Nein."

„Könntest du das bitte ein wenig ausführlicher erklären?"

Unbeholfen rutschte sie auf dem Sofa hin und her. Die Rückenlehne bot ihr dabei leider keinen Halt, sodass sie weiter nach einem geeigneten Platz suchte. Dann griff sie sich ein Kissen und schloss es in die Arme. Es wirkte, als würde sie sich dahinter verstecken. Unsicher blickte sie umher, ohne ihn dabei anzuschauen. Da hatte er sie, ohne es zu wollen, in die Enge getrieben.

„Du musst nichts erzählen, wenn du nicht willst." Er meinte es ernst, denn sie in die Enge zu treiben, war nicht in seiner Absicht. Es sollte einfach nur ein netter Smalltalk werden, um ins Gespräch zu kommen. Welch merkwürdige Wendung. Eben noch Party und jetzt eine völlig verkrampfte Situation. Kompliziert. Und kompliziert wollte er auf keinen Fall! Hilfesuchend blickte er umher. Sie brauchten eine Ablenkung. Sein Blick fiel zum Glück auf zwei Personen, die seine Aufmerksamkeit direkt in den Bann zogen. Eng aneinander gedrückt standen sie da und sahen neugierig zu einer Person, die direkt vor ihnen stand und ihnen irgendwas auf dem Handy zeigte. Das waren doch Catherin und Leo. Catherin und Leo? Schon wieder. Ein Grinsen huschte über sein Gesicht. Wie schön. Sie strahlten heller als das Display des Handys. Nehme ich für meine nächste Geschichte, dachte er. Genieß es doch einfach, du musst nicht immer ökonomisch denken, korrigierte er sich. Seine Mundwinkel wanderten nach oben und kleine Lachfältchen bildeten sich um seine Augen. Doch dann gefror sein Gesichtsausdruck urplötzlich. Hatte Lennja es mitbekommen? Hoffentlich nicht. Sonst würde sie jetzt vielleicht denken, er würde über sie lachen. Vorsichtig drehte er den Kopf in ihre Richtung.

Sie schaute in eine andere Richtung. Zum Glück. Was sollte er jetzt machen? Solche Situationen konnte er gar nicht leiden. Schweißperlen bildeten sich auf seiner Oberlippe. Mit einer Handbewegung wischte er sie fort. Er wollte keine Schuld an ihrer Stimmungsverschlechterung haben. Mit einem Ruck bugsierte er sich aus seiner Sitzposition heraus und hockte sich an den Rand des Sofas, dabei entfuhr ihm ein Seufzer. Jetzt fühlte er sich schon besser. Wenigstens war er körperlich aus seiner hilflosen Position befreit. Um ein Haar wäre er mit dem Kellner zusammengestoßen, der in diesem Augenblick das Eis brachte. Die geniale Rettung.

„Ohh, guck mal, das sieht ja köstlich aus", entfuhr es ihm. Langsam drehte sie sich zu ihm, sah zum Eis, sagte aber nichts. Von den Köstlichkeiten völlig vereinnahmt, vergaß Tak augenblicklich seinen Stress. Da waren nur noch die winzigen Waffelhörnchen auf wunderschön verzierten Tellern, gefüllt mit cremigem Eis, Karamellstückchen und feinem Crumble. Seine

Zunge fuhr über die Lippen. Das Wasser lief ihm im Munde zusammen. Er schluckte. Es sah einfach köstlich aus.

„Und was kriegen Sie?", wandte er sich mit unschuldigem Blick an den Kellner. Der junge Mann verstand den Scherz sofort, lachte und zog von dannen. So toll sah der nun auch wieder nicht aus, dachte Tak. Später würde er googeln, wer dieser McCrary eigentlich war. Nachdem er ein paar Löffel probiert und am liebsten direkt nachbestellt hätte, fragte er Lennja.

„Und wie schmeckt's dir?"

„Gut", war ihre einsilbige Antwort.

„Wenn du nicht willst", seine Hand langte zu ihrem Teller hinüber, „ich würde mich für dich opfern." Es war ein ernst gemeintes Angebot von ihm. Er würde auch ihre Portion vertilgen. Es gab nur noch das Essen. Alle Randerscheinungen waren gelöscht. Es passierte schon wieder. Der Tunnelblick. Ohne auf sie zu achten, hatte er angefangen, in sich reinzustopfen. Und das Schlimmste war, er bekam kein Ende. Zum Glück fing Lennja jetzt an zu reden.

„Ich bin einfache Lehrerin und arbeite an einem deutschen Gymnasium in den Staaten."

„Wenigstens das mit den Staaten stimmte", schoss aus ihm heraus. Was als flachsige Bemerkung gedacht war, schien nicht anzukommen.

„Haha. Die Sache mit der Vollblutzucht war ein Traum von mir. Ging aber leider in die Brüche."

„Tut mir leid." Er meinte es wirklich so.

„Mir auch. Ich weiß nur nicht, was ich trauriger finden soll. Die gescheiterte Beziehung oder den Verlust meines Pferdetraums."

„Aber warum hast du das denn nicht gleich erzählt?"

„Weil ich nicht allen Menschen die Lehrerin aufs Auge drücken will."

„Und warum nicht? Ist doch nichts Verkehrtes."

„Weißt du, wie viele Lehrerwitze es gibt? Wie viele Kabarettisten sich über meinen Beruf die Mäuler zerreißen?"

„Deshalb hast du …" Lächelnd sah er zu ihr und stupste sie an. „Du bist verrückt. Weißt du, das mit den Pferden habe ich dir auch gar nicht abgenommen. Das klang irgendwie so … so aufgesetzt."

„Willkommen in der Realität." Sie setzte sich aufrecht hin, hob die Schultern, atmete tief durch und ließ sie erleichtert wieder fallen. Die Anspannung schien von ihr zu weichen. Sie löffelte ihr Eis und biss genüsslich in das kleine Waffelhörnchen. Ihre Gesichtszüge hellten sich auf. Als sie sich etwas Eis von dem Mundwinkel wischte, huschte sogar ein Lächeln über ihr Gesicht. Ganz allmählich kehrte ihr Strahlen zurück. Was sollte er jetzt sagen, damit die Stimmung erhalten blieb?

„Du hast da noch Eis im Gesicht."

Sie wischte über ihre Lippe.

„Nicht da." Er griff nach seiner Serviette, spuckte drauf und beugte sich zu ihr. Entsetzt wich sie zurück.

„Bist du verrückt?"

Freudestrahlend klatschte er sich auf die Beine.

„Reingefallen!"

Lennja schlug ihn unsanft gegen den Arm.

„Idiot!"

„Weißt du noch, früher die Omis, wie sie zu einem kamen und … ohhh, voll eklig." Allein die Vorstellung rief einen Schauer bei ihm hervor und beide prusteten los.

„Meine Oma, die fotografiert ihr Essen und verschickt es dann. Ist doch merkwürdig, oder?"

Peinlich berührt verzog er die Nase. Das eine oder andere Mal, erinnerte er sich, hatte er sich genauso verhalten. War er jetzt auch schon alt? NEIN! Das kann nicht sein. Auf gar keinen Fall.

Kapitel 16

Quietschvergnügt, mit durchschwitztem Hemd schlenderte Castigo auf sie zu.

„Hallo, ihr süßen Turteltauben. Hört mal. Warum sagen die in Mexiko nicht, ich liebe dich?"

„Und warum?", wollte Tak wissen.

Sich der Pointe bewusst, konnte Castigo vor Lachen kaum antworten. Prustete in seine Hand, holte tief Luft und erzählte weiter.

„Weil die nämlich gar kein Deutsch sp … spre … chen." Das letzte Wort war vor lauter Lachen kaum zu verstehen.

Tak, der den Witz gar nicht so toll fand, sah, wie Lennja sich köstlich amüsierte. Okay, der Witz war nicht schlecht, aber zum Abrollen war er auch nicht gerade, dachte Tak.

„Hast du nicht verstanden?" Castigo sah mit großen Augen zu ihm hinüber. „Die sprechen kein Deutsch."

„Doch, doch hab ich. Super lustig. HAHAHA."

„Du bist und bleibst einfach ein Stippel. Da kann man nur hoffen, dass deine Bücher nicht so trocken sind wie du." Mit dieser Bemerkung versuchte er, sich zu ihnen aufs Sofa zu setzen. Er stockte, verzog das Gesicht, rutschte hin und her und katapultierte sich mit einem ‚Ach, scheißegal' gegen die kissenbestückte Rückenlehne. Kopfschüttelnd saß er da. Hob die Arme und deutete auf seine Beine, die auf der Sitzfläche lagen, und seine Füße, die frei in der Luft baumelten.

„So was Bescheuertes! Was hat sich dieser Mensch dabei gedacht, als er dieses Prachtstück entwarf? Der kann doch nicht alle Tassen im Schrank gehabt haben."

„Das Thema hatten wir eben schon." Tak deutete mit dem Daumen auf Lennja. Castigo hob die Augenbrauen. Er wusste ja nicht, was es mit der Aussage von Tak auf sich hatte.

„Typisches Frauensofa", klärte ihn Tak mit einem frechen Seitenblick zu Lennja auf. Castigo rollte die Augen und ließ seinen Kopf nach hinten fallen.

„Die Ledersessel, was waren die schön!"

„Ohhhh ja."

Tak nahm einen hellen Lichtblitz wahr und schaute rüber. Er konnte vier, fünf Mädels ausmachen, die sich ganz offensichtlich für ein Foto verrenkten. Nur eine stand frontal zum Handy. Die anderen drehten sich so zur Kamera, dass sie nur von der Seite zu sehen waren. Unwirsch schüttelte er den Kopf.

„Guckt euch das mal an."

Um besser sehen zu können, beugte sich Castigo vor.

„Was denn. Die sehen doch ganz süß aus."

„Stimmt", kam es von Lennja.

Sie hatten recht. Warum war ihm nur das gestelzte Verhalten aufgefallen? Süß waren die Mädels, ja. Seine Augen wurden groß, denn er hatte Edeltraut entdeckt. Sie war es, die eben anders posierte. Seine Diva. Mit stolzgeschwellter Brust sah er zu ihnen rüber. Die Gruppe löste sich auf und sie begutachteten die Fotos auf dem Handy. Wir leben in einer tollen Zeit, dachte er. Früher musste man tagelang auf die Bildentwicklung warten und heute? Schwups, da waren sie, und in exzellenter Qualität. Doch seine Gedanken schweiften ab.

Was machte ihn bei dem Gedanken an seine Ex so stolz? Seine Diva, die es nicht nötig hatte, sich in Klischees einzureihen. ‚Wer mich so leiden kann wie ich bin, den mag ich auch, die anderen …‘, hatte sie vor langer Zeit einmal gesagt. Und an anderen Stelle ‚Was Menschen von mir denken? Wenn ich ehrlich bin, dann interessiert es mich nicht wirklich. Nicht, dass ich mein Verhalten nicht reflektieren würde, aber die meisten Menschen wechseln ihre Meinungen doch wie die Fähnchen im Wind.‘ Damals empfand er ihre Äußerung anderen Menschen gegenüber überheblich. Doch mittlerweile sah er das ein wenig anders.

„Ich meinte, wie die sich für die Fotos hingestellt haben, um bloß nicht zu dick zu wirken.“

„Ja und, was ist so schlimm daran?“, wollte Lennja wissen.

„Früher hattest du viele Bilder, auf denen du dich total doof fandest. Heute hast du eine viel größere Trefferquote.“

Mit zusammengekniffenen Augenbrauen sah er sie an. Hmm. So unrecht hatte sie gar nicht. Wenn er es sich recht überlegte, gab es in der Vergangenheit einige Bilder von ihm, bei denen er mit seinem Aussehen nicht zufrieden war. Nun bekam man die Möglichkeit, seine Erinnerungsfotos zu optimieren. Was eine andere Perspektive doch so verändern konnte. Die Falten auf seiner Stirn glätteten sich.

„Gar nicht so verkehrt!“

Castigo hielt ein Glas Rotwein in der Hand und bewegte sich damit vorsichtig in Richtung Rückenlehne. Nachdem er einen bequeme Position gefunden hatte, schaute er Tak herausfordernd an.

„Aber unser lieber Autor macht sich ja die Welt

lieber, wie sie ihm gefällt, stimmt's?"

„Am liebsten ja." Und nickte heftig. „Darum schreibe ich ja auch."

Froh über seine ehrliche Antwort, wunderte sich Tak nun über Castigos unerwartete Stimmungsschwankung. Sein Lachen war verschwunden. Gedankenverloren blickte er in sein Glas und wurde ganz ruhig. Taks Magen zog sich zusammen. Hatte es etwas mit dem zu tun, was er gesagt hatte, oder war es was anderes? Was von früher? Hoffentlich nicht. Zum Glück war es ihm gelungen, die Erlebnisse von damals größtenteils zu verdrängen oder sie beim Schreiben mit einzubeziehen. So konnte er Erlebnisse beschreiben, ohne sich direkt damit auseinandersetzen zu müssen.

Keiner von ihnen machte einen Mucks. Die Außengeräusche schienen sich zu reduzieren. Erinnerungsblitze waren plötzlich da. Das wollte er nicht. Sein Atem ging schneller. Unwillig zuckte er mit den Schultern, um die Gedanken abzuschütteln. Lenny beugte sich nach vorne.

„Wisst ihr noch, damals?"

„Hey", ertönte es lauthals, „was ist das denn für ein trauriger Verein?"

Wie von einem Stromschlag getroffen, zuckten sie zusammen.

„Bruderherz, wer hat denn dir die Laune verdorben?"

Wie aus einem schlechten Traum erwacht, hob Castigo den Kopf und schaute seine Schwester ungläubig an. Schüttelte sich kurz und fuhr sich mit der Hand über sein Gesicht. Was war mit ihrem Bruder los? Sie ließ sich neben ihn aufs Sofa plumpsen. Umschlang ihn mit beiden Händen und legte ihren Kopf an seine Schulter.

„Du, Bruderherz …", sagte sie und strahlte ihn an.

„Was ist?" Seine Stimme klang barsch und abweisend. Sie fühlte sich zurückgestoßen und rückte von ihm weg. Dabei wollte sie ihm doch nur ihr unverhofftes Glück mitteilen. So, wie sie immer alles teilten. Zeigen, wie gut es ihr ging. Und dann das. Was immer seine Reaktion ausgelöst hatte, sie wollte nicht Prellbock für seine Launen sein. Nicht jetzt.

„Oh, da ist aber jemand angesäuert! Ich komm wieder, wenn es vorbei ist."

Sie erhob sich elegant und ging leichten Schrittes davon, ohne ihn eines weiteren Blick würdigen. Dann eben nicht! Wären die anderen nicht dabei gewesen, hätte sie selbstverständlich nach dem Grund für seine Stimmung gefragt. Aber so … mit all den Leuten? Von Weitem winkte Leo, breitete seine Arme aus und lud sie lächelnd ein, zu ihm zu kommen. Ein Kribbeln durchfuhr sie.

Jetzt war wieder alles leicht. Vorhin da war ihre Hand noch von seiner Schulter über seine Brust, hmm, herrlich, über den wohlgeformten Bauch gewandert. Vom Hosenbund zum Beckenknochen. Bis zu der Stelle, an der durch eine leichte Wölbung die Bauchmuskulatur zum Becken übergeht. Ohhhhh mein Gott, wie sie diese Stelle liebte. Einfach wunderbar, dachte sie. Im Geiste ließ sie ihre Hände an seinem Körper entlang gleiten. An seinem Bauch, den perfekten Hals … ihr Grinsen wurde immer breiter. Die Vorstellung, gleich wieder bei ihm zu sein, ließ sie erröten. Er war perfekt.

Leo hatte sich auf einem Sessel niedergelassen. In seiner wartenden Haltung und dem herzlichen Lachen sah er wundervoll aus. Er schaute ihr direkt in die Augen. Und was für Augen! Am liebsten hätte sie ‚Stopp!' gesagt und diesen Augenblick für immer festgehalten.

Kapitel 17

Eigentlich war sie ohne große Erwartungen zu diesem Treffen gefahren, um die Leute von damals wiederzusehen. Herauszufinden, wie es ihnen ging und was sie so machten. Einen schönen Abend verbringen, was Leckeres essen und nette Gespräche führen, sonst nichts. Und dann das!

Vielleicht war das mit Leo unvernünftig, aber Vernunft spielte schon viel zu lange eine viel zu große Rolle in ihrem Leben. Warum also nicht? Es tat ihr gut, fertig, aus. Mit zusammengezogenen Augenbrauen sah er sie fragend an. Wie lange hatte sie so dagestanden? Ein Lächeln huschte über sein Gesicht. Oh Gott … bei diesem Lächeln wäre sie am liebsten …

Sie stürzte in seine Richtung und schlitterte den letzten Meter, auf den Sohlen rutschend, auf ihn zu. Strahlend und überglücklich. Erwartungsvoll breitete er seine Arme aus und umschlang sie liebevoll. Sie küsste ihn so heftig, dass er tief in seine Rückenlehne gedrückt wurde. Beide prusteten los. So als wäre sie schwerelos, zog er sie auf seinen Schoß und legte ihre Beine so, dass sie über seine Armlehne baumelten.

„Sehr gemütlich."

„Das hoffe ich doch."

Sie kuschelte sich an ihn. Die Wärme seiner Arme spürte sie schützend an ihrer Taille. So ähnlich müsste es im siebten Himmel sein. Mit geschlossenen Augen atmete sie langsam ein. Da war er wieder, der betörende Duft. Sie drückte ihre Nase näher an seinen Hals und schnupperte begeistert. Als er sie fester in seine Arme nahm, konnte sie sein Schmunzeln geradezu spüren.

Ganz in ihrer Nähe posierten einige Personen für ein Foto. Sie lachten und schienen sich prächtig zu amüsieren.

„Komm", hatte sie ihn noch sagen hören. Dabei hatte er sie sanft von seinem Schoß geschoben, sich zu ihnen gestellt und hinter ihnen Faxen gemacht. Als die erste Überraschung überwunden und die verdatterten Gesichter verschwunden waren, wurden noch ein paar verrückte Bilder geschossen. So schön sie seine spontane Art auch fand, hätte sie gern länger mit ihm zusammen gekuschelt. Wie als ob er ihre Gedanken erahnte, stand er grinsend wieder vor ihr und machte mit bewusst ungeschickten Bewegungen Anstalten, wieder auf seinen Platz zu kommen. Er krabbelte über sie hinweg. Zwischendurch machte es den Anschein, als seien ihre Arme und Beine völlig verheddert. Über seine witzige Art musste sie lachen, und wie durch ein Wunder saß sie genau wie zuvor auf seinem Schoß.

„Du bist verrückt."

„Ich weiß", war seine Antwort.

Kapitel 18

Am anderen Ende des Raumes saßen die drei noch immer bewegungslos auf dem Sofa. Die Augen starr auf den Boden gerichtet.

„Aber Seiten ändern dich."

Lennja verdrehte die Augen.

„Das heißt nicht: Seiten, sondern Zeiten und nicht dich, sondern sich."

„Oh, Frau Superschlau. Hör mal bis zum Ende zu. Ich finde, Bücher haben das Zeug, Leben zu verändern. Mir hat die Schreiberei auf jeden Fall geholfen."

Castigo und Lenny schauten ihn fragend an.

„Und wie bitte?"

„Als ich anfing zu schreiben, da wusste ich nicht, wo die Reise hingehen sollte. Ich schrieb einfach drauflos. Zuerst hatte ich nur vage Charaktere im Kopf, aber noch keine Handlung. Die ergab sich erst so nach und nach. Meistens jedenfalls. Wenn ihr was von mir gelesen habt, dann wisst ihr, dass ich unsere Erlebnisse nicht wirklich eins zu eins umgesetzt habe. Ging auch nicht wirklich. Dafür wäre es viel zu persönlich geworden. Schreiben war so eine Art Therapie für mich. So habe ich peu á peu das eine oder andere verarbeiten können, glaube ich wenigstens."

„Tja, so spart man sich den Therapeuten", warf Castigo ein. „Habe nie einen aufgesucht. So ein Seelenklempner ist nix für mich."

Lennja beugte sich behutsam nach vorn, stützte ihr Kinn auf eine Hand und sah zu Castigo.

„Und warum nicht?"

Es lag nichts Provokatives in ihrer Frage. Und die Tatsache, dass sie anfingen, über ihre Vergangenheit zu sprechen, wirkte sich positiv auf ihre Stimmung aus.

„Weil ich nicht bereit bin, einem wildfremden Menschen irgendetwas von mir und meinen Gefühlen zu erzählen."

„Wie bist du denn damit umgegangen?"

„Gar nicht! Ich habe einfach weitergemacht."

Lenny verschränkte ihre Hände unter dem Kinn und schaute zu Boden. Castigo nahm einen kräftigen Schluck aus seinem Glas und winkte der Bedienung.

„Möchtet ihr auch noch etwas?" Keine Antwort. In diesem Augenblick wirkte Castigo wie ein kleiner Junge, der mit seinen abstehenden Locken und forschendem Blick etwas gutzumachen hatte. Ganz anders als noch vor ein paar Augenblicken, als er zum Kampf bereit schien.

„Für mich ein Caipirinha bitte", trällerte Lenny.

„Ohh, unsere Cocktail-Queen", konterte Castigo. Lennjas Arme verschlossen sich vor ihrem Körper.

„Für dich auch noch was, Tak?"

„Hm, 'n Cocktail habe ich schon seit Jahren nicht mehr getrunken. Aber ich glaube, ich bleibe lieber bei meinem Bier."

„Für mich auch noch eins, bitte."

Der Kellner gab die Bestellung in sein Gerät ein und ging augenzwinkernd davon.

Castigo sah zu Lennja, die fröhlich strahlte.

„Galt das Zwinkern dir?"

„Nein, das galt mir", kam es von Tak.

„Blödmann."

„Ich habe gehofft, ich hätte Chancen bei ihm." Catherins Bruder hob enttäuscht die Schultern und schob beleidigt die Unterlippe vor.

„Hab nicht gedacht, dass du auf Männer stehst", warf Lennja ein. Castigo lehnte sich genüsslich zurück und verschränkte die Arme hinter seinem Kopf.

„Ich auch nicht, aber das Leben hält immer eine Überraschung für einen bereit."

„Okay."

Mit einem Schwung setzte sich Lenny zu Castigo.

„Dann bin ich ja noch nicht aus dem Rennen." Überrascht sahen sie sich an. Keiner von ihnen wusste, wie er mit der Situation umgehen sollte. Zum Glück schnitt Lennja jetzt eine Fratze und beide brachen in Gelächter aus. Aus Versehen stieß sie gegen seine Schulter und wie selbstverständlich legte er den Arm um sie. Für einen kurzen Moment blieben beide so sitzen. Der Unfug hatte gutgetan.

„So etwas wie einen therapeutischen Effekt haben Nagellacke, Mode und Glitzerschmuck natürlich auch. Sie machen froh – zumindest für einen Augenblick", gab Lennja in ironischem Tonfall zum Besten.

„Das ist doch nicht dein Ernst! Dann machen das Cocktails auch."

„Ist das vielleicht 'ne Anspielung?"

„Wenn's nicht zur Regel wird", gab Tak feixend zurück.

Lennja setzte sich aufrecht hin. Ihre Haltung glich jetzt der einer Kämpferin, ihre Entspannung war dahin.

„Warte mal, Süßer, wir haben jetzt seit Jahren nichts voneinander gehört und nun siehst du mich zwei Cocktails trinken und schon bin ich für dich eine Alkoholikerin?" Sie rutschte von Castigo weg und saß jetzt am vorderen Rand des Sofas. Wie zum Sprung bereit. Den Blick angriffslustig auf Tak gerichtet.

„Bleib mal locker. War nicht so gemeint! Ich glaube, ich habe einfach Angst, dass du Alkohol als Ausweg für dich gewählt hast."

Blitzschnell beugte sie sich nach vorne und tat so, als ob sie ihn ohrfeigen würde, dann noch einen angetäuschten Schlag gegen seine Stirn.

„Döspaddel. Ich habe zwar eine gescheiterte Beziehung hinter mir und mein Traum von einer Vollblutzucht ist auch in die Hose gegangen, aber das lässt mich noch lange nicht zum Alki werden."

Was ein Glück, da war es wieder. Ihr Lachen. Erleichtert atmete er auf. Jetzt strahlte sie wieder heller als die Sonne. Warum hatte dieser Mann sie wohl verlassen? War er es, der gegangen ist, oder war sie es? Er kratzte sich am Kopf.

„Jetzt möchtest du noch wissen, wer wen verlassen hat, oder?"

Sein breites Grinsen verriet ihn.

„Du kannst Gedanken lesen."

„Also, ich ihn. Aber erst, nachdem er mit einem unserer Stallmädchen rumgemacht hatte."

„Scheiße."

„Ja, Scheiße. Aber ich hab's überlebt, wie ihr seht."

Tak schüttelte ungläubig den Kopf.

„Was für ein Blödmann!"

Die Getränke kamen und sie stießen an. Mit erhobenem Glas sah Castigo zu ihr.

„Auf eine wundervolle Zukunft."

Lennja war wieder still geworden und blickte traurig zu Boden.

„Mensch, vergiss den Kerl. Guck mal, es gibt so viele gut aussehende, intelligente Männer, die solo sind", versuchte Castigo die Situation zu retten. „Uns zum

Beispiel."

Wollte er testen, ob Lennja auf ihn stand? Tak konnte es nicht genau einschätzen.

„Nein …"

„Wie ‚nein'? Ich finde uns erstklassig."

Lächelnd winkte sie ab, schaute dabei zu Boden.

„Wisst ihr, mir kam gerade eine Situation in den Sinn. Ich hatte Pausenaufsicht. Es war warm und die Jugendlichen drückten sich, wie gewohnt, in Gruppen auf dem Schulhof herum. Dann ein Geräusch. Ich spürte, wie ich innerlich erstarrte und mir Schweiß über den Rücken lief. Das beklemmende Gefühl kann ich jetzt noch spüren. Sie war wieder da, diese panische Angst und die Hilflosigkeit. Ein YouTube-Video, in dem Schüsse fielen und wildes Geschrei zu hören war, hatte es ausgelöst. Ein paar Jugendliche hatten es sich angeschaut."

Keiner sagte etwas.

Tak, der jeden Blickkontakt vermied, atmete erleichtert auf, als vor ihnen eine Stimme ertönte, die sie aus ihrer angespannte Stimmung herausholte.

„Was werden denn hier für ernste Themen gewälzt? Braucht ihr Hilfe?"

Lennja drehte sich mit großen Augen und roten Wangen in die Richtung, aus der die Stimme kam.

„Weißt du, Marielu, du warst eine unglaubliche Stütze für uns … damals."

Marielu zögerte, zog sich aber einen bequemen Sessel heran und setzte sich zu ihnen. Nachdem sie durch mehrfaches Hin- und Herrutschen eine geeignete Sitzposition gefunden hatte, lehnte sie sich zufrieden zurück und strich mit dem Finger über den Rand ihrer Glases.

„Danke. Es freut mich, dass ihr es so wahrgenommen habt. Gut, dass ihr nicht ahntet, wie es wirklich in mir ausgesehen hat. Ihr, die ihr mir anvertraut wart. Meine Gruppe. Das war der blanke Horror, das könnt ihr mir glauben."

„Eben habe ich den Jungs erzählt, dass es immer noch Schlüsselsituationen gibt, die mich direkt in diese schrecklichen Szenen zurückversetzen. Dann bin ich wieder in dieser Hilflosigkeit und fühle mich dieser aggressiven Unberechenbarkeit genauso ohnmächtig ausgeliefert wie damals."

Marielu blickte Lennja aufmerksam an.

„Und was machst du dann?", wollte sie wissen.

„Was mache ich dann?" Lennja kaute auf ihrer Lippe herum. „Also, ich habe gelernt, die Gefühle auszuhalten."

„Ach, da war einer beim Seelenklempner."

„Castigo, sei bitte still", unterbrach ihn Marieluise freundlich, aber bestimmt.

„Danke." Ein Lächeln huschte über Lennjas Gesicht.

„Meine Therapeutin gab mir den Rat, mich zu schützen. Mir immer einen sicheren Ort zu schaffen, an dem ich weiß, dass mir nichts passieren kann."

„Seht ihr, das ist es, was ich meine. Das ist doch völlig unrealistischer Quatsch. Such dir einen sicheren Ort." Castigos Stimme wirkte verzerrt und seine wilden Armbewegungen machten deutlich, was er davon hielt.

„Castigo, bitte."

Da war sie wieder, dachte Tak: Marielus besonnene Art, Menschen zu besänftigen. Bei jedem anderem wäre es provokativ rübergekommen, bei ihr nicht. Castigo gab nach und rutschte auf dem Sofa zurück.

Tak schmunzelte. Mit den Füßen in der Luft schwebend, sah Catherins Bruder wie ein kleiner Junge aus, der aufgewühlt und noch immer ein bisschen wütend war.

Dann machte Lennja etwas Überraschendes. Sie rutschte ganz dicht an Castigo heran, stupste ihn mit der Schulter an und lächelte. Marielu und Tak starrten erwartungsvoll zu ihnen hinüber. Castigo ließ keine Reaktion erkennen.

„Weißt du, das habe ich am Anfang auch gedacht.

Vielleicht ist es ja unrealistischer Quatsch, aber der unrealistische Quatsch hilft mir, und das ist die Hauptsache." Sie erhob ihr Glas und forderte ihn mit einem Augenzwinkern auf, mit ihr anzustoßen. Tak beugte sich neugierig nach vorne, um mitzubekommen, wie Castigo reagierte. Seine knötterige Miene veränderte sich nicht. Doch bei genauerem Hinsehen erkannte er, dass Castigo sich sein Lachen verkneifen musste. Schließlich hob auch er sein Glas und stieß mit ihr an. Erleichtert ließ sie sich gegen ihn fallen. Legte den Kopf für einen klitzekleinen Moment an seine Schulter und atmete erleichtert ein. Wie selbstverständlich legte er einen Arm um sie und gab ihr einen Kuss auf die Stirn.

„Danke", kam es ganz ganz leise aus seinem Mund, was ein Lächeln auf ihrem Gesicht hervorrief. Tak schossen Tränen in die Augen. Wir sitzen alle im selben Boot.

„Marielu, weißt du eigentlich, wie es Odette ergangen ist? Ich meine damals? Sie war bei unseren ersten Treffen nicht dabei."

„Das müsst ihr sie schon selber fragen. Wie weit sie heute ist, weiß ich nicht."
Synchron suchten ihre Blicke den Raum nach ihr ab. Marielu fand sie als Erste.

„Schaut, da hinten steht sie mit Leo, Max und deiner Schwester."
Die Gruppe plauderte entspannt. Ab und an rückten sie dichter zusammen, da Catherin ihnen etwas auf dem Handy zu zeigen schien. Gleichzeitig erklärte sie ihnen etwas und ihre weit aufgerissenen Augen ließen darauf schließen, dass sie völlig begeistert war.

„… und dann muss ich euch noch meine absolute Traum-Location zeigen." Castigos Schwester nahm ihr Handy zu sich heran, um nach dem passenden Video zu suchen. „Wartet, ich hab's gleich." Ungeduldig trippelte sie mit den Füssen. „Wie soll ich euch dieses Haus nur beschreiben? Auf jeden Fall ist es das schönste, was ich je gesehen habe. Wirklich. Es steht mitten im Wald und ist irgendwie verschachtelt ...“ Sie wischte mit dem Finger über das Display. „Wartet, ich hab's gleich.“ Dann, mit einer schnellen Bewegung, stoppte sie die über den Bildschirm huschenden Bilder. „Ich hab's. Guckt euch das mal an.“ Strahlend hielt sie den anderen das Handy hin.

„Wow.“

„Cool.“

„Mit so vielen Fenstern.“

„So was hab ich ja noch nie gesehen.“

„Auch von oben total cool.“

„Das gibt's doch nicht.“

„Seht erst mal, wie es von innen aussieht.“ Catherins Finger suchten geschickt nach den nächsten Bildern. Und wieder präsentierte sie ihr Display in die Runde.

„Mein Gott, das ist doch verrückt.“

„Ein Fels mitten im Wohnzimmer und ein riesiger Kamin aus Beton. Irre.“

„Was für hohe Räume. Guck mal, da kommt man in das nächste Zimmer.“

„Ihr müsst euch das Schlafzimmer ansehen. Unbeschreiblich, wartet bitte kurz.“ Ihre Finger begannen erneut zu arbeiten. Sie spürte Leos Hand, die ihr sanft über den Rücken strich. Für einen kleinen Moment schloss sie ihre Augen, um den Moment zu genießen. Doch dann übermannte sie ihre Euphorie, den anderen weitere Einblicke in dieses Traumhaus zu gewähren.

„Hier. Schaut, da ist es. Ein Bett mitten im Raum. Rundherum nur Glaswände, die vom angrenzenden Wald trennen. Wie in einem Vogelnest liegt man dort. Ist das nicht wunder-, wunderschön?“

Leos Arme legten sich enger um ihre Hüften. Sie

schmiegte sich an ihn, fügte dann an alle gewandt hinzu:

„Stellt euch vor, das ist nur ein Sommerhaus. Wenn ihr mich fragt, ich würde dort sofort einziehen. Und wenn die nicht wüssten, wer sich im Winter um das Haus kümmert? Ich würde mich opfern."

„Ich komme gerne mit", flüsterte Leo ihr ins Ohr. Sie lachte und küsste ihn auf die Wange.

„Was sind das für Leute, denen ein solches Haus gehört?"

„Für welches Projekt hast du die Location gebraucht?"

„Für einem Film benötigten sie eine imposante Kulisse. Ein skrupelloser, mächtiger Bösewicht sollte dort residieren. Wie man sich so einen Menschen eben vorstellt." Sie lachte und fügte dann hinzu, „über den Besitzer darf ich nichts preisgeben. Ist sogar vertraglich fixiert. Nur eins, es handelt sich nicht um eine Person, wie sie im Film dargestellt wird."

„Schlimmer wahrscheinlich. Wer sich solch ein Anwesen leisten kann – und das als Sommerhaus –, der kann nicht auf legalem Weg an so viel Geld gekommen sein."

„Hey, hey", witzelte Leo, „wohl zu viele Krimis geguckt, was?"

„Wie willst du denn ein solches Haus mit einem normalen Job finanzieren?", fragte Maximilian schmallippig, seine Hände energisch in die Hüften gestemmt.

„Schau mal, es gibt Einkommensquellen in unserer Welt, die bringen so enormen Gewinn, das ist mit unseren Normalo-Gehältern nicht zu vergleichen."

„Sag ich doch. Nur mit krimineller Energie kommt man so weit." Max' Gesicht rötete sich zusehends. Leo schüttelte grinsend den Kopf.

„Stopp, Max, das habe ich nicht gemeint. Nimm zum Beispiel die Erdölquellen, die bringen ihren Besitzern viel Reichtum, und das auf ganz legalem Weg."

Max runzelte die Stirn und wollte ihm gerade antworten, als Leo noch ergänzend hinzu fügte:

„Nimm als weiteres Beispiel den Rap-Bereich. Dort wird in ganz kurzer Zeit unglaublich viel Geld verdient."

„Und direkt in teure Autos, protzigen Schmuck und Drogen umgesetzt. Womit wir wieder in der illegalen Ecke wären."

„Aber mit legal verdientem Geld", unterbrach Leo, der nun aufrecht dastand und beide Hände in den Hosentaschen versenkt hatte. Catherin spürte, wie die Stimmung umzuschlagen drohte, wusste aber nicht, was sie dagegen tun sollte. Zum Glück rettete Odette die Situation.

„Jungs, wir werden das Thema heute wohl nicht lösen können, und wenn ich ehrlich bin, will ich es auch nicht. Leo und seine Berufsgruppe haben die Bösen gefälligst ins Gefängnis zu bringen, und das sollten sie auf der ganzen Welt so tun, und gut is'!" Sie schaute fröhlich in die Runde und machte deutlich, dass das Streitthema beendet werden sollte. „Lasst uns einfach an den schönen Dingen des Lebens erfreuen, das haben wir uns verdient."

Catherin sah Odette an. Ihr Kopf neigte sich zur Seite. Das war wirklich gut von ihr. Alle Achtung. Sie bewunderte Odette für ihr diplomatisches Geschick. Doch schon wurde ihre Aufmerksamkeit auf Leo gelenkt, der seine Arme um sie legte. Es folgte ein sanfter Kuss auf ihre Schläfe. Dabei berührten seine winzigen Bartstoppeln ihre Wange und erzeugten ein angenehmes Kribbeln auf ihrer Haut.

Odette zeigte nach draußen.

„Kommt, lasst uns rausgehen. Draußen steht 'ne Feuerschale, an die können wir uns setzen. Habt ihr Lust?"

Augenblicklich setzte sich die Gruppe in Bewegung.

Vielleicht, um die wenigen freien Plätze am Feuer noch zu ergattern. Oder aber auch, um eine räumliche Trennung zu der vorangegangenen Situation herzustellen. Die Polsterung auf den Stühlen und Bänken sah vielversprechend aus. Die Schaffelle, die über den Lehnen lagen, passten farblich gut zu der Garnitur. Hätte ich auch gern, kam Catherin in den Sinn.

Odette stürmte auf die gemütliche Sitzecke zu.

„Oh, das ist ja voll kuschelig. Da will ich hin."

„Du bist doch kein Baby", bemerkte Max verständnislos.

„Sind wir nicht alle Babys?", feixte Leo und gab Max einen Schubser. Die Bemerkung schien Max zu gefallen, denn seine verkniffenen Gesichtszüge erhellten sich.

Von drinnen klangen lebendige Gitarrenklänge an Catherins Ohr. Sie drehte sich so, dass der warme Lichtschein, der auf die Terrasse fiel, ihr Gesicht erleuchtete. Wie gemütlich es dort drinnen aussah.

‚considere ya un amor sincero, de apuel amor…
vamos a bailar … lai lai lai lai lai'

„Ein Gute-Laune-Lied, richtig für 'ne lange Fahrt im offenen Wagen. Laut und spritzig." Max war wie ausgewechselt. „Ich finde, wir sollten tanzen. Kommt jemand mit?"

Da niemand den Anschein machte, seiner Tanzlust zu folgen, hüpfte er alleine davon.

„Hätte ich ihm jetzt gar nicht zugetraut." Odette klatschte begeistert in die Hände. „Lustig, irgendwie. Menschen sind halt immer für 'ne Überraschung gut. Und wenn sie positiv ist, umso besser." Erstaunt sah sie zu Odette rüber. So fröhlich kannte Catherin sie gar nicht.

„Ich halte große Stücke auf Max. Seit Kenia haben wir den Kontakt gehalten."

„Bei den Gruppentherapien?"

„Ja, auch. Aber schon früher. Schon, als unsere Gruppe von euch getrennt wurde und Marielu uns nicht beschützen konnte. Da brach für mich eine Welt zusammen."

„Für uns alle. Auch mit Marielu."

„Seit dieser Zeit ist Max wie ein Bruder für mich. Obwohl er nicht viel älter war als ich, versuchte er mich damals zu beschützen."

Catherin betrachte Odettes zufriedenes Lächeln. Doch ihr Blick verfinsterte sich und ihre Erinnerungen schienen zurückzukommen. Beide Arme um ihren Körper geschlungen hockte sie nun, wie ein kleines Paket, auf der Bank. Auch bei Leo nahm Catherin eine Veränderung wahr. Plötzlich saß er kerzengerade da. Die Hände auf die Beine gestützt. Den Blick in die Ferne gerichtet.

„Leute. wir haben es alle überstanden. Wir leben noch. Lasst den Kopf nicht hängen", rief Catherin, die nicht wollte, dass weiter über alte Zeiten geredet wurde. Sie winkte der Bedienung. „Was wollt ihr trinken?"

Der Kellner kam freundlich auf sie zu.

Ein Schauer überkam Catherin und sie schüttelte sich leicht. Allein die Vorstellung, sich erinnern zu müssen, rief ein unbehagliches Gefühl hervor. Sie atmete tief ein. Sie wollte dieses Gefühl loswerden und lenkte sich mit der Bestellung ab.

„Einen Cocktail für mich bitte, egal was, ich lass mich gern überraschen."

„Ich bleib bei meinem Wein."

„Für mich einen Portwein bitte, und hätten Sie was zum Knabbern?"

Nachdem der Kellner die Bestellung aufgenommen und sich bei ihnen bedankt hatte, drehte er sich kurzerhand um und verschwand. Einen Augenblick später kehrte er mit einer üppig gefüllten Schale Cashewkernen und anderen Nüssen zurück.

„Sie sind ein Schatz!"

Catherin warf ihm eine Kusshand zu, die er mit einem verschmitzten Augenzwinkern erwiderte.

Maximilian tauchte mit geröteten Wangen und winzigen Schweißtröpfchen auf der Stirn bei ihnen auf. Seine Augen blitzten fröhlich, als er in die Runde schaute.

„Habe ich was verpasst?"

„Ich konnte die beiden gerade noch abhalten, einen Depri zu bekommen."

„Wieso?"

„Weil ich ihnen geraten habe, gedanklich nicht in den alten Zeiten herumzuhängen. Schließlich haben wir ja überlebt!"

Das Lachen auf Max' Gesicht verschwand schlagartig.

„Aber nicht alle", entgegnete er in einer unvermittelten Deutlichkeit, die alle abrupt erstarren ließ.

Catherin, die neugierig geworden war, blickte ihn über die Schulter hinüber an.

„Wer denn nicht?"

„Yuma hat sich ein Jahr danach mit 'ner Überdosis das Leben genommen." Dabei schloss er seine Arme schützend vor der Brust.

Auf einmal wurden Catherins Beine ganz weich und zitterig.

„Davon wusste ich nichts." Sie sackte in sich zusammen. Auch das noch.

Als der Kellner ihre Getränke brachte, herrschte eine bedrückende Stille.

„Na, ihr Lieben, hängt ihr in den alten Zeiten?"

Ohne dass es jemand bemerkt hatte, war Edeltraut an ihren Tisch gekommen. „Darf ich?"

Catherin nickte, blickte jedoch nicht auf.

„Wenn ihr was aufarbeiten wollt, bin ich dabei.

Bei mir wartet noch ein ganzer Berg darauf, verarbeitet zu werden."

„Bei dir?"

„JA!"

War das möglich? Catherin war völlig überrascht. Die Toughe, Schöne, Lustige? Irgendwie hatte sie sich bei ihr nie Gedanken gemacht, dass es für sie Auswirkungen haben könnte. Sie war doch so souverän. Es war ihr nie in den Sinn gekommen, dass … dass sie die gleichen Probleme haben könnte wie sie.

Edeltraut setzte sich und stützte beide Hände auf der Sitzfläche ab.

„Da guckst du, meine Liebe."

„Ich weiß gar nicht, was ich sagen soll", gestand Catherin.

„Den Eindruck hatte ich öfter von dir. Du verhieltest dich oft ambivalent, danach auch noch."

War das ein Angriff? Catherin merkte, wie sich ihre Schultern verkrampften. Wie sollte sie damit umgehen? Intuitiv setzte sich aufrecht, um besser gewappnet zu sein. Zum Glück strich Leo ihr sanft über den Rücken, lehnte sich zu ihr und flüsterte leise in ihr Ohr.

„Ich glaube, sie will dir nichts."

Küsste sie zärtlich auf die Wange und blieb neben ihr sitzen. Das tat gut! Sie spürte, wie sich ihr Körper entspannte.

Edeltraut schaute freundlich zu ihr rüber.

„Weißt du, ich fand dich schon immer nett, kam aber mit deiner Art nicht zurecht."

Tränen schossen Catherin in die Augen. Genau das hatte sie sich doch immer gewünscht. Von Edeltraut gemocht zu werden, und jetzt das! Sie drückte Leos Hand ganz fest.

„Und jetzt findest du sie also nicht mehr nett?"

Die verschmitzte Bemerkung kam von Max und rettete die ganze Situation.

Kapitel 19

Bilder von brennenden Autos schossen durch Taks Kopf. Aufgebrachten Menschen. Demonstranten, die Bilder von Politikern in die Luft streckten. Wütende Schreie. Personen, die mit Macheten und anderen Waffen ausgerüstet waren. Brandsätze, die in Geschäften gelegt worden waren. Schreie. Soldaten, die sich am Ende einer Straße formierten. Dann junge Männer, die Steine in die Richtung der Soldaten warfen.

Wie waren sie nur hierher geraten? Wo war Marieluise? Das Gebrüll wurde lauter und die Menge rückte immer näher in Richtung der Soldaten. Er hatte Angst. Panische Angst. Wo waren seine Freunde? Ängstlich sah er sich um. Schweiß lief ihm von der Stirn. Sein Atem ging schnell und flach. Hinter einer Mauer versteckt liefen ein paar Einheimische in gebückter Haltung, um dem Tumult zu entfliehen. Lauthals wurden vom großen Platz aus irgendwelche Parolen skandiert. Die Worte verstand er nicht. Blindlings folgte er fremden Menschen, die wie er zu fliehen schienen. Die Schreie wurden immer lauter. Was war passiert? Wo war seine Gruppe? Niemand, den er fragen konnte. Niemand, der ihn beschützte! Seine Lippen fingen an zu zittern. Um ihn herum war alles laut und bedrohlich. Auf sich gestellt, stürzte er blindlings hinter den anderen Flüchtenden her.

Plötzlich ein Schuss.

Tak fuhr zusammen. Sein Herz raste. Er schaute sich hektisch um. Seine Angst wurde immer größer. Er biss sich auf die Unterlippe. Wo war er? Er hatte die Orientierung verloren. Wohin sollte er? Tränen schossen ihm in seine Augen. Planlos rannte er weiter, den Blick verschwommen. Hinter einer Ecke starrte er auf eine Gruppe von weißen Menschen. Weiße. Keine Einheimischen. Sein Herz stampfte wie eine Lokomotive. Das bedeutete Hilfe. Seine Schritte überschlugen sich. Er wollte dorthin, so schnell wie möglich. Zu den weißen Menschen, die sollten ihn beschützen. Jetzt waren es nur noch ein paar Meter. Sein Körper schien es schneller zu realisieren als er, denn angenehme Wärme durchströmte ihn. Auf seinem schweißüberströmten Gesicht erschien ein verzerrtes Lachen. Das war seine Gruppe! Alle waren da. Mit der Hand wischte er sich über die Augen. Marielu stürzte auf ihn zu.

„Beinahe hätten wir dich verloren", rief sie und schloss ihn fest in ihre Arme. Jetzt konnte nichts mehr geschehen, dachte er. Ein Zittern durchfuhr ihn und Tränen liefen ihm übers Gesicht.

Er war in Sicherheit.

Kenia zählte doch zu den sichersten und stabilsten Ländern Afrikas. Aus diesem Grund war ihre Jugendgruppe dorthin gereist. Was war plötzlich hier los? Das hier war wie Krieg. Weiter, wir müssen weiter, hatte ihre Gruppenleiterin gesagt. Von nun an wich er keinen Millimeter mehr von ihrer Seite. Er zitterte heftig. Aber Marielus Nähe reichte aus, um ihm Sicherheit zu geben. Er musste nur ganz nah bei ihr bleiben, dann konnte ihm nichts mehr passieren!

Die ohrenbetäubenden Geräusche wurden nicht leiser, obwohl sie sich immer weiter vom großen Platz entfernten. Dann plötzlich weitere Schüsse, gefolgt von aufgebrachten Schreien und Rufen. Geräusche von splitternden Scheiben, metallischen Schlägen, die Situation wurde immer bedrohlicher. Er sah, wie Marielu versuchte, jemanden über ihr Handy zu erreichen. Ohne Erfolg. Sie tippte wieder und wieder auf ihrem Handy herum. Stampfte energisch auf und biss sich auf die Lippen. Ihre Aufforderung an die Gruppe, an ihrer Seite zu bleiben, wäre nicht nötig gewesen. Es gab niemanden, der die Situation unterschätzte. Wie in Trance griff er nach ihrer Hand und wollte sie nie mehr loslassen. Durch Zufall fanden sie ein paar Straßen weiter eine Toreinfahrt, die ihnen Zuflucht bot. Erschöpft ließen sie sich an den Wänden gelehnt nieder. Einige fingen an zu weinen. Andere saßen einfach nur da und starrten vor sich hin. Marielu versuchte sie zu trösten. Sie strich ihnen über die Köpfe oder drückte ihre Schultern. Sie bot ihnen Schutz, den Schutz, den sie in dieser unsicheren Situation benötigten. Für ihn wirkte sie stark, furchtlos und besonnen.

„Ich werde euch hier rausholen!"
Das klang so einfach und selbstverständlich. Wahrscheinlich zweifelte damals niemand an ihrer Aussage.
Später sah er sie noch mehrmals telefonieren. Um was es ging, bekam er nicht mit und ihr Gesicht ließ auch keine Rückschlüsse zu. Trotzdem fühlte er sich sicher.

Kenia, hatten seine Eltern gesagt, dort würde er wilde Tiere und paradiesische Strände sehen. Abenteuerliche Trekkingtouren machen. Er würde beim Tauchen atemberaubende Unterwasserwelten entdecken. Natürlich wollte er tauchen und die Unterwasserwelten sehen, das war für den morgigen Tag geplant. Eine Tour, zum Ausgleich für ihre Anstrengungen der vorangegangenen Wanderungen. Er hatte sich darauf gefreut.
Und heute?

Heute hatten sie sich kurz Nairobi ansehen wollen. Die Hauptstadt Kenias. Eigentlich wollten alle lieber tauchen gehen, aber in der Reiseplanung ihrer Eltern war nun mal Nairobi vorgesehen. Man sollte die Stadt gesehen haben, hieß es, wenn man schon mal in Kenia war. Das hatten sie nun davon.

Im Sitzen schaute er sich um. Es sah alles irgendwie gleich aus. Von Weitem hörte er immer noch das Getöse von Motorengeräuschen, Rufe und ab und zu auch Schüsse. Jetzt war es ganz anders, als er es in den Beschreibungen von Aufständen vermittelt bekommen hatte. Und wenn er Actionfilme sah, dann waren die Schießereien für ihn immer am spannendsten gewesen. Doch jetzt hatte er nur noch Angst.

Warum nur hatten ihn seine Eltern zu dieser Reise überredet? Er wollte überhaupt nicht fahren, zumal er niemanden aus der Gruppe kannte. Neue Menschen kennenzulernen ist immer gut, hatten sie freudestrahlend erklärt. Und eine solche Reise würde eine Persönlichkeitsentwicklung darstellen. Darüber würde er sich später einmal sehr freuen. Einen Sch… würde er.

„Ich will hier weg."

„Wir auch", hatte Marielu geantwortet, „und wir werden es auch schaffen." Dabei hatte sie ihm über den Kopf gestrichen und auf die Stirn geküsst. Erst in diesem Augenblick wurde ihm bewusst, dass er laut gedacht hatte. Ein Klingelton erklang, der sie zusammenschrecken ließ. Hoffentlich würde er sie nicht verraten. Marielu nahm das Gespräch an und ging ein paar Schritte von ihnen weg in Richtung Toreingang. Ihre Stimme klang ruhig.

„Machen wir. Bis gleich."

Das waren die Worte, die Tak mitbekam. Dann befahl sie ihnen, in Ruhe aufzustehen und ihr als geordnete Gruppe zu folgen. Ein Wagen würde ein paar Straßen weiter auf sie warten und sie zu ihrem Flieger bringen. Von dort sollte es zurück zur Küste gehen. Sie hätten es bald geschafft.

Auf einigen Gesichtern konnte er ein Lächeln erkennen. Sie hatten es geschafft. Sie zogen los.

Wie selbstverständlich nahmen wir uns bei den Händen. Auf der Straße war kein Mensch mehr zu sehen. Hinter uns der Lärm vom großen Platz. Wir fingen an zu rennen und mit jedem Schritt wurde es um uns herum leiser. Dann sahen wir den Lkw.

Geschafft!

Einige von uns rannten gleich los und erreichten den Wagen.

Tak spürte noch genau, wie es war, als Lennja plötzlich hinfiel und gleich darauf hysterisch anfing zu weinen. Irgendwas war mit ihrem Knöchel, den sie umklammert hielt. Marielu schrie, dass sie schnell zum Laster laufen sollte. Sie gestikulierte wie wild in Richtung des Autos. Trotzdem blieben einige wie parallelisiert stehen.

„Rennt!", befahl Marielu. Er konnte nicht sagen, warum, aber es rannten nicht alle von ihnen. Noch heute hatte er das Bild ihres verzweifelten Ausdrucks und die Tränen auf ihren Wangen vor Augen. Der größte Teil ihrer Gruppe war in Sicherheit, als ein Trupp bewaffneter Rebellen aus einer Seitenstraße gerannt kam. Sie schrien irgendetwas Unverständliches und fuchtelten wild mit ihren Gewehren herum.

„Kubabi wamesimama!" (Stehen bleiben!)
Catherin stieß einen ohrenbetäubenden Schrei aus.

„AHHHHHHHHHH!"

Er war so schrill, dass selbst die Rebellen für einen kurzen Augenblick innehielten. Marielu zog diejenigen, die mit ihr zurückgeblieben waren, eng an sich heran. Dann sah er, wie die Männer langsam auf sie zukamen. In ihren dunklen Gesichtern erkannte er Wut. Da war sie

wieder, seine Angst. Übermächtig groß und erdrückend.
Doch plötzlich hörte das Gefühl auf und es war für ihn,
als würde er zu einem neutralen Beobachter.

Die Männer, die immer näher kamen, ihr Geschrei, die
Körper seiner Freunde, die an ihn gedrückt wurden, alles
nicht mehr real. Die Angst war weg, er war nur noch
Zuschauer. Da waren Edeltraut, Castigo, Lennja, Leo,
Catherin und Marielu, ihre Leiterin. Ihre Blicke trafen
sich. Auch wenn es nur für einen winzig kleinen
Augenblick war, so gab es ihm doch Zuversicht. Sie wird
uns hier rausholen.

„Bringt die Kinder in Sicherheit! FAHRT!
FAHRT!", schrie sie aus voller Kehle in Richtung des
Lkw.
Und wir? Was ist mit uns?, überkam es Tak. Hilf uns!
Warme Tränen kullerten über seine Wangen. Bitte hilf
uns doch auch.

Kapitel 20

„Wer bleibt über Nacht?", fragte Odette. Die Frage ließ Tak zusammenzucken und katapultierte ihn wieder in die Realität. Er räusperte sich und erkundigte sich, wonach sie gefragt hatte.

„Wer von euch über Nacht bleibt."

„Ich."

„Ich."

„Ich."

„Ich."

„Ich", hörte auch er sich sagen. Die Nachricht, dass doch so viele über Nacht bleiben würden, freute ihn sehr, denn er sehnte sich jetzt nach Geselligkeit, die ihn seine Erinnerungen vergessen lassen würde.

„Also bei euch hier alle fünf. Sehr schön." Vergnügt zwinkerte sie ihnen zu. „Ist notiert. Ihr könnt weitermachen."

„Wer bleibt denn noch so?", wollte Edeltraut wissen.

Odette drehte sich noch einmal kurz zu ihnen um.

„Soweit ich weiß, fährt nur Sebastian nach Hause und Pia und Tim wissen es noch nicht so genau."

„Danke."

„Keine Ursache."

Und damit verschwand Odette in Richtung Empfang. Edeltraut setzte sich dicht an Tak heran und legte einen Arm um seine Schultern. Die Berührung tat gut. Ganz wie in alten Zeiten, schoss es ihm durch den Kopf.

„Na, Süßer, wo warst du denn gerade mit deinen Gedanken?"

„Ach, lass lieber."

„Okay. Dann erzähl uns mal, wovon dein nächstes Buch handelt."

„Oh je, ich bin noch ziemlich am Anfang und du weißt doch, laut Vertrag …"

„Jaja, laut Vertrag darf keiner fremden Person etwas erzählt werden, damit im Vorhinein nichts bekannt wird."

„Genau."

Mit einem herausfordernden Grinsen sah sie ihn an.

„Ich bin aber keine Fremde."

Bei dieser Bemerkung musste er lachen. Ihm war klar, wie sie drauf war, wenn sie so guckte. Auf der anderen Seite war jetzt jede Ablenkung besser, als zurück in seinen Erinnerungen zu fallen.

„Weißt du, um ehrlich zu sein, bin ich noch gar nicht weit und hänge auch ein wenig durch. Also nichts Großartiges zu erzählen."

„Gut, sehr gut aus der Affäre gezogen." Sie stupste ihn mit ihrer Schulter an. Er legte seinen Arm um ihre Schulter und so saßen sie da. Es konnte so einfach sein mit ihr. Sie sahen sich die Leute in ihrem Umfeld an. Doch seine Erinnerungen waren wieder da. Bildfetzen schossen ihm durch den Kopf.

„Weißt du noch, wie seinerzeit der Lkw einfach abgefahren ist?"

Sie drückte ihn, atmete tief durch und richtete sich auf. Mit einem Seitenblick und in einem schulmeisterlichen Ton begann sie.

„Mit dem, was uns dort passiert ist, damit müssen wir alle fertig werden. Aber ich will nicht immer wieder daran erinnert werden. Das ändert nämlich gar nichts." Ihre Anspannung war deutlich zu spüren. Ihre Hände waren zu Fäusten geballt. Ihre Nasenflügel hoben und senkten sich. Nun war es besser, nicht weiter darauf einzugehen, sonst könnte es eskalieren. Die beste Möglichkeit, aus der Situation herauszukommen, war einfach, das Thema zu wechseln.

„Weißt du noch, wie du die schwarz-weiße Leggins anhattest und irgendetwas Schlabberiges darüber? Als Krönung einen grauen Mützenhut auf, der dich aussehen ließ wie ein Waldwichtel?" Sie boxte ihn gegen den Arm, konnte sich aber ein Lachen nicht verkneifen.

„An diesem Tag hattest du absolut keine Lust auf deine Business-Klamotten und mit der großen Sonnenbrille fühltest du dich völlig inkognito."
Seine Erinnerungen ließen ihn losprusten. Mit einer Hand schlug er sich vor lauter Begeisterung aufs Bein.

„HAHA, sehr witzig. Erstens sah ich nicht aus wie ein Waldwichtel", dabei verdrehte sie ihre Augen, „weil es nämlich eine Moncler-Mütze war …"

„Oh eine MONCLER-Mütze", fiel er ihr ins Wort. Süffisant verzog er seinen Mund und hantierte affektiert mit den Händen.

„Das ändert natürlich alles."

„Komm, ich hatte echt lange darauf gespart. Ich fand sie unglaublich schick. Ich brauchte sie unbedingt." Sie schmunzelte. „Als ich sie im Schaufenster sah, wusste ich, die muss ich haben. Nachdem ich ein paar Monate gespart habe, war sie auch meine. Und ich war unglaublich stolz." Edeltraut schloss genießerisch die Augen und lächelte. Tak beobachtete sie fasziniert. Sie hatte immer noch etwas von diesem kleinen Mädchen an sich, das war das Tolle an ihr.

„Im Nachhinein ganz schön verrückt. Viel zu viel Geld für so eine Tüte auf dem Kopf. Aber ich wollte es nicht anders." Sie gab ihm einen Klaps aufs Bein. Die Berührung fühlte sich gut an und brachte neue Erinnerungen hervor.

„Oder das Outfit mit der karierten Schlägerkappe, weißer Bluse und dem schwarzen Pullover, bei dem man dachte, er würde dir jeden Moment von den Schultern fallen."

Edeltraut fasste sich mit einer Hand vors Gesicht und ein glucksendes Geräusch entfuhr ihr.

„Oh nein, daran haben ich überhaupt nicht mehr gedacht."

„Und die dicken Ketten, die dir bis zum Bauchnabel baumelten."

„Man vergesse bitte nicht die ‚unauffälligen' CC-Anhänger, die keine Missverständnisse aufkommen ließen." Sie lachte selig, während sie in ihren Erinnerungen schwelgte, und stieß gegen ihn. Kurz sahen sie sich an und lachten weiter.

„Dann den cremefarbene Wollmantel."

„Entschuldige bitte, Kaschmir-Mantel."

„Dann eben Kaschmir, mit den hellen Handschuhen und der Kappe." Er hielt einen Moment inne, um sie von der Seite anzusehen. „Ich fand, das stand dir immer sehr gut."

Ihre elegante Erscheinung in diesem Outfit hatte er noch gut vor Augen. Sie sah ihm jetzt direkt ins Gesicht. Ihre großen Augen, der immer zu lachen scheinende Mund, die dunklen Augenbrauen. Die Haare von ihrer hohen, ebenmäßigen Stirn zu einem lockeren Dutt zusammengebunden. Ein paar Strähnchen, die scheinbar zufällig an den Seiten herunterhingen, meistens aber präzise gestylt waren. Sie wirkte jetzt wieder entspannt. Kein herausforderndes Blitzen in den Augen, keine angespannten Züge um ihre Mundpartie.

Wie schön sie war.

Er hatte sie nie ganz aus den Augen verloren. Durch Freunde und deren Freunde erfuhr er immer Neues über sie. In großen Abständen stießen sie bei größeren Partys wieder aufeinander. Meist mit den jeweils aktuellen Partnern. Bei einigen ihrer neuen Typen hatte er sich über ihren sonderbaren Geschmack gewundert. Mal waren es ganz normale Männer, dann sahen sie wieder aus wie Models. Das konnte ja nichts werden, dachte er dann unwillkürlich. Dann war da ein ganz junger Kerl, der hätte … egal, der war einfach viel zu jung für sie! Vermutlich nur was fürs Bett. Doch wenn Tak bei solchen Partys auf sie traf, dann war es ihm immer egal gewesen, was seine derzeitige Begleitung dabei empfand, wenn er mit ihr in Kontakt trat. Es war ihm dann nur wichtig, was er für einen Eindruck bei Edeltraut hinterlassen würde. Das war auch einer der Gründe, warum es bei ihnen beiden nicht funktioniert hatte. Sie warf ihm vor, seine alten Geschichten nie richtig abgeschlossen zu haben.

Du ziehst so einen Rattenschwanz an Altlasten hinter dir her, darauf habe ich keine Lust mehr! Das war eines ihrer Argumente gewesen. Natürlich war es ihm wichtig, wie andere Menschen über ihn dachten, und natürlich wollte er alte Kontakte nicht kappen. Man konnte die doch vielleicht noch gebrauchen, irgendwann vielleicht. Damit hatte er sich so manches Hintertürchen offengehalten.

Was hielt sie ihm denn noch vor? Dass er sich wie ein Fähnchen im Winde drehen würde. Das hatte ihn sehr getroffen. Es gab nun einmal verschiedene Menschen und bei verschiedenen Menschen verhielt man sich nicht immer gleich. Bei dem einen war man ein bisschen mehr so, bei dem anderen so. War doch ganz normal, oder? Der eine mochte dreckige Witze, dann bediente er diese Vorliebe eben, der andere verbreitete Verschwörungstheorien, na und? Wieder ein anderer machte sich über seine Freunde bei anderen Freunden lustig. Ja wenn schon! Das wollte sie nie verstehen. Menschen sind nicht so, wie wir sie uns wünschen, hatte er ihr damals gesagt. Genutzt hatte es nichts. Sie hielt ihm entgegen, dass man sich die Menschen aussuchen sollte, die am nächsten an sein Idealbild herankommen würden, und die anderen sollte man meiden! Wütend warf sie ihm ihre Sichtweise an den Kopf. Als Folge besuchten sie einige ‚Freunde' nicht mehr gemeinsam. Anfänglich stellte diese Regelung ein großes Problem für ihn dar. Ging doch gar nicht, fand er.

Ja, es gab einige Punkte, bei denen sie leider auf keinen gemeinsamen Nenner kamen. Unruhig rückte er hin und her.

„Bist du solo?"

Überrascht drehte sie sich zu ihm und runzelte die Stirn.

„Auf welch subtile Art du Fragen stellen kannst", entgegnete sie kopfschüttelnd.

„Da bin ich einfach unschlagbar."

„Aber nein, ich bin nicht solo."

Damit hatte er nicht gerechnet. Er fühlte sich wie vom Blitz getroffen und wusste nicht, was er sagen sollte.

„Aha", war seine einsilbige Antwort. Die Vorstellung war ihm zuwider. Sie griff sich ein Marzipanplätzchen, was sich einladend vor ihnen auf dem Beistelltisch präsentierte. Im Mund angekommen, schloss sie die Augen und genoss den Moment. In der anderen Hand hielt sie noch eins davon und spielte damit herum.

„Er ist selbstständig, genauso wie ich. Gerade heraus und ehrlich." Mit gespieltem Lächeln sah sie ihn an. „Und keine Altlasten."

Zack! Das hatte gesessen. Es war, als wenn ihn ein Faustschlag getroffen hätte.

„Klasse für dich", versuchte er seine Gefühle zu überspielen. Leider klang es selbst in seinen Ohren verkrampft.

„Ja, finde ich auch. Und gut aussehen tut er auch

noch."

„Ähm, toll." Jetzt bloß jeden Blickkontakt vermeiden, dachte er. Also tat er so, als ob er weit hinten im Raum etwas entdeckt hätte. Die Situation wurde für ihn immer unangenehmer. Ihm fiel nichts ein, was er hätte sagen können, was locker geklungen hätte. Er wollte sich aber auf keinen Fall etwas anmerken lassen.

„Wie lange seid ihr schon zusammen?"

„Oh, wir sind ... weiß ich gar nicht so genau. So etwa ein Jahr. Wir werden heiraten."

Ach du Scheiße, schoss ihm durch den Kopf.

„Klasse", würgte er hervor. Wenn sie zusammengeblieben wären, wäre es über kurz oder lang sowieso schiefgegangen, dachte er. Und ihre zickige Art ... war sowieso sehr nervig. Sollte dieser, dieser ... wie auch immer der Typ hieß, ihre Launen doch aushalten. Und so toll war sie gar nicht. Verlegen kratzte er sich am Hals. Genau diese Verhaltensweisen hatte sie ihm auch immer wieder vorgeworfen. Wenn er an irgendjemanden nicht rankam oder ein Kontakt abbrach, dann war derjenige, meistens aber diejenige, urplötzlich doof. Bei diesem Gedanken biss er sich trotzig auf die Unterlippe. Stimmte gar nicht! Auf eine weitere Unterhaltung mit ihr hatte er jetzt keine Lust mehr. Wütend stand er auf und versuchte, bewusst locker in Richtung Terrasse zu schlendern. Als er noch einmal zurückblickte, redete Edeltraut schon wieder mit ein paar Leuten und strahlte mit ihnen um die Wette. So schnell ging das. Ihr gemeinsames Gespräch schien schon vergessen zu sein.

Genervt knetete er an seinen Fingern herum. Seine Mundwinkel hingen herab. War er wirklich so, wie sie ihn darstellte? Energisch hob er den Kopf und steckte seine Hände wütend in die Hosentaschen.

Und wenn schon. Er fand sich in Ordnung, so, wie er war. Fertig!

Kapitel 21

Catherin freute sich über Edeltrauts Bemerkung, doch schon bald darauf drifteten ihre Gedanken ab. Bilder ihrer ersten großen Liebe erschienen in ihrem Kopf. Ein wohlig warmes Gefühl durchströmte sie.

Bei einem ihrer ersten Dates hatte ein leichter Sprühregen eingesetzt. Nichts, was sie hätte stören können. Ein angenehmer Sommerregen. Sie unterhielten sich und waren an einem kleinen Weg stehen geblieben. Er erzählte ihr etwas. Worum es ging, daran konnte sie sich nicht mehr erinnern. Dafür war es zu lange her. Was sie noch ganz deutlich spürte, war das Gefühl, wie seine Worte immer mehr verschwammen und sie nur noch sein Gesicht sah. Seine Augen und seinen Mund, der sich vor ihr bewegte. Die Welt reduzierte sich, wie durch ein Zoomobjektiv. Da war nur noch der Mund, der sich wie in Zeitlupe bewegte. Seine Worte, ein Rauschen im Hintergrund, die sich mit dem leichten Trippeln der Tropfen auf dem Regenschirm vermischten. Wie Musik. Der Wunsch, ihn anzufassen und seine Lippen zu berühren, wurde stärker.

Seine Lippen bewegten sich einfach weiter. Sie schaute hoch und wurde von lustig funkelnden Augen in

Empfang genommen. Ihr Herz klopfte wie wild. Sein Kehlkopf, der fröhlich hoch und runter wanderte, zog ihre Blicke auf sich. Ein Grinsen huschte über ihre Lippen. Das Trippeln auf dem Schirm wurde lauter. Automatisch stellten sie sich dichter zusammen. Der Schutz vor der Nässe war nicht der einzige Grund dafür. Die ganze Welt war jetzt auf die zwei Quadratmeter reduziert, auf denen sie sich befanden. Die Zeit schien langsamer zu verstreichen. Ein Traum war in Erfüllung gegangen. Jetzt stand sie mit ihm zusammen unter diesem Schirm und er erzählte ihr irgendetwas Wundervolles, davon war sie überzeugt.

Gott, was sehnte sie sich danach, dass diese Lippen sie berühren würden. Damals hätte sie sich im Leben nicht getraut, den ersten Schritt zu machen. Damals hatte sie inständig auf diesen Augenblick gewartet. Und gewartet. Im Rausch seiner Regentropfenworte schaute sie ihn an, bis er seinen Kopf langsam zu ihr neigte und immer näher kam. Sie glaubte, damals einfach die Augen geschlossen und auf die Berührung seiner Lippen gewartet zu haben. Dann war es so weit. Seine warmen, weichen Lippen drückten sich gegen ihre. Kurz und ganz sanft hatten sie sie berührt.

Es war eine Explosion in ihrem Inneren. Eine traumhafte Explosion. Zeit und Raum waren keine real existierenden Größen mehr. War es überhaupt relevant? Welcher Tag? Welche Uhrzeit? Zukunft, Vergangenheit, alles völlig egal. Es war, als ob ihr ganzer Körper vor Freude sprudelte. Genial! Das Schönste, was ihr je passieren konnte. So lange hatte sie auf diesen Augenblick gewartet, und nun war es Wirklichkeit geworden. Und es war wunderschön. Viel, viel schöner, als sie es sich erträumt hatte. Seine Lippen waren so weich, sanft und fest zugleich, man konnte es einfach nicht in Worte fassen. Der Regen trippelte immer noch auf den Schirm, aber es war so, als ob er eine romantische Melodie für sie spielen würde.

Seine Hand legte sich um sie. Eine ebenso sanfte Berührung wie der Kuss. Sie schluckte und schaute verlegen zu Boden, um dann gleich wieder zu ihm aufzublicken. In seine Augen, die mit Augenbrauen, die immer ein bisschen durcheinander gewirbelt wirkten, eingerahmt waren. Dann wieder runter zu seinem lächelnden Mund. Auf ihre Fußspitzen gestellt, hatte sie ihm einen Kuss auf seine seidenweichen Lippen gegeben. Jetzt war es keine Herausforderung mehr für sie. Es kribbelte in ihr, so als wenn Kohlensäure durch ihre Adern fließen würde. In ihrem Kopf herrschte Chaos. Berauscht. Sie fühlte sich federleicht, fast schwebend, ihr Strahlen noch nie größer als in diesem Augenblick. Nach einigen Küssen, die nur durch die Notwendigkeit des Luftholens unterbrochen wurden, fühlte sie, wie sich seine Arme enger um sie legten. Sie lehnte ihren Kopf an seine Schulter. Perfekt. So standen sie eine Weile da. Glückselig.

Wie lange sie so dagestanden hatten, wusste sie nicht mehr. Doch das, was sie damals mit ihm erlebte, war tausend Mal schöner als all das, was sie sich in ihren kühnsten Träumen vorgestellt hatte. Noch heute konnte sie es spüren. Der glücklichste Moment in ihrem jungen Leben.

Zu Beginn hatte sie ihn irgendwann in der Schule gesehen. Was ein toller Typ, und so anders. Sie war neugierig geworden. Bei ihren Recherchen stellte sich heraus, dass ein Mädchen aus ihrem Volleyballteam Martin mit in ihrem Freundeskreis hatte. Seinen Namen kannte sie jetzt auch schon. Das war doch was. Auf Schulfeten traf man ihn nicht an, sodass sich dort keine Gelegenheit ergab, ihn näher kennenzulernen. So hatte sie irgendwann all ihren Mut zusammengenommen und Sabine angesprochen, um mehr über ihn zu erfahren.

Zum Glück hatte die sofort begriffen, worum es ihr ging, und lustig drauflos erzählt. Wie er hieß, in welcher Klasse er war, was er so mochte und wo er wohnte. Feten, zumindest Schulfeten, waren nicht sein Ding. Okay, das wusste sie ja schon. Sabine war bestimmt dieses Typische ‚er ist so ein cooler Typ' aufgefallen. Perfekt! Immerhin wollte sie ja auch etwas über ihn rausbekommen. Von diesem Zeitpunkt an freute sie sich auf jede Pause. Auch wenn sie ihn dabei nur kurz, von Freunden begleitet, die Treppe zum Neubau hochgehen sah. Dieser kleine Moment reichte ihr schon aus, um glücklich zu sein.

Ein paar Wochen später ging sie wie gewohnt zum Training. Dreimal in der Woche und an den Wochenenden Turniere, das war für sie zur Routine geworden. Hin und wieder kamen auch Neulinge dazu, um den Sport kennenzulernen. Sie erinnerte sich noch, wie sie sichtlich uninteressiert in Richtung Trainer schaute, der dort mit einem Jungen zusammen stand, den sie nur von hinten sehen konnte. Und gleich darauf war sie schon bei ihren Teamkollegen und machte sich mit ihnen zusammen warm. Bei einer der nächsten Hallenrunden kam sie wieder bei ihrem Trainer vorbei und traute ihren Augen nicht. Das konnte doch nicht wahr sein! Da stand er. Wie cool!

Mit irgendeinem schlabberigen T-Shirt und kurzer Hose. Der Blick auf seine Beine ließ sie lächeln. Was für lustige Beine, die da aus der Hose herausguckten. Ein bisschen wie Storchenbeine. Aber so süüüüß.

Während des Trainings hatte sie dann nicht mehr viel von ihm mitbekommen. Wie immer ging es voll zur Sache und jeder war froh, wenn er es halbwegs überlebte. Ob und wie er mitgemacht hatte, konnte sie daher nicht sagen. Doch danach spielten sie mit allen Neuen eine gemeinsame Runde. Es mögen insgesamt zwei oder drei Neue gewesen sein. Für alle Vereinsmitglieder war klar, dass man keinen der Neulinge vorführen dürfte. Wer sich anders verhielt, galt als absolut uncool. Hätte ja auch nur bewiesen, wie unsportlich derjenige ist, sich mit Unerfahrenen zu messen. Diesen Grundsatz hatte sie verinnerlicht und er hatte sie ihr weiteres Leben lang begleitet. Schon damals sah man, dass Martin überhaupt keine Ahnung vom Volleyball hatte und auch nicht der Sportlichste war. Und trotzdem traute er sich, hierhin zu kommen. Das machte ihn noch viel cooler. Wie es letztendlich zu der Verabredung kam, wusste sie leider nicht mehr. Nur an die Verabredung selbst konnte sie sich noch gut erinnern und an die angenehmen sommerlichen Temperaturen. Die pastelligen Farben hatte sie buchstäblich noch vor Augen und die Erinnerung an das unglaubliche Glücksgefühl war immer noch da. Auch wenn es über die Jahre natürlich blasser geworden ist. Würde sie jemals wieder so empfinden können?

Sie selbst hatte alles kaputt gemacht. Ihre Eltern zwangen sie, den Kontakt zu dem Menschen abzubrechen, der angeblich in einer Art Sekte verkehrte und Drogen nahm. Leider gab sie deren Drängen nach. Zu schwach, gegen deren Forderungen zu revoltieren. In einem feigen Brief schrieb sie ihm den Grund für ihre Trennung. Sie hatte nicht den Mut, es ihm ins Gesicht zu sagen. Sie mochte ihn so sehr und war dennoch zu schwach, für ihn zu kämpfen. Dann waren da ihre Selbstzweifel. War jemand wie Martin fähig, sie wirklich so zu lieben wie sie ihn? War sie gut genug für ihn? Nach ihrem Brief gab es noch ein Treffen. Er sagte etwas zu ihr, was sie nie vergessen würde. Diese Entscheidung hast du getroffen, nicht deine Eltern.

Auf dem Nachhauseweg merkte sie, wie diese Aussage körperliche Schmerzen bei ihr auslösten. Er hatte recht! Und doch konnte sie damals nicht anders. Sie hatte sich der Erwartung ihrer Eltern gebeugt. Zum Abschied wünschte er ihr noch, dass sie irgendwann so erwachsen würde, um ihre eigenen Entscheidungen treffen und vertreten zu können. Im Nachhinein war es eine wunderschöne Geste von ihm. Frei werden von anderen Leuten, auf eigenen Beinen stehen. Ein erstrebenswertes Ziel. Geliebt werden. Die Liebe ihrer Eltern, um die kämpfen zu müssen sie gelernt hatte, war ihr damals wichtiger als ihr eigenes Glück. Es war klar eine Entscheidung gegen ihr Herz.

Welch fataler Fehler.

Es sollte Jahre dauern, bis sie begreifen würde, dass sie es wert war, glücklich zu sein. Dass sie sich alles gönnen dürfte, was sie wollte.

Eine verwirrende Zeit für sie. Beim Sport fand sie ihren Rückzugsort. Dort verbrachte sie die meiste freie Zeit. Das Team und die Trainer waren ihre zweite Familie. Irgendwann hatte sich auch diese Familie aufgelöst. Andere Interessen waren vorrangiger geworden und die Trainingseinheiten wurden nicht mehr so intensiv wahrgenommen. Nach und nach zerfiel das Team. Jahre später, in Dänemark, wachte sie ganz glücklich auf. Ein Traum war die Ursache für ihre heitere Stimmung. Übrigens eine absolute Seltenheit, dass sie sich an ihre Träume erinnerte. Meist war ihr nicht einmal bewusst, dass sie überhaupt träumte. Doch zurück zu ihrem Traum. Er handelte von Martin und war harmonisch gewesen, an mehr konnte sie sich nicht erinnern. Und obwohl diese Stimmung nach ihrem Erwachen anhielt, wurde sie kurz darauf wütend. Wütend auf ihre Eltern. Aus ihrer heutigen Sicht musste sie über ihr damaliges Verhalten schmunzeln. Natürlich war es leichter, auf seine Eltern wütend zu sein, als sich einzugestehen, dass man es selbst war, der sich den Mist eingebrockt hatte. Irgendwie tat es gut, jetzt klarer zu sehen.

Einige Jahre später war sie ihm in ihrer Heimatstadt in einem Geschäft begegnet. Es muss in der Weihnachtszeit gewesen sein, denn überall war es winterlich dekoriert.

Eine Zeit, in der die Angehörigen zu den Festtagen in Richtung Heimat kommen. Sie erinnerte sich, wie sich aus einiger Entfernung ihre Blicke trafen. Ein Schauer durchlief sie. Ein angenehmer. Wie sollte sie sich verhalten? Ihr Herz raste. Sie freute sich über dieses zufällige Zusammentreffen nach so langer Zeit. Ein kurzes Nicken beiderseits als ‚Hallo' war ihre einzige Verständigung. Wenn man das überhaupt als Kommunikation werten konnte.

Dann war er weg.

Warum musste sie gerade jetzt an ihn denken? Die Geschichte war doch durch!? Warum gerade jetzt, wo sich etwas mit Leo entwickelte. Diese kleine frische Geschichte tat ihr gut. Egal, was sich daraus ergeben würde, sie würde es einfach genießen.

„… wie wir gezwungen wurden, bei einer Bestrafung zuzusehen."

Oh nein, dachte sie. Rückte zurück und legte die Hände hinter den Kopf. Das will ich nicht! Die sprachen über ihre Vergangenheit. Davon wollte sie jetzt nichts hören! Vielleicht überhaupt gar nicht! Auf jeden Fall nicht jetzt und nicht hier!

Leo schaute sie fragend an und grinste. So was von ‚süß' dachte sie, vergrub ihr Gesicht in seine Schulter und brummelte.

„Ich will aber nicht darüber reden."

„Musst du nicht, wenn du nicht willst", kam von ihm zurück.

Das klang so einfach. Aber er hatte recht. Wieso war es für sie anders? Warum verspürte sie in solchen Situationen sofort Druck? Sie konnte doch entscheiden, was sie machen wollte und was nicht. Ob sie etwas zu dem Gespräch beitragen wollte oder nicht. Die Entscheidung lag bei ihr. Verrückt, eigentlich war es doch ganz simpel. Wer, wenn nicht sie, war in der Lage, etwas in ihrem

Verhalten zu ändern? Prompt musste sie über sich schmunzeln und der Stress fiel von ihr ab.

„Danke", flüsterte sie in sein Ohr und kuschelte sie sich noch enger an ihn.

„… als sie uns alle auf den schmuddeligen Hinterhof schubsten, uns ständig anschrien und mit den Gewehren herumfuchtelten. Wie irre. Es hätte jederzeit ein Schuss losgehen können, so verrückt, wie sie sich verhielten."

„Wenn wir sie wenigstens verstanden hätten. Dann wären wir auch in der Lage gewesen, direkt auf ihre Anweisungen zu reagieren. Aber so …"

„Und diese irren Blicke. Ich hatte ständig Angst, dass sie uns was tun würden. Und alles ohne Marielu."

„Durch ihren Einsatz sollten wir schnell in Sicherheit gebracht werden."

„Ganz schön mutig von ihr, mit einem Teil der Gruppe zurückzubleiben."

„Was blieb ihr denn anders übrig? Hast du die Typen nicht mehr vor Augen? Die waren bis an die Zähne bewaffnet."

„Ich dachte, wir kommen da nie mehr lebend raus."

„Ja, ich auch."

„Als unser Laster losfuhr, muss ich gestehen, war ich froh, dass wir in Sicherheit waren. Auf der anderen Seite hatte ich auch panische Angst vor dem, was mit den anderen passieren würde."

„Mir ging's ähnlich. Und dann der Schock, als die Straßensperre uns dann doch stoppte. Wisst ihr noch, wie unser Fahrer und dessen Beifahrer sich hektisch berieten, was sie tun sollten? Einer wollte einfach durch die Sperre hindurch fahren."

„Vielleicht wäre das besser gewesen."

„Spinnst du? Die waren wie Soldaten bewaffnet, das hätten wir nie geschafft."

„Und dann dieses dreckige Loch, in das sie uns stopften. Kaum Licht mit staubigem Boden."

Die Atmosphäre in der Runde hatte sich verändert. Mit gesenkten Blicken saßen sie da und ihre Körper wirkten völlig bewegungslos.

„Weiß jemand, was sie mit Yuma gemacht haben, der sich nach der Exekution übergeben musste? Daraufhin haben sie ihn doch wie wild angeschrien?"

Betretenes Kopfschütteln. Keiner wagte, den anderen anzusehen. Doch Catherin schaute sich, fest an Leo gepresst, vorsichtig und ohne ihren Kopf zu bewegen, um. Das beklemmende Gefühl auf ihrer Brust wurde immer stärker. Keiner machte einen Muckser. Zum Glück war Leo da.

„Ich kriege die Bilder einfach nicht aus dem Kopf", gestand Edeltraut. „Es gab Zeiten, da wurde ich jede Nacht von Albträumen geweckt."

Max entschuldigte sich und schlappte mit schweren Schritten in Richtung WC. Catherin schaute ihm hinterher. Vermutlich waren ihm die Rückblicke auch zu viel. Ihre Blicke gingen in Richtung der Tanzfläche. Dort tanzten Pia, Sebastian und noch ein paar andere ausgelassen herum. Wie schön. Die machten es richtig. Ihre Augen wanderten weiter und sie bemerkte einen gut aussehenden älterer Mann.

Pfiffig gekleidet. Stoffhose, Hosenträger und Sneakers. Richtig gut für sein Alter. Nett. Schon wieder jemand, den sie nicht kannte. Gehörte er zu ihnen und, wenn ja, wer war er? Die Blicke immer noch auf den Fremden geheftet, drangen wieder Gesprächsfetzen zu ihr durch.

„Danach habe ich Nahrung erst richtig zu schätzen gelernt. Keine Nörgeleien mehr am Essen. Was auf den Tisch kam, war in Ordnung, Punkt."

Jetzt war sie ganz Ohr.

„Ich kann mich noch gut an das undefinierbare Zeugs in den dreckigen Schalen erinnern, das uns als

Mahlzeit vorgesetzt wurde. Widerwärtig."

Doch ihre Neugier regte sich erneut und mit einem Blicken suchte sie die Tanzfläche ab. Wo war er? Was hatte es mit ihm auf sich? Ihre Augen wanderten durch den Raum und fanden stattdessen Max, der mit diesem Fremden und Tim zusammen an der Bar stand. Sie löste sich von Leo und rutschte neugierig weiter nach vorne. Mit vorgerecktem Hals und großen Augen bemerkte sie, dass das Gespräch einen unangenehmen Verlauf zu nehmen schien. Denn Max und Tim stellten sich breitbeinig hin, ihre Hände dabei tief in den Hosentaschen vergraben, und sahen ihr Gegenüber aus schmalen Augen an. Automatisch setzte auch sie sich aufrecht hin und wollte gerade aufstehen, als Leo sich zu ihr beugte.

„Was ist los, Süße?"

„Nichts, alles okay. Ich bin gleich wieder da."

Sanft schob sie sich an ihm vorbei und verabschiedete sich mit einem flüchtigen Kuss. Auf Erklärungen hatte sie keine Lust. Sie hoffte, es würde reichen. Auf dem Weg zur Bar spürte sie, wie die Spannung zwischen den dreien immer mehr zunahm.

„Wer hat Sie hierher geholt?"

„Was wollen Sie hier?

„KEINER will mit der Presse sprechen."

Presse? Wieso Presse? Noch bevor sie etwas sagen konnte, war Marielu bei ihnen.

„Gibt es was zu klären?", fragte sie in ruhigem Ton. Dabei legte sie eine Hand auf Max' Schulter und stellte sich neben ihn. Wie eine Schutzpatronin, fand Catherin. Die Gespräche im Raum gerieten ins Stocken. Spätestens als Marielu sich einschaltete, blieb die Situation den meisten nicht mehr verborgen. Verstohlene Blicke von allen Seiten. Selbst auf der Tanzfläche war es still geworden.

„Der da kommt von der Presse und will uns befragen, wegen … wegen der Sache von früher in Kenia."

„Soso, und wie sind Sie darauf gekommen, uns hier zu besuchen?"

In freundlichem Ton antwortete der Fremde:

„Wir geben unsere Informanten natürlich nicht preis. Das verstehen Sie sicher?"

Max trat eine Schritt vor und zeigte mit der Hand auf ihn.

„Hauen Sie einfach ab."

„Ja, verschwinden Sie! Was haben Sie und Ihre Leute damals getan? Als wir aus dem Flieger kamen, wir alle noch unter Schock standen! Wissen Sie, was Ihre Leute da gemacht haben? Na? Können Sie sich erinnern? Sie haben uns die Mikrofone unter die Nase gehalten und wie wild auf uns eingeschrien. Einer lauter als der andere, um sich die besten Storys zu sichern. Keiner zeigte ein Gespür dafür, wie traumatisiert wir waren. Was wir fühlten, was wir brauchten. Es ging ihnen nur um eine heiße Story. Und daher: HAUEN SIE AB!"

Bei den letzten Worte zog er die Buchstaben in die Länge. Erstaunlich, diesen Wutausbruch hätte sie Leo gar nicht zugetraut und woher kam er so plötzlich? Offensichtlich wurde bei ihm eine Grenze überschritten, die ihn aus der Haut fahren ließ. Da liegt noch 'ne Menge Wut vergraben, registrierte Catherin. Wie als ob sie sich abgesprochen hätten, bildeten sie einen Halbkreis um den Eindringling. Eine stille Einheit, die bereit war, sich zu verteidigen.

Der Fremde trat einen Schritt zurück und hob beschwichtigend beide Hände.

„Sie verstehen mich völlig falsch. Ich will Sie zu nichts zwingen. Wer etwas von seiner Geschichte erzählen möchte, kann das gerne tun. Keiner wird dazu genötigt."

Äußerlich entspannt, ließ er beide Hände fallen und sah sie der Reihe nach freundlich an. Auf Catherin wirkte er offen und ehrlich bereit für einen Dialog.

„Können Sie auch nicht", klang es scharf.

„Wie sind Sie auf unser Treffen gekommen?"

„Wie gesagt, ich kann das nicht verraten."

„Keiner wird mit Ihnen reden wollen", behauptete Leo siegesbewusst, nahm Max und Tim um die Schulter und zog mit ihnen davon. Gleichzeitig winkte er Catherin, mit ihnen zu kommen und den Presseheini stehen zu lassen.

Marielu nahm den Journalisten beim Arm und setzte sich mit ihm an einen ruhigeren Ort. Sie war neugierig geworden, was es mit dem Mann auf sich hatte.

„Ich heiße Marieluise."

„Alexander. Es freut mich, Sie kennenzulernen. Sie waren damals die Leiterin der Gruppe, stimmt's?"

„Gut recherchiert."

Kapitel 22

Das Auftauchen des Journalisten veränderte die Stimmung des Treffens grundlegend. Hinter vorgehaltener Hand wurde getuschelt und spekuliert, was er bei ihnen wollte. Wer hatte ihn zu ihnen gelotst? In kleinen Gruppen standen sie mit teils erhitzten Gesichtern beisammen. Ablehnung machte sich breit. Verständnisloses Köpfeschütteln, lauthalses Schimpfen, hängende Mundwinkel und traurige Blicke sprachen Bände. Die Partystimmung war vorbei.

Für einige war diese unverhoffte Veränderung so störend, dass sie frühzeitig aufbrachen und ihr gemeinsames Treffen damit beendeten.

„Ich hab darauf wirklich keine Lust. Bis jetzt war es sehr schön mit euch. Aber ich habe kein Interesse, mit einem völlig fremden Menschen in unserem alten Mist herumzustochern. Dafür bin ich nicht hierhergekommen. Ich bin weg. Tschüss." Mit hochrotem Kopf und zittriger Stimme verabschiedete sich Sebastian.

Catherin konnte ihn sehr gut verstehen. Aber einfach so abzuhauen, das fand sie auch nicht so toll. Aber es sollte doch jeder das machen, was für ihn richtig war. Darüber konnte sie ja nicht entscheiden. An seinem Entschluss gab es nichts mehr zu rütteln, das konnte man deutlich sehen. Einige aus ihrer Gruppe schlossen sich ihm an und verschwanden in Richtung Ausgang. Schade eigentlich. Sebastian war zwar nicht der Sympathischste, aber dass der Abend für ihn so enden musste, tat ihr irgendwie leid. Hektik verbreitete sich. Sie kam sich vor wie auf einem Hühnerhof. Alle liefen wie wild herum. Was sollte sie tun? Sollte sie sich dem Entschluss von Sebastian anschließen oder lieber sehen, was sich hinter der Aktion des Journalisten verbarg?

„Lass uns bald ein neues Treffen organisieren", schlug Odette den Abreisenden vor.

Offensichtlich war sie um eine harmonische Lösung bemüht. Ihren Versuch quittierte Sebastian mit einem Lächeln, drehte sich noch einmal um und winkte zum Abschied in die Runde. Schade.

Die Terrasse war wie leergefegt, auch auf der Tanzfläche konnte man nur noch vereinzelte Personen erkennen, der größte Teil ihrer Gruppe befand sich zusammengedrängt im Innenraum.

Breitbeinig, die Hände in den Hosentaschen stand Max da, den Blick auf den Journalisten geheftet.

„Wer hat die Presse informiert?"

„Ich weiß es nicht, aber ich glaube, es war keiner von uns." Davon war Catherin überzeugt.

Verächtlich verzog Tak den Mund.

„Da wäre ich mir nicht so sicher."

Castigo sah ihn ungläubig an.

„Warum? Wer sollte es gewesen sein?"

Ihre Blicke wanderten suchend im Raum umher. Da war niemand, dem sie so etwas zutraut hätten.

„Am ehesten noch Nicoletta."

„Nein! Auf keinen Fall." Lennja drehte sich empört zu Tak.

„Vielleicht war Nicoletta früher mal ein berechnendes Biest, aber diese merkwürdige Geschichte hier, die traue ich ihr definitiv nicht zu."

„… wäre selbst für sie viel zu schräg. Außerdem war sie es, die Yumo zur Hilfe eilte, als er weggeführt wurde. Sie war es, die versuchte, die Angreifer zu besänftigen, auch ohne ihre Sprache zu sprechen. Mit Händen und Füßen flehte sie die Leute an, Yumo bei uns zu lassen. Als ihre Bemühungen keinen Erfolg zeigten, hängte sie sich sogar weinend an sein Bein. 'ne Menge Mut hat sie bewiesen. Nee nee, das hier kommt nicht von ihr."

„Sie war es auf keinen Fall."
Odette verschränkte die Arme und sah vorwurfsvoll zu Tak.

Der schaute im Raum umher. Wo war Nicoletta? Er traute ihr nicht. Vielleicht war ja doch was dran an der Geschichte. Er konnte sie nicht finden. Das war doch eigenartig, oder? Da, da war sie! Draußen bei der Feuerschale. Zusammen mit Edeltraut. Sie wirkte aufgewühlt. Ihre Wangen knallrot. Die Arme fest um ihre Beine geschlungen. Ihre verkrampften Hände mit den weißen Knöcheln verrieten ihre Anspannung. Vielleicht hatte er mit seiner Vermutung ja doch recht.

Kapitel 23

„Mir gehen die Bilder nicht mehr aus dem Kopf, wie sie uns aufgereiht hinstellten und wir mit ansehen mussten, wie sie Menschen mit ihren Gewehren schlugen. Oder sie so lange traten, bis sie bewegungslos am Boden liegen blieben. Ich kann das einfach nicht vergessen. Als Yumo weggeführt wurde, hatte ich panische Angst, dass sie ihn töten würden. Uns alle. Einen nach dem anderen."

Catherin, die auf dem Weg zu ihnen war, fing einige Wortfetzen auf und stockte abrupt. Sie traute sich nicht, näher zu kommen.

Edeltraut klopfte neben sich auf die Bank.

„Komm, setz dich zu uns."

Hatte es etwa ausgesehen, als ob sie sie belauschen würde? In ihrem Körper blockierte plötzlich alles. Sie wollte die Dinge von damals nicht wieder hören. Froh darüber, die Bilder nicht mehr ständig in ihrem Kopf herumspuken zu haben, wäre sie am liebsten weggelaufen.

Edeltraut nickte ihr freundlich zu.

„Komm, Süße, wir brauchen dich."

Was war das? Hatte sie das wirklich gesagt? Unglaublich.

Zögerlich trat sie einen Schritt auf sie zu. Mit jedem weiteren Schritt wurden ihre Bewegungen lockerer, bis sie sich erleichtert neben Nicoletta niederließ. Sanft strich sie Nicoletta über die Schulter. Eigentlich sollte es eine nette Geste sein, doch Nicoletta zuckte zusammen. Augenblicklich bereute Catherin ihre spontane Geste.

„Tschuldigung", versuchte sie es wieder gutzumachen.

Edeltraut machte eine abwehrende Handbewegung, beugte sich zu ihr und flüsterte.

„Alles gut."

Wäre keine Entschuldigung nötig gewesen? Wie reagierte man hier am besten? Wie gern wäre sie wie einer jener Menschen, die jede Situation fest im Griff zu haben schienen.

„Ich hatte solche Angst, dass sie uns umbringen würden." Nicoletta machte eine Pause, dabei umklammerte sie ihre Beine noch fester. Ihr Kinn lag auf den Knien, den Blick gesenkt. Sie wirkte wie ein zusammengeschnürtes Paket.

„Du warst die Einzige, die versuchte, Yumo zu retten. Wir anderen waren viel zu feige."

Nicoletta hatte Yumo geschützt? Das wusste sie gar nicht. Die Nicoletta, die früher immer nur an sich dachte? Unruhig rutschte sie hin und her und sah aus den Augenwinkeln zu ihr hinüber. Das hätte sie ihr gar nicht zugetraut und ließ sie in einem völlig neuen Licht erscheinen. Verrückt. Allein der Gedanke, dass Nicoletta so etwas getan haben könnte, wäre ihr als absurd erschienen. Verlegen kratzte sie sich am Hals. Edeltraut lächelte ihr zu. Sie schien zu ahnen, was in ihrem Kopf vorging.

„Ich will das nicht", platzte es aus Nicoletta heraus.

„Was?", wollte Edeltraut wissen.

Nicoletta sah sie an.

„Ich will nicht wieder darüber sprechen. Nicht mit der Presse und auch mit keinem anderen. Mit niemandem!"

Vor einigen Minuten wäre Catherin noch skeptisch gewesen, ob Nicoletta jetzt schauspielerte oder ob ihre Reaktion echt war. Doch jetzt bestand für sie kein Zweifel mehr. Edeltraut setzte sich neben Nicoletta, nahm sie in den Arm. Dabei schaukelte sie mit ihr sanft vor und zurück. Wie mit einem kleinen Baby, dachte Catherin.

„Keiner muss was erzählen."

Wie simpel. Stimmt! Keiner konnte gezwungen werden. Und es wirkte! Nicolettas Kopf kippte gegen Edeltrauts Schulter. Die Umklammerung ihrer Beine lockerte sich. Vor und zurück, vor und zurück, in einem wiegendem Rhythmus. Ihr Brustkorb hob sich … ein tiefer Atemzug … und senkte sich wieder langsam. Die Gesichtszüge entspannten sich.

Ganz schön kaputt, wie alle aus unserer Gruppe, schoss es Catherin durch den Kopf. Sie dachte an Leo, dem es doch bestimmt nicht besser ging. Eine Beziehung, oder was immer sich da anbahnte, konnte nicht gutgehen. Vielleicht aber doch? Schnell versuchte sie, an was anderes zu denken.

„Wer ist der Typ? Der da mit meinem Bruder und Leo zusammen hängt?"

„Du meinst Tak?"

„Tak? Das gibt's doch nicht. Das ist doch nicht …"

„Weißt du noch, der Freund von Yuma. Die waren doch wie Pech und Schwefel."

Sie überlegte. Damals sah er noch ganz anders aus. Lange ungepflegte Haare und – wie soll man sagen … gut dabei, um nicht zu sagen: dick. Und unsympathisch. Sie war ihm damals aus dem Weg gegangen. Jetzt wirkte er so anders. Und das da sollte Tak sein? Peinlich irgendwie, dass sie ihn nicht erkannte. Für die anderen schien er nicht so befremdlich zu sein. Sie hatten ihn wiedererkannt. Warum konnte sie keine Verbindung zu ihm herstellen? Auch jetzt nicht.

Kapitel 24

Tak beobachtete, wie sich der Journalist und Marielu in einer Sitzecke, die sehr gemütlich aussah, niederließen. Sie mit ihrem Bitter Lemon, er mit einem Bier. Aus einiger Entfernung versuchte er herauszubekommen, was da vor sich ging. Seine Neugier ließ ihn nicht los, er wollte mehr erfahren. Marielu würde die Sache schon regeln, dessen war er sicher. Aber was steckte dahinter? Am liebsten hätte er Mäuschen gespielt. Aus der Distanz sah es nach einem lockeren Gespräch aus. Marielu lehnte in einer Ecke ihres Sessels und betrachtete den Journalisten neugierig.

Wie ein Spion schlich er sich näher. So würde er wenigstens ein paar Wortfetzen mitbekommen.

„… ich bin ja noch gar nicht so lange mit diesem Fall beschäftigt. Ursprünglich sollte geklärt werden, wer hinter der Entführung stand und wie die Befreiung zustande kam. Die wildesten Spekulationen kursierten bei uns in der Redaktion. Ich persönlich habe da zwei Theorien.

A.) Die Aufständischen trafen zufällig auf Ihre Gruppe und es kam zu einer zufälligen Befreiung. Vielleicht auch Desinteresse bei den Entführern.

B.) Die Entführung war zufällig, die Rebellen bekamen aber Wind davon, dass die Kinder vermögende Eltern hatten und wollten sie erpressen? Dann stellte sich mir natürlich die Frage, wer erpresst wurde, oder waren es alle und wie viel wurde bezahlt?

Dann ist da noch ein privater Grund. Oder besser gesagt, jemand, den ich seit den Unruhen vermisse."

„Erzählen Sie mehr von Ihren persönlichen Beweggründen."

Er kratzte sich am Kopf, rutschte nach vorne und fuhr fort.

„Bitte lassen Sie mich dazu später kommen."

Marielu drückte tiefer in ihren Sessel und sah ihn mit zusammengekniffenen Augen an. Ein durchaus freundlicher, aber auch fordernder Blick. Er rutschte zurück und ließ einen Arm über die Lehne fallen, dann begann er.

„'ne Kollegin und gleichzeitig Freundin von mir war damals auch dort. Seit der Aktion habe ich nichts mehr von ihr gehört. So viel dazu. Viel später habe ich mich aufgemacht, um nach Leuten zu suchen, die sich an Ihre Gruppe erinnerten. Zu Beginn gab es niemanden, der auch nur den blassesten Hauch von Ihnen oder den Aufrührern hatte. Ich zweifelte allmählich daran, überhaupt etwas in Erfahrung bringen zu können. Zwischendurch musste ich immer wieder zurück nach Deutschland. Andere Fälle waren vorrangiger. Ein ständiges Hin und Her. Doch die Sache ging mir nicht aus dem Kopf."

Sie betrachtete ihn. Was war er für ein Mensch? Entsprach das, was er ihr erzählte, der Wahrheit?

„Dann endlich, nach endlosen Ermittlungen, fand ich durch Zufall Ihren Lkw-Fahrer. Der, der später überfallen wurde. Mit einigen Überredungskünsten begann er dann auch zu erzählen."

Sie beugte sich zu ihm.

„Was für Überredungskünste?"

Skeptisch geworden, hatte sie sich kerzengerade hingesetzt und sah ihn an. Ihre Augenbrauen zogen sich unwirsch zusammen. Alexander schmunzelte.

„Nichts Illegales." Der Journalist schüttelte beschwichtigend den Kopf. „Ein bisschen Geld tut manchmal Wunder."

„Und damit erzählen Menschen alles! Sachen, die sie unter Umständen gar nicht wirklich erlebt haben", warf Marielu ein.

„Ich verstehe Ihre Bedenken. Aber er wusste Details, die nur jemand wissen konnte, der die Dinge wirklich erlebt haben musste." Zufrieden lächelte er sie an. Er wirkte überzeugend. In angenehmem Tonfall fuhr er fort. „Und der kannte dann wieder jemanden, der jemanden kannte … Sie wissen schon, und nach langem Hin und Her stieß ich auf Auma."

„Sie waren an seinem Grab?"

„Nein, ich habe mit ihm gesprochen."

Eine Begegnung die zwar die Fragen des Journalisten hinsichtlich der Entführer größtenteils beantworten konnte, gleichzeitig aber vielen unbeantworteten Fragen bezüglich der gefangen gehaltenen Gruppe offenlegte. Marieluise schnellte aus ihrem Sessel. Ihre Nasenflügel bebten vor Aufregung. Die Anspannung stand ihr auf dem Gesicht geschrieben.

„Das kann nicht sein, er ist tot."

„Nein, ist er nicht."

Tak, der alles mitbekommen hatte, sah, wie Marielu sich zu dem Journalisten beugte und ihre Hand erhob.

„Wagen Sie es nicht, uns zu verarschen!"

Er blieb sitzen und sah sie lächelnd an, seine Hände lagen ruhig auf den Lehnen.

„Das habe ich nicht vor."

Tak wusste nicht, wie er sich verhalten sollte. Er hatte ihr

Gespräch belauscht und konnte sich jetzt nicht einfach einmischen. Dann wäre er aufgeflogen und das wollte er nicht.

Von einem anderen Tisch drangen Gesprächsfetzen zu ihm herüber, die ihn ablenkten.

„Kannst du dich noch früher an die Schulbrote erinnern? Egal wie heiß es war, meine Mutter gab mir Leberwurstbutterbrote mit."

„Ihhhgitt, die waren doch spätestens in der ersten Pause von der Wärme ganz grün."
Eine Frau verzog angewidert das Gesicht und schüttelte sich. Er überlegte kurz, wer es sein könnte, kam aber nicht auf ihren Namen.

„Aus der heutigen Sicht war es bestimmt lieb gemeint. Vielleicht hatte ich irgendwann mal gesagt, dass ich gern Leberwurstbrote esse. Aber im Sommer? Leute, das geht doch gar nicht."

„Kann ich so was von verstehen."

„Für gewöhnlich klappte ich eine Seite meines Brotes hoch, sah die Bescherung und zack, ab ging's in den Mülleimer."
Beide lachten und schwelgten vermutlich noch weiter in ihren Erinnerungen.
Wie gut, dachte Tak sich. Wieder normale Themen und nicht nur unsere Vergangenheit. Sein Blick wanderte durch den Raum, zum Glück konnte er auch andere Gruppen erkennen, die entspannt plauderten, und auf der Tanzfläche waren wieder Tänzer zu sehen.

„Hören Sie bitte weiter zu."
Taks Kopf flog herum. Der Journalist sah Marielu fragend an. Was war passiert?
Marielus Haltung wirkte jetzt locker, entspannter auf jeden Fall als noch vorhin. Als sie den Reporter aufforderte, weiter zu erzählen, lehnte sie sich zurück,

144

ihre Arme auf die Lehnen gelegt. Ihre zusammengezogenen Finger, die wie Fäuste wirkten, verrieten
jedoch noch einen Rest Anspannung.

„Er hat überlebt und ist wieder gesund."
Nach dieser Aussage ließ er bewusst eine Pause.
Vielleicht, um seine Information wirken zu lassen?
Marielu schaute den Journalisten an, doch dann wanderte
ihr Blicke zu dem Glas in ihrer Hand. Wie in Trance hatte
sie es in die Hand genommen. Ihr Blick war so starr, dass
Tak vermutete, dass sie das, was sie da in der Hand hielt,
gar nicht wirklich wahrnahm. Nach einer Weile hob sie
den Kopf und sah dem Reporter in die Augen.

„Und wissen Sie, ich würde nicht nur die
Interviews mit Ihrer Gruppe führen wollen, sondern
Ihnen auch jemanden vorstellen."

„Wen? Wann?"

„Ich habe in Erfahrung gebracht, dass Ihre Gruppe auch den morgigen Tag mit eingeplant hat und …"

„Nicht die ganze Gruppe, wie Sie ja mitbekommen haben."

„Ja, schade. Tut mir leid."
Er knetete seine Hände. Es war keine verlegene Geste,
sondern eher eine, die seine Begeisterung für sein Vorhaben zeigte.

„Also, heute würde ich gern mit den Interviews
beginnen und morgen dann, als Überraschung, würde ich
Ihnen jemanden vorstellen. Fast alle aus Ihrer Gruppe
kennen ihn."

„Moment. Vielleicht ist das für Ihre Story gut,
aber noch lange nicht für meine Gruppe. Wer soll das
überhaupt sein?"

„Wer ist es?", platzte es aus Tak heraus. Marielu
und Alexander sahen ihn erstaunt an.

„Ah, der kleine Tak. Wie in alten Zeiten."
Verlegen schaute er zu Boden. Das Gefühl, beim Lau-
schen ertappt worden zu sein, verunsicherte ihn. Daher

traute er sich auch nicht, seine Frage zu wiederholen. Marielu winkte ihn heran.

„Komm, setz dich zu uns."

Etwas linkisch ging er näher. Die Sitzgruppe war kreisförmig angeordnet. Als er sich zu ihnen setzte, zog er seinen Sessel näher zu Marielu heran, was den Journalisten schmunzeln ließ.

„Es ist Auma."

Erwartungsvoll sah er sie an.

Die Information schlug ein wie eine Bombe. Ruckartig setzte sich Marielu zurück und holte tief Luft. Tak rutschte nervös auf dem Rand seines Sessels herum und schüttelte ungläubig den Kopf.

„Aber das kann nicht sein. Er ist tot."

„Ich weiß nicht, wie lange du uns schon belauscht hast, aber Alexander erwähnte schon, dass er überlebt hat."

„Was versprechen Sie sich von einem Aufeinandertreffen?"

„Um ehrlich zu sein, eine emotionale Geschichte für mich und meine Zeitung. Ich muss ja auch leben. Und für Sie Aufarbeitung."

Sie verzog den Mund.

„Es ist ein ganz heikles Thema."

Tak war gespannt, wie sie reagieren würde. Sie kratzte sich an der Stirn und schaute durch den Raum. Wog sie mögliche Gefahren und die positiven Faktoren gegeneinander ab? Wie würde ihr Urteil ausfallen?

Langsam stützte sie ihre Hände auf die Beine und sah dem Journalisten gerade in die Augen. Dann begann sie in einem ruhigen Ton.

„Wir trommeln alle zusammen und erzählen ihnen von Ihrem Vorschlag. Dann kann jeder für sich entscheiden, was er machen will."

Der Journalist schlug seine Beine übereinander und legte einen Arm auf die Lehne. Er sah zufrieden aus.

„Klingt gut! Habe ich mir so ähnlich vorgestellt."

„Dann lasst uns mal anfangen."

Beim Aufstehen nickte sie ihm zu.

Was für eine Aufregung. Und was für ein unerwarteter Verlauf des Zusammentreffen. Was würde noch alles passieren? Vielleicht war es ja auch eine Chance für alle, wer konnte das schon wissen?

Mit festen Schritten ging Marielu durch den Raum und suchte sich einen Platz, der von allen Seiten gut einsehbar war. Wie sie es machte, konnte Tak nicht sagen, aber es gelang ihr, in unglaublich kurzer Zeit die Aufmerksamkeit so auf sich zu lenken, dass man ihr zuhörte. Selbst die, die auf der Terrasse gesessen hatten, kamen herein. Zu Beginn waren sie, ihre Getränke in der Hand haltend, neugierig näher gekommen. Später, als sie zum eigentlichen Punkt kam, zogen sich einige verunsichert wieder zurück. Köpfe wurden geschüttelt. Die Atmosphäre wurde immer angespannter. Eine Situation, in der keine Bereitschaft zu erkennen war, dass jemand sich bereit erklären würde, mit dem Reporter zu reden.

Aus ihren persönlichen Geschichten würde eine Story entstehen, erklärte Marielu. Dies sei der eigentliche Grund, warum der Journalist bei ihnen war. Wortlos wandten sich einige ab und gingen zurück zu ihren Plätzen. Das Auftauchen des Journalisten hatte Verwirrung ausgelöst und jetzt, wo sein Anliegen klar definiert worden war, nahm diese Verunsicherung nicht ab. Leises Murmeln war zu hören. Der überwiegende Anteil verfolgte ihre Ausführungen erstaunlicherweise ruhig. An der einen oder anderen Stelle wurde Marielu unterbrochen und aufgefordert, den Journalisten Stellung beziehen zu lassen.

Der Reporter trat näher an Marielu heran, blickte lächelnd in die Runde und erklärte ihnen seine Thesen bezüglich ihrer Gefangennahme und der Freilassung.

Seine Hände begleiteten seinen Vortrag in ebenso ruhiger Weise, wie es sein Tonfall tat. Auf Tak wirkte er entspannt. War er sich seiner Sache wirklich so sicher? Bei der Schilderung ließ Alexander seine persönliche Motivation in der Sache außen vor und legte das Augenmerk auf die Tatsache, dass er mit ihrer Hilfe der Wahrheit auf den Grund gehen möchte.

„Ich selbst habe mehrere Male vor Ort recherchiert, dort, wo sie euch gefangen genommen haben. Mit einigen Mühen habe ich auch Menschen gefunden, die mir etwas über euch erzählen konnten. So bin ich Stück für Stück immer tiefer in die Geschichte gerutscht."

Ein wütender Zwischenruf erscholl.

„Dann wissen Sie doch schon alles. Wozu brauchen Sie uns dann noch?"

Er drehte sich in die Richtung, aus der die aufgebrachte Bemerkung kam.

„Leider sind mir nur Bruchstücke eurer Geschichte bekannt. Ich habe zum Beispiel nichts, was eure Sicht wiedergeben würde. Diese entscheidenden Perspektiven fehlen völlig. Den Lkw-Fahrer habe ich treffen dürfen. Der konnte mir einiges über euren gescheiterten Fluchtversuch berichten. Aber es ist halt nur seine Sicht auf die Geschehnisse. Dann die Berichte der zurückgelassenen Gruppe. Über die habe ich keinerlei Informationen bekommen können."

Stille.

Der Journalist ließ ihnen Zeit, um das Gesagte sacken lassen zu können. Wieder war verhaltenes Murmeln zu hören. Plötzlich waren Wortfetzen zu hören, die immer energischer wurden. Tak konnte etwas auffangen. Es ging um alte Erinnerungen und um Furcht.

„Was soll uns das Ganze bringen?"

„Ich hab keine Lust, alles wieder von vorne durchzukauen, nein danke."

„Sehe ich genauso. Und was passiert, wenn es jemandem zu viel wird?", wandte sich eine Stimme direkt an den Reporter.

„Ich verstehe nicht ganz?"

„Ich meine, nehmen wir mal an, ich würde erzählen wollen und dann …"
Max zog die Schultern hoch, hob fragend die Hände. „… und dann würde wieder alles über mir zusammenbrechen, wie damals. Was dann? Sie sind doch kein Therapeut! Wie wollen Sie uns helfen?"
Marielu verschränkte die Arme und sah Max anerkennend an.

„Gute Frage, Max."
Sie drehte sich zu dem Befragten. Der Journalist kratzte sich verlegen an der Nase und überlegte eine Weile. Langsam hob er den Kopf und schaute in die Runde, wobei seine Hände in den Hosentaschen verschwanden.

„Jeder erzählt erst mal nur so viel, wie er möchte. Keiner wird zu irgendetwas genötigt."
Ein Murren ging durch den Raum.

„Journalisten sind die Leute, die alles interessant finden, worüber Gras wachsen möchte", rief Castigo laut. Seine aufrechte Haltung und die in die Hüften gestützten Hände machten seine Kampfansage deutlich.
Leo drehte sich zu Castigo um.

„Komm, lass den Scheiß."
Castigo drehte ihm den Rücken zu und machte weiter.

„Den interessiert doch nur seine Story. Dass er gute Schlagzeilen hat. Vielleicht auch eine fortlaufende Geschichte. Aber die Berichte solcher Schreiberlinge werden nicht besser, nur weil man sie Report nennt."
Seine Behauptung wurde durch zustimmenden Nicken bestätigt.
Klar und deutlich scholl eine neue Stimme durch den Raum.

„Was bekommen wir dafür?"

Überraschte Gesichter drehten sich in die Richtung, aus die Frage kam.

Dort stand Nicoletta. Aufrecht, äußerlich ganz ruhig. Eine Hand in der Hosentasche, die andere leicht erhoben, als wenn sie ihrer Frage mehr Gewicht geben wollte. Wie cool, dachte Tak.

„Wenn wir Ihnen eine gute Story verschaffen, was springt dabei für uns raus?"

Catherin stellte sich neben sie und verschränkte die Arme vor der Brust.

„Coole Idee, Nicoletta! Du wirst mir immer sympathischer."

Erneutes Gemurmel. Zustimmendes Kopfnicken. Auch skeptische Bemerkungen waren zu hören.

Tak schaute sich das Ganze einfach nur an, als ob er völlig unbeteiligt wäre. Lag es an seinem Beruf? Er sah die Anspannung bei den anderen, spürte sie aber nicht bei sich. Erneut drang wildes Stimmengewirr durch den Raum.

Der Journalist kratzte sich an Schläfe und Kinn. Offensichtlich war ihm bei der Sache nicht ganz wohl. Im Moment schien es ungewiss, wie sich die Situation weiter entwickeln würde.

„Unter bestimmten Umständen wird eine Honorarzahlung akzeptiert …"

Seine unbeabsichtigt lautstarke Äußerung überraschte die Gruppe und es wurde wieder still.

„… und zwar dann, wenn ein überragendes öffentliches Interesse an den Informationen besteht."

Jetzt war es so still, man hätte eine Stecknadel fallen hören können.

„Das bedeutet in unserem Fall …?", wollte Leo wissen.

Erstaunt schaute Catherin hinüber zu ihm. Da stand nun ein ganz anderer Leo als noch vorhin. Nicht der, mit dem sie geflirtet hatte. Dieser supersüße, witzige Mann. Jetzt offenbarte sich eine neue Facette an ihm. Aufrecht stand er da, mit geradem Blick. Mit einer Selbstverständlichkeit, die forderte, aber auch Raum für Diskussionen ließ. Er blickte dem Reporter direkt in die Augen. Ein Lächeln huschte über ihr Gesicht. Diese neue Seite gefiel ihr und machte ihn für sie noch attraktiver.

„Was das im Einzelnen heißt, kann ich leider nicht genau sagen, kann aber gerne bei meinem Chefredakteur nachhaken. Ebenso, wie für die eventuell anfallenden Therapiekosten."

„Das wäre gut, denn sonst machen einige von uns bestimmt nicht mit", kam aus einer anderen Ecke. Der Journalist schmunzelte. Vermutlich bestärkten ihn die Aussagen, dass sich einige innerlich doch schon bereit erklärten, mit ihm sprechen zu wollen.

„Was ich schon sagen kann, ist, …" Brüsk wurde er unterbrochen.

„Wie werden die Interviews stattfinden?"

„Sind es Einzel- oder Gruppengespräche?"

„Wie viel Zeit steht einem zur Verfügung?" Der Kreis schloss sich enger um den Reporter. Plötzlich stürzten von allen Seiten Fragen auf ihn ein.

„Wird man namentlich genannt?"

„Für welche Zeitung schreiben Sie?"

„Werden Fotos gemacht?"

„Wie lange arbeiten Sie schon in Ihrem Beruf?"

„Für wen haben Sie schon alles geschrieben?" Nun war es zum Glück nicht mehr die wütende, verschreckte Menge von vorhin. Die, die sich in der Defensive befand und sich am liebsten zurückgezogen hätte. Jetzt waren es neugierige Menschen, die aktiv wurden, Fragen stellten und versuchten, mit der neuen Situation umzugehen. Tak freut sich. Da waren sie wieder, die Menschen, die er kannte. Er schaute zu Marielu hinüber. Sie schien ähnlich zu empfinden, denn auf ihrem Gesicht lag ein zufriedenes Strahlen. Und in ihrem Blick, den sie durch die Gruppe wandern ließ, meinte Tak so etwas wie Stolz erkennen zu können. Stolz auf die Gemeinschaft, die bereit war, sich zu öffnen.

Hilfesuchend hob Alexander beide Arme und trat einen Schritt zurück.

„Moment, Moment bitte. Ich weiß gar nicht, wo ich anfangen soll. Eins nach dem anderen."
Er wich noch einen Schritt zurück und lächelte dabei freundlich. „Wenn ich mich richtig erinnere, gab es eine Frage zu der Vorgehensweise bei den Interviews."
Zustimmendes Nicken war die Antwort.

„Also, Folgendes: Die Gespräche können sowohl als Einzelgespräche als auch in kleinen Gruppen stattfinden. Jeder so, wie er mag."
Ein Gemurmel erfüllte den Raum. Gruppengespräche schienen eine beliebte Option zu sein, da sie mehr Sicherheit versprachen. Es sah beinahe so aus, als ob sich auch schon kleinere Gruppen bilden würden. Für andere wiederum kamen nur Einzelgespräche in Betracht, da man dort nicht abgelenkt würde und seine Erlebnisse zügig erzählen konnte.
Tak bemerkte, wie das Gesicht des Reporters zu strahlen begann, da er die Wortfragmente wohl auch mitbekommen haben musste, die klarmachten, dass sein Vorhaben zu funktionieren schien. War es wirklich gut für sie, was sie da vorhatten? Er konnte es nicht einschätzen. Die aggressive Haltung der Gruppe entspannte sich mehr und mehr. Der Tonfall wurde freundlicher. Hier und da konnte man auch schon grinsende Gesichter ausmachen. Der massive Block, der sich eben noch gegen den Journalisten stellen wollte, zerfiel in lockere Grüppchen.
Alexander, dessen Hände entspannt in die Hüfte gestützt waren, hob den Kopf und sprach in besonnenem Ton.

„Wie gesagt, jeder kann es machen, wie es ihm lieb ist."

„Oder IHR", kam ein flachsiger Zwischenruf.

„Natürlich, oder ihr", bestätigte Alexander lächelnd. „Was gab es noch für Fragen? Ich glaube, wie viel Zeit pro Person genutzt werden kann?"

„Ja, genau."

„Das kann ich euch beim besten Willen nicht sagen. Ich weiß ja nicht, was mich bei den Gesprächen erwartet. Wenn ich jetzt sage, jeder kriegt etwa eine halbe Stunde, dann ist das für den einen zu wenig und für den anderen vielleicht zu viel. Das lasse ich lieber auf mich zukommen. Ich hoffe, das ist okay für euch. Unter Umständen muss ich noch weitere Treffen planen. Wer weiß?"

Tak fand seine Erklärung plausibel. Wie sahen es die anderen? Er schaute sich um und erkannte in vielen Gesichtern freudige Erwartung auf das, was kommen würde.

„Aber es ist ja schon spät und wir sind nicht gerade wenige, meinen Sie, wir schaffen das heute alles?"

„Ich weiß, dass ihr auch morgen noch hier seid, daher könnte man diesen Tag auch noch nutzen."

„Das habe ich mir so nicht vorgestellt", rief jemand im Davongehen, „dann hängen wir die ganze Zeit nur in den alten Themen. Alles Gemütliche und Lustige ist damit futsch." Und mit einer abwinkenden Handbewegung ging er Richtung Terrasse.

„Nein, nein, darf ich kurz etwas dazu sagen?", rief Alex.

Im Hinausgehen blieb die Person stehen und drehte sich noch einmal um. Eine Pause entstand.

Blicke wanderten hin und her.

„Ich möchte es noch besser formulieren, was ich mit euch vorhabe. Also, ich stelle mir vor, dass ich mich mit der oder den Personen, mit denen ich das Gespräche führe, an einen gemütlichen Ort zurückziehe, um dort in Ruhe zu sprechen. Der Rest von euch bekommt davon nichts mit und ihr könnt alles so weiter machen wie geplant."

Hört sich doch gut an, dachte Tak.

„Hört sich gut an", drang aus der Menge an sein Ohr, was ihn schmunzeln ließ.

„Jetzt wolltet ihr noch wissen, in welcher Zeitung der Bericht erscheinen wird. Er kommt in die Die Zeit."

„Schon mal was von gehört", tönte es von hinten.

„Ist auf jeden Fall kein Schmierblatt."

„Danke", antwortete Alexander schmunzelnd und nickte Maximilian freundlich zu.

„Was gab's dann noch?"

„Bilder! Werden auch Fotos verwendet?"

„Ach ja, genau. Danke. Bei meinen Recherchen vor Ort habe ich natürlich Fotos gemacht. Und ein paar alte Fotos von damals kommen vielleicht dazu. Wenn ihr Fotos von euch autorisieren würdet, wäre das natürlich toll."

Das Thema Fotos löste schon wieder eine wilde Diskussion aus. Mehrfach erscholl ein klares Nein. Es schien so, als ob die Autorisierung der Fotos nicht zur Diskussion stände.

„Warum eigentlich nicht?", fragte Pia in die Runde.

„Das muss jetzt nicht diskutiert werden!" Alexander ging vorsichtig einen Schritt zurück und wedelte beschwichtigend mit den Händen. „Das kann natürlich auch jeder frei für sich entscheiden. Also erneut kein Gruppenzwang."

Castigos Augen blitzten lausbübisch und seine Arme blieben vor seiner Brust verschränkt.

„Bei Ihren Recherchen sind Sie doch auf den Lkw-Fahrer gestoßen, was hat der Ihnen erzählt?"

Ihr Bruder, da war er wieder. Seine Neugier hatte gesiegt

und Interesse hatte seine Wut verdrängen können. Genau wie bei ihr.

Der Journalist sah sich kurz um und lehnte sich an einen Pfeiler. Lässig, fand Catherin. Mit einer Hand in die Hosentasche, den Blick offen in die Runde gerichtet.

„Der Busfahrer hat mir seine Wahrnehmungen von dem Überfall geschildert. Wie gesagt, es fehlen die Eindrücke von euch."

Er ließ die Information einen Augenblick wirken. Dann richtete der Reporter seinen Blick auf den Fragesteller und fuhr fort. „Und um eine gute Story zu schreiben, darf man sich nie auf nur eine Quelle verlassen." Er zwinkerte Castigo zu.

Castigo schmunzelte und ließ seine Hände in die Hosentaschen gleiten.

„Okay. Hier haben Sie dann direkt ganz viele Quellen, auf die Sie sich beziehen können", kam von Leo, der sich neben Castigo gestellt hatte.

Catherin sah die beiden vereint, wie ein kleines Bollwerk, dachte sie. Den einen davon liebte sie, weil es ihr wundervoller, einzigartiger Bruder war und er so war wie er war. Von dem anderen war sie schon mehr fasziniert, als sie es sich eigentlich eingestehen wollte. Diese beiden Menschen so vereint zu sehen, rief ein angenehm kribbelndes Gefühl bei ihr hervor. Sehr schön! Wollte sie sich darauf einlassen?

„Meine Lieben, Herr …?"

Marielu drehte sich zu dem Journalisten und machte eine kurze Pause.

„Alexander van den Berg. Einfacher ist Alex, bitte."

„Also, Herr …", sie musste lachen, „Alexander, also Alex, hat noch eine große Überraschung für euch."

Abrupt brach das Gemurmel ab. Alle Blicke auf den Journalisten gerichtet. Der Kreis, der sich um sie herum gebildet hatte, wurde enger. Fragende Blicke, nach vorn gereckte Hälse und weit aufgerissene Augen waren ein deutliches Anzeichen dafür, dass sie die Aufmerksamkeit ihrer Zuhörer geweckt hatten.

„Und?", erklang es ungeduldig aus der zweiten Reihe.

„Ich habe Auma gefunden und mit ihm gesprochen."

Ein unbeschreibliches Tohuwabohu war die Folge. Wild gestikulierende Menschen tauschten ihre Fassungslosigkeit über das eben Gehörte aus und berieten sich.

„Das kann ja gar nicht sein."

„Der ist doch tot."

„Oh, mein Gott."

„Wie hat er überleben können?"

Die Neuigkeit traf einige so unverhofft, dass sie sich gegenseitig stützen mussten und einige mit den Tränen kämpften. Andere hielten sich mit vom Schreck geweiteten Augen beide Hände vor den Mund. Wieder andere standen einfach nur da und starrten in den Raum. Mit ihm verbanden sich traumatische Erinnerungen, die in der gesamte Gruppe bekannt waren.

Odette, die sich abrupt abgewendet hatte und langsam in Richtung Terrasse ging, war kreidebleich. Als Maximilian hinter ihr her eilte, war Marielus Aufmerksamkeit bei ihnen. Sie behielt sie im Auge. Das war es, wovor sie Angst hatte. Dass einer ihrer Schützlinge erneut verletzt werden würde. Doch dieses Mal würde sie für sie da sein können.

„Was sollen wir jetzt machen?", fragte jemand hinter ihr. Es war Alex, und zum ersten Mal schien er besorgt zu sein.

„Soll ich ihnen sagen, dass er uns morgen besuchen kommt?"

„Auf keinen Fall", antwortete Marielu in barschem Ton. „Jetzt noch nicht." Dann verschwand sie in Richtung Terrasse. Sie wollte erst sicher sein, ob es

Odette gut ging. Dann würde sie ihr die Neuigkeit in aller Ruhe mitteilen. Odettes Reaktion war ausschlaggebend dafür, wie sie weiter vorgehen würden.

Kapitel 25

Sie beobachtete, wie Max, der Odette im Arm hielt, auf der Terrasse stand. Ganz in der Nähe des Feuers. Wie er mit ihr sprach und ihr beruhigend über den Rücken strich. Ihr Kopf war an seiner Brust vergraben, die Hände an ihr Gesicht gedrückt.

„Odette?"
Beide schauten sich um. Odette wischte sich schnell über die Wangen und blieb eng an Maximilians Seite.

„Odette, kann ich kurz mit dir sprechen?"
Max trat einen Schritt zur Seite. Doch Odette griff nach seiner Hand und hielt ihn fest.

„Bitte!" Dabei schaute sie ihn flehend an.
Er umfasste ihre Schultern. Ihre Augen waren auf Marielu gerichtet. Wenn es keine so heikle Situation gewesen wäre, dann hätte sie die beiden am liebsten gedrückt, so ein schönes Paar waren sie.

„Meinst du, dass du mit der Situation zurechtkommst?"
Odette nickte, den Blick zu Boden gerichtet. Marielu ließ eine Weile verstreichen. Die Stille tat gut. Sie nahm eine Veränderung an Odette war. Ihre Knöchel stachen nun nicht mehr weiß hervor. Eben noch musste Max sie

festhalten. Jetzt standen sie zwar immer noch nah beieinander, aber viel entspannter. Ihre Schultern, die sich eben noch fast an den Ohren befunden hatten, senkten sich. Ihr Körper neigte sich kaum sichtbar gegen Max. Das Bild der lähmenden Befangenheit löste sich mehr und mehr. Marielu ließ noch einige Augenblicke verstreichen, dann begann sie erneut.

„Alexander hat Auma nicht nur befragt, er würde uns morgen auch gern besuchen kommen und mit uns sprechen. Natürlich nur, wenn wir das wollen."
Odette versuchte, ihr Gesicht hinter ihren Händen zu verbergen. Sie atmete heftig und unter ihren Händen rollten Tränen hervor. Max zog Odette sanft zu sich und legte seine Arme schützend um sie.
Marielu ließ ihnen Zeit, fühlte jedoch, wie sich der Druck auch bei ihr verstärkte. Um ihre Verspannung zu lösen, drehte sie ihren Kopf nach links und rechts. Es knackte verdächtig. Sie wollte die beiden nicht drängen. Diese neue Information würde Zeit benötigten und die würde sie Odette lassen. Lassen müssen. Doch ihr Drang, sich zu bewegen, wurde immer größer. Sie verlagerte ihr Gewicht ganz vorsichtig von einem auf das andere Bein. Sie wollte ihnen mehr Raum für ihre Entscheidungsfindung geben. Mit Abstand schlich sie mit langsamen Schritten, um kein Geräusch zu verursachen, um die beiden herum. Ihre Arme hielt sie vor der Brust verschränkt. Offensichtlich brauchte sie selbst mehr Schutz, als sie sich eingestehen wollte. Die Bewegung tat ihr gut. So war sie offener für das, was jetzt kommen würde. Hin und wieder schaute sie mit verstohlenem Blick zu den beiden hinüber, die begonnen hatten, leise miteinander zu sprechen. Für Marielu war das ein gutes Zeichen. Das ließ ihr Zeit, um in den Innenraum zu schauen und zu sehen, was sich dort tat.
Kleine diskutierende Gruppen waren überall im Raum verteilt. Teils ruhig, teils wild gestikulierend und

emotional, so wirkte es zumindest von außen auf sie.

Wo war Alex? Sie konnte ihn nicht finden. Egal.

Mit der Neuigkeit schien der Teil ihrer Gruppe auf jeden Fall zurechtzukommen. Das war gut.

„Marielu!"

Sie schrak zusammen und drehte sich um.

„Ich will mit dem Reporter reden. Jetzt sofort und mit Max zusammen."

Über Marielus Gesicht legte sich ein Lächeln. Sie spürte, wie sich auch ihre Schultern entspannten und sie laut ausatmete. Ein Stein fiel ihr vom Herzen. Odette sah sie an, mit ihren runden Kulleraugen und vor Aufregung ganz roten Wangen, nassen Wimpern. Eine Hand, die die von Max immer noch fest umklammert hielt.

„Ich denke, wir bekommen das hin", versicherte ihr Marielu.

Kapitel 26

„Siehst du, hier kann man auch vernünftig sitzen." Mit diesen Worten ließ sich Castigo in den flauschigen Sessel fallen.

„Hier hast du deine schönen Stoffe, musst aber nicht wie ein Erstklässler, dem die Beine in der Luft baumeln, herumhängen."

Lennja ging nicht weiter auf das Thema ein, da sie unbedingt mit dem Journalisten sprechen wollte, und Castigo schloss sich ihrem Wunsch an. Es würde ihnen guttun, darin waren sie sich einig.

Vorhin hatten sie fast zeitgleich die Sitzecke entdeckt, und mit einem kurzen Blickaustausch war ihnen klar, dass sie ihren Ansprüchen genügte. Er korrigierte seine Sitzposition, rutschte hin und her, bis er eine bequeme Haltung gefunden hatte. Anschließend beugte er sich nach vorne, stützte die Arme auf die Knie und legte seinen Kopf schräg. Und sah mit seinem bezaubernden Lächeln zu ihr hinüber. Mit diesem Blick konnte sie ihm seine Provokation, was die Möbel betraf, nicht wirklich übelnehmen. Ein angenehmer Schubber lief ihr über den Rücken. Hübscher Kerl, schoss es ihr durch den Kopf.

War dieses Lächeln wirklich an sie gerichtet? Konnte das sein? Seine lebendige Art faszinierte sie. Die Kombination aus lieb und frech. Schon klasse. Was hatte er gesagt?

„Hallo?" Er winkte ihr zu. „Ist irgendjemand zu Hause?"

Und schon wieder dieses Lachen. Wie schön! Ihre Blicke trafen sich. Um nicht zu erröten, schaute sie schnell zu Boden. Verrückt. So ein Gefühl hatte sie schon lange nicht mehr. Um nicht wie ein verschüchtertes Kind zu wirken, tat sie so, als würde sie im Raum jemanden suchen. Das war eine gute Strategie, um von ihrer Verlegenheit abzulenken, fand sie. Außerdem gab es ja auch gar keinen Grund, den Blick senken zu müssen. Warum auch?

Als sie den Mut fand, seinem Blick wieder standzuhalten, begrüßte sie ein Strahlen. Es schien noch heller geworden zu sein. Oh man, es fiel ihr schwer, sich zu konzentrieren.

„Du brauchst mich nicht so anzuschreien. Ich hab alles mitbekommen."

Er hob erstaunt die Augenbrauen und lehnte sich zurück.

„Ah, soso? Dann bin ich mal auf deine Antwort gespannt." Er ließ sie nicht aus den Augen, schlug ein Bein über die Armlehne und wartete. Ein verschmitztes Lachen lag auf seinem Gesicht. Die Pause, die folgte, wirkte nicht unangenehm auf Lennja.

„Ich glaube, Marielu bekommt das mit Odette schon hin", antwortete sie mit einem zufriedenen Lächeln. Ein Versuch war es wert, vielleicht hatte sie ja ins Schwarze getroffen und ihre Antwort war in Ordnung. Wohlwollend nickte er ihr zu.

„Eine wirklich sehr gute Antwort. Zumal, wenn ich irgendetwas in dieser Richtung als Frage formuliert hätte." Pause. „Aber, ich kann natürlich verstehen, dass du dich in mich verguckt hast. Ich tue es ja auch ständig." Er breitete die Arme aus und schloss die Augen. „Immer wieder, jeden Tag."

Das war dann doch zu viel für Lennja. Sie schnellte in ihrem Sessel nach vorne und haute ihm aufs Bein.

„Blödmann", rutschte ihr dabei heraus.

Er zwinkerte ihr zu und beide prusteten los. Erstaunlicherweise musste sie jetzt an ihren Ex-Mann denken. So ähnlich hatte es auch begonnen. Er war witzig und charmant und dann, dann …

„Hey, was verdirbt dir denn plötzlich die Laune?"

„Ach nichts."

„Oh je. Wenn Frauen ‚ach nichts' sagen, dann ist das meistens ganz, ganz gefährlich."

Sie lachte. Stimmt, aber was sollte sie ihm erzählen?

„Willst du darüber reden? Ich bin der weltbeste Zuhörer." Dabei legte er eine Hand ans Ohr und machte ein verrücktes Gesicht, was sie zum Lachen brachte.

„Danke."

„Wofür?"

„Dass du mich aus meinen doofen Gedanken herausgeholt hast."

„Immer gerne."

„Ich sag dir einfach, woran ich eben denken musste." Sie schaute zu Boden. „An meinen Ex-Mann."

„Aha."

Neugierig schaute sie ihn an. Was würde er mit dieser Information anfangen? Würde er sich Gedanken darüber machen? Es machte nicht den Eindruck. Mit seinem offenen Strahlen, dem kariertem Hemd, das ein bisschen schief saß und ein weißes T-Shirt darunter hervorlugen ließ, hatte er etwas Jungenhaftes, Verspieltes an sich. Eher wie jemand, der sich keinen Kopf macht.

„Ich hoffe, es gibt nicht so viele Ähnlichkeiten zwischen ihm und mir."

Sie staunte nicht schlecht.

„Leider doch." Entschuldigend hob sie die Schultern und senkte die Mundwinkel. „Ihr habt einen

163

ähnlichen Humor, die Lebendigkeit und …" Sie zögerte, denn auf sein Aussehen wollte sie nicht näher eingehen.

„Und? Natürlich sehe ich viel besser aus als er." Dabei sprang er auf und stellte sich vor sie hin. Zeigte an sich herab und lächelte zufrieden.

Wie er da vor ihr stand und zu ihr sah, kribbelte es in ihrem Bauch. In seiner Nähe fühlte sie sich wohl. Sie neigte den Kopf und grinste ihn an.

„Na ja, wenn ich ehrlich bin, war er besser trainiert."

Sie sah nur noch, wie eine Hand auf sie zugeschossen kam. Blitzschnell zog sie ihre Knie an und umschlang ihre Beine. Doch dieser Schutz war kein wirkliches Hindernis für ihn. Er umfasste sie und tat so, als ob er sie aus dem Sessel werfen wollte. Er zog und drückte an ihr herum, doch sein Vorhaben schien nicht so leicht realisiert werden zu können. Das Gerangel brachte beide zum Lachen. Als er wieder aufstehen wollte, strich er mit seiner Hand, viel langsamer als es notwendig war, an ihrem Bein entlang.

„Du bist leider viel zu schwer. So bekomme ich dich nicht aus dem Sessel geworfen."

„Ja, meine 120 kg sieht man mir nicht an." Ihre spontane Reaktion schien ihn zu amüsieren.

„Stimmt, obwohl …", konterte er.

„Wage es!" Mit erhobener Hand deutete sie ihm Prügel an. Er zog seinen Sessel näher zu ihr heran.

„So gefällst du mir viel besser." Und wieder hampelte er hin und her, um eine gemütliche Sitzposition zu finden. Nach erfolgreichen Bemühungen schaute er sie so an, als ob sich sein ganzes Gesicht zu einem Fragezeichen formen würde.

„Was würdest du machen, wenn du alles tun könntest, was du dir vorstellst?"

Unruhig rutschte sie hin und her und wusste nicht, was sie sagen sollte.

„Ich meine, wenn man vor nichts Angst haben müsste und einem alles offen stehen würde."

Sie atmete laut aus und kratzte sich am Kopf.

„Puh, da bin ich im Moment völlig überfragt. Ich weiß nicht …" Sie blickte umher, sah einzelne Personen im Raum, ohne sie jedoch genauer wahrzunehmen. Sie überlegte. Noch nie hatte sie jemand nach so etwas gefragt. Wie sollte sie antworten? In ihrem Kopf ging alles durcheinander. Es fiel ihr schwer, ihre Gedanken zu ordnen. Dann schaute sie zu Castigo. Sein Lachen war verschwunden. Gespannt sah er sie an.

„Weißt du, was du tun würdest?" Damit wollte Lennja Zeit gewinnen.

Lachend ließ er sich zurückfallen.

„Nein, nein, nein. Ich habe zuerst gefragt."

Sein Lachen war gut, denn nun schien auch Platz für ihre Gedanken da zu sein.

Castigo legte einen Arme auf die Rückenlehne. Mit der anderen gestikulierte er, während er sprach.

„Stell dir vor, du könntest alles machen. beruflich, privat, einfach alles. Das Land aussuchen, in dem du leben möchtest. Die Leute, mit denen du dich umgeben willst, alles."

Sie stützte sich mit den Ellenbogen auf ihre Beine und legte den Kopf auf die Hände. Den Blick ließ sie durch den Raum wandern. Vor ihrem inneren Auge begann ihre Wunschwelt langsam Gestalt anzunehmen.

„Also …", dabei verzog sie verlegen ihren Mund und schaute zur Decke. „… also, wenn ich mir alles wünschen könnte, dann würde ich als Erstes aufs Land ziehen." Sie lockerte ihre Haltung und lehnte sich zurück. Der Anfang war gemacht und damit verschwanden auch die Hemmungen, ihm von ihren Wünschen zu erzählen.

„Nicht zu weit von einer schönen Stadt entfernt. Gerade so weit, dass man von dem Lärm nichts mitbekommt." Sie strubbelte sich durchs Haar und fuhr fort.

„Dort würde ich mir ein altes Bauernhaus kaufen und fotografieren. Ich meine, in einer Scheune würde ich ein Studio einrichten und Menschen fotografieren."

„Kannst du das denn?"

„Ruhe! Dann würde ich mir Tiere anschaffen. Hunde auf jeden Fall. Dann ein paar Hühner und vielleicht auch zwei, drei Esel. Dann hätte ich einen coolen Pickup, mit dem ich zu meinen Shootings fahren würde, und eine Enduro natürlich."

Er fuhr sich durchs Haar und schmunzelte. Mit erhobenem Zeigefinger wies sie ihn darauf hin, dass er nun ganz genau zuhören sollte.

„Hör zu. Ich hab schon eine genaue Vorstellung, wie das alles laufen soll. Zum Shooting komme ich mit meiner Enduro und ziehe den Helm ab, mache mich im Sanitärbereich kurz frisch und lege anschließend mit meiner Arbeit los." Lennja grinste. Ihre Augen funkelten vor Begeisterung. Das Spiel begann ihr Spaß zu machen. Ihre Mundwinkel bogen sich mehr und mehr nach oben.

„Und?"

„Und was?"

„Hast du Kinder? Männer?"

„Also, wenn du mich so fragst. Es gäbe natürlich mehrere Männer."

Castigo ließ sich in seinen Sessel zurückfallen.

„Aha!?"

„Warte, warte! Einmal gäbe es da den Kumpelhaften. Der mir auf dem Hof hilft. Dann den, der mich bei den Shootings unterstützt. Den, der sich um die Tiere kümmert, und den, der sich um mein leibliches Wohl sorgt und mich mit immer neuen Überraschungen bekocht."

„Und?"

Fragend hielt sie ihre Hände in die Höhe.

„Wie und?"

„Ist das alles?"

166

„Du meinst die Kinder? Ja, so zwei, drei wären okay."

Noch nie zuvor hatte sie sich eine so klare Vorstellung von ihren Träumen gemacht. Das tat gut. Okay, das mit den Männern war ein bisschen übertrieben, aber was soll's. Eine innerliche Ruhe breitete sich aus und die Zeit schien für sie langsamer zu laufen. Zufrieden lehnte sie sich zurück und legte die Beine übereinander.

„Und die Männer liegen dir natürlich zu Füßen?"

„Klar!" Bestätigte sie lachend und nippte an ihrem Glas. „So, jetzt bist du aber dran."

Er stützte sich auf die Armlehnen und rutschte nach vorne.

„Beruflich würde ich genau so weiter machen wie bisher. Es ist das, was mich glücklich macht! So, und jetzt kommt's. In jeder größerer Stadt hätte ich eine schöne und zugleich witzige Frau. Intelligent kann sie zur Not auch noch sein, müsste sie aber nicht." Bei dieser provokativen Bemerkung schaute er sie grinsend an.

„Dann wäre ein Haus am Meer mein Traum." Dabei verschränkte er seine Arme hinter dem Kopf und schaute gedankenversunken durch Lennja hindurch. „Mit viel Glas! Wo man vom Bett aus direkt aufs Wasser sehen könnte. Müsste gar nicht groß sein. Ungefähr hundertzwanzig Zimmer, das würde mir schon reichen." Er zwinkerte ihr zu. „Nein, im Ernst, hundertfünfzig, zweihundert Quadratmeter reichen völlig aus." Begeistert fuhr er fort. „Dann würde ich gern noch ein paar Sportarten ausprobieren. Bungee Jumping zum Beispiel."

„Mir ist noch was eingefallen." Aufgeregt hüpfte Lennja auf und ab und redete, ohne abzuwarten, drauflos.

„Ich würde gern den Audi R8 fahren, und das, so schnell der kann."

„Wow, das ist aber 'ne Rakete."

Sie verdrehte schwärmerisch die Augen und zeigte mit beiden Händen gen Himmel.

„Jaaaah, und ein sooo schönes Auto!"
Castigo schmunzelte und fuhr fort.
„Okay, was würde ich denn noch gern machen?
Ja, Speedboot fahren. Das Gefühl, mit so einem Geschoss
übers Meer zu rasen, ist bestimmt gigantisch."
„Da ist mir mein R8 aber lieber."
„Wenn was passiert, bist du so oder so tot." Dabei
sah er jetzt wie ein Oberschullehrer aus, der einen seiner
Schüler zurechtweist.
„Und wie steht's bei dir mit Kindern oder so?"
Schlagartig verschwanden die kleinen Lachfältchen aus
seinem Gesicht.
„Ich weiß nicht, was ‚oder so' ist, aber nee, keine
Kinder!"
„Darf man wissen, warum nicht?"
Sein Körper zog sich zusammen. Lennja wusste nicht,
was sie da auslöste, aber es schien keine gute Frage
gewesen zu sein.
„Lass, ist schon okay. Ich will dich nicht nerven."
Kerzengerade und mit verschränkten Armen saß er da.
Sein Blick irrte im Raum umher. Ganz offensichtlich
wollte er dieses Thema nicht bereden. Lennja prustete
los, hielt sich aber vor Scham die Hand vors Gesicht.
Fragend schaute er sie an.
„Weißt du, an was ich gerade denken musste?"
„Ja, an … nein, Quatsch, an was?"
„Ich hab mal ein Interview mit einem Rapper
gehört, der … wie hieß der noch mal? Ach, ich weiß
nicht, fällt mir bestimmt gleich wieder ein. Also, der
wurde interviewt. Nach der ersten Frage antwortete er
einfach ‚das ist keine schöne Frage' und weigerte sich,
sie zu beantworten. Als ich das hörte, hab ich mich kaputt
gelacht. Wie der da saß, den Reporter anguckte und
immer wiederholte, das ist keine schöne Frage. Dann
musste der die nächste und die nächste Frage stellen. Ich
glaube, letztendlich hat der nur ein oder zwei Fragen

beantwortet."

„Und darüber hast du gerade gelacht?"

„Ja, … und weißt du, als ich dir eben die Frage zu deinem Kinderwunsch stellte, bekam ich den Eindruck, dass du ähnlich wie dieser Typ reagierst."

Pause.

Hoffentlich bekam er den Vergleich nicht in den falschen Hals. Seine Miene war ernst, aber er wirkte nicht verärgert. Ernst stand ihm auch nicht schlecht, fand sie. Die Pause fühlte sich nicht falsch an. Irgendetwas in ihr spürte, dass er zu reden beginnen würde.

„Weißt du, Lenny …" Dabei sah er ihr in die Augen. Grüne Augen, dachte sie, und das Weiße darin war weißer als bei den meisten Erwachsenen, „… das muss wohl was mit meiner Kindheit zu tun haben. Catherin und ich sind sehr behütet groß geworden." Um seiner Aussage noch mehr Ausdruck zu verleihen, hob er beide Zeigefinger, so als ob er Anführungszeichen in die Luft malen würde. „Wir hatten alles, was man sich nur vorstellen konnte. Die neuesten Handys, Klamotten. Wir hätten jeden Sport machen können, den wir wollten. Tennis musste natürlich sein. War ja soooo angesagt. Für Golf waren wir zum Glück noch zu jung, sonst hätten wir wahrscheinlich auch Golf spielen müssen."

Castigo nahm einen Schluck. Vorsichtig schaute sie zu ihm, doch er blickte in sein Glas. „Aber weißt du", und dabei sah er sie direkt an, „in den Arm genommen hat uns nur unser Kindermädchen. Es gab Zeiten, da habe ich gedacht, dass sie unsere Mutter wäre."

Sein Versuch, bei der Äußerung gleichgültig auszusehen, ging in die Hose. Er biss sich auf den Lippen herum und der gesenkte Blick verriet seine Verletztheit.

„Castigo, hör mal …"

„Und das ist der Grund, warum ich keine Kinder haben will." Dieser Satz platzte aus ihm heraus, wie aus einem trotzigen Kind. Seine Lippen wurden vor Wut ganz schmal. Sie ließ ihm einen Augenblick.

„Vielleicht könnte man aber auch etwas noch besser machen als deine Eltern, oder?"
Den Kopf zur Seite gekippt, schaute er sie aus traurigen Augen an. Dann verengten sich seine Augen und er suchte ihren Blick. So als ob es ihm dabei helfen würde, über ihre Frage nachzudenken. Sein Blick wurde sanfter. Er kratze sich an der Stirn und holte tief Luft.

„Dazu fühle ich mich außerstande", entgegnete er, „und außerdem ist dieses Vorbild auch kaum zu toppen."
Ihr Blick wanderte auf seinem Gesicht entlang und blieb an seinem Mund hängen. Nicht schlecht. Nicht übermäßig groß, aber voll. Warum schoss ihr das gerade jetzt durch den Kopf? Egal. Und diese kleinen Linien an beiden Seiten, die auf sie einen leicht beleidigten Eindruck machte. Er ist erwachsen und trotzdem ein Kindskopf. Ein Grinsen überkam sie und sie blickte schnell zur Seite, damit er nichts merkte.

„Was ist?", hörte sie seine genervte Frage.

„Ich kenn' dich ja nicht wirklich gut, aber du guckst wie ein kleiner Junge, der der Welt die Schuld dafür gibt, was ihm widerfahren ist."

„Tu ich nicht." Überraschenderweise verzog er eine fürchterliche Grimasse.

„Siehst du."
Sein Mund verzog sich zu einem falschen Lachen. Als er eine Augenbraue nach oben zog, wurde dieser übertrieben gekünstelte Ausdruck noch verstärkt. Lennja beschloss, das Thema zu wechseln.

„Lassen wir das. Fällt dir noch was ein, was du gerne machen würdest?"
Er beugte sich weit nach vorne, verschränkte die Arme auf den Knien und schaute sie mit gesenktem Kopf böse an. Sagte aber nichts. Nach einer Weile bekam sie ihre

Antwort.

„Und weißt du, was ich noch machen würde?"

„Was?", antwortete sie so gelassen wie möglich.

„Ich würde jede Frau, die mich ärgert, auf den Mond schießen."

„Oh. Tolle Idee. Wie ich dich einschätze, ist der Mond dann bald überbevölkert."

Er musste sich das Lachen verkneifen.

„Du bist gar nicht so doof wie du aussiehst." Vorsichtshalber ging er in Deckung. „Du könntest glatt für'n Jungen durchgehen."

Und da war es wieder. Sein Lachen. Wie schön, denn nun zauberte es auch ein Lächeln auf ihr Gesicht.

„Sehe ich mal als Kompliment", entgegnete sie strahlend.

Kapitel 27

Die Kaminecke wirkte wie ein magischer Anziehungspunkt. Gemütliche Sessel, flackerndes Licht brennender Holzscheite, es schien perfekt. Zusammen hatten sie sich dort niedergelassen und genossen die gemütliche Lagerfeuerstimmung. Tak blickte auf und wollte etwas sagen, doch Leo kam ihm zuvor.

„Was hat es mit Auma eigentlich auf sich? Was hat er dem Reporter wohl schon erzählt?"

„Es ist wirklich ein Wunder, dass er noch lebt."

„Was will er hier bei uns?"

„Lieber Leo, Auma war doch derjenige, der Odette vor den Aufständischen schützte. Weißt du das nicht mehr? Als sie mit ihr los wollten und wir keine Vorstellung davon hatten, was mit ihr passieren würde. Er wird's schon gewusst haben, daher wollte er sie auch nicht bei ihnen lassen. Er war nicht so abgebrüht wie die anderen."

„Das mit Odette habe ich nur am Rande mitbekommen."

„Ich will es nicht weiter auswalzen. Ist allein ihre Sache."

„Das hat Marielu auch schon gesagt."

Nicoletta stand da und schaute sie grimmig an.

„Und dabei sollten wir es auch belassen."

Tak warf Nicoletta einen verächtlichen Blick zu. Durch ihre Aussage fühlte er sich in seiner Annahme bestätigt.

„Schau Nicoletta bloß nicht so arrogant an. Die bewies damals mehr Mumm als so mancher Kerl. Also lass sie in Ruhe."

Tak zuckte zusammen. Edeltrauts Blick traf ihn so hart, dass man es mit der Angst zu tun bekommen konnte. Ihre Nasenflügel bebten. Taks Lippen wurden schmaler. Die Stimmung hatte sich blitzschnell zugespitzt. Sich mit ihr auf eine Eskalation einzulassen, dazu war Tak bereit. Es war ein gutes Ventil, um seinen Emotionen freien Lauf lassen zu können. Er spürte eine Hand auf seiner Schulter.

„Hör mal, Tak, eben habe ich gelesen, dass Carlos Ruiz Zafón gestorben ist. Das müsste dich doch interessieren."

Leo schaute ihn hoffnungsvoll an.

„Relativ jung gestorben. Ich hab zwei oder drei Bücher von ihm gelesen. Toller Schriftsteller."

Edeltraut lachte vergnügt.

„Netter Versuch, die Situation zu retten, Leo."

Ihre angriffslustige Haltung war verschwunden. Tak bemerkte ein Feixen in ihren Augen und wagte ein zaghaftes Grinsen in ihre Richtung.

„Noch mal gutgegangen", rief Leo glücklich und wischte sich die imaginären Schweißtropfen von der Stirn. Edeltraut warf ihm eine Kusshand zu.

„Ihr Juristen seid einfach die Besten."

„Wollt ihr jetzt was zu dem Autor hören oder zu Auma?"

„Wenn du mich so fragst …", antwortete Tak. Er fühlte, wie sich seine Anspannung langsam in Luft auflöste. Mit einem ‚Los, erzähl schon' gab er Tim einen Schubs und lehnte sich erleichtert zurück. Tim stand da und kratzte sich am Kopf. Nun war er dran. Er schien seine Gedanken zu ordnen.

„So genau will ich euch die Einzelheiten eigentlich gar nicht erzählen. Nur so weit: Als er die Aktion nicht befürwortete, machten ihn die anderen fertig. Zuerst brüllten sie ihn nur an. Dann begannen sie, ihn herumzuschubsen. Wir konnten nicht verstehen, was sie zu ihm sagten. Aber freundlich war es nicht. Er versuchte sich zu wehren, aber die waren ihm überlegen. Ich weiß noch, wie wir völlig verschreckt in einer Ecke hockten. Odette mitten unter uns. Es ging so schnell. Die Stimmung war so aufgeheizt, dass sie uns völlig aus den Augen verloren. Als sie anfingen, auf ihn einzuschlagen und ihn zu treten, habe ich irgendwann weggesehen. Dann kamen nur noch Schreie. Von der hysterisch aufgeheizten Gruppe und dann von Auma. Eine wahnsinnig gewordene Horde Verrückter. Die Geräusche von den Schlägen und Tritten habe ich jahrelang nicht aus dem Kopf gekommen. Und die Schreie von Auma. Es war fürchterlich … Man kann sich nicht vorstellen, was für Geräusche aus einem geschundenen Körper kommen können. Als ich mich dann doch traute, zu ihnen zu schauen, dann sah ich …“

Tak bemerkte, wie Tim die Augen senkte und tief Luft holte. Nicoletta, die wohl ahnte, was in ihm vorging, stellte sich zu ihm und legte eine Hand auf seine Schulter. Er zuckte zusammen und schaute hoch.

„Du musst nicht weiter sprechen“, klang es sanft, aber bestimmt. Stille. Alle schauten in eine andere Richtung, um jeglichen Blickkontakt zu vermeiden.

„Dann hat einer von den Kerlen seinen Gewehrkolben mit aller Wucht in Aumas Gesicht gerammt. Das Geräusch werde ich niemals vergessen.“

Den Blick zu Boden gewandt, stockte er erneut.

„Sie haben einfach gelacht und weiter auf ihn eingetreten. Ihn angespuckt. Sie waren wie von Sinnen. Sie johlten und schrien. Es klang wie Siegesgeschrei. Er war doch einer von ihnen. Warum also? Ich habe nie begriffen, warum sie gegen einen von sich so brutal vorgegangen sind. Was hat sie so wütend gemacht? Von diesem Zeitpunkt an hatte ich nur noch Angst. Angst, dass sie das Gleiche auch mit jedem von uns machen würden."

Tim hatte sich währenddessen auf einem Hocker niedergelassen und saß dort mit ausdrucksloser Miene. Einige waren ganz bleich geworden. Andere schüttelten den Kopf oder wandten sich abrupt ab. Da waren sie wieder, ihre Erinnerungen.

Max übernahm es, die Geschichte aus seiner Sicht weiterzuerzählen.

„Als wir dachten, sie ließen ihn in Ruhe, denn sie hatten kurz von ihm abgelassen, da drehte sich plötzlich einer zu ihm um und schoss auf ihn. Einmal. Zweimal. Ich sah die Waffe in seiner Hand."

„Wir waren noch so jung. Dann sah der Schütze Yuma an. Er hatte wohl gemerkt, dass der ihn beobachtete. Mit einem diabolischem Grinsen wandte er sich ihm zu und deutete auf seine Waffe. Er sollte sie nehmen. Yuma wusste zuerst gar nicht, was er machen sollte. Ich weiß noch, dass er vor Angst völlig gelähmt war."

Er hielt inne. Die Arme schützend um sich gelegt. Seine Knöchel ganz weiß, den Blick gesenkt. Es war, als sei er ganz woanders. Um sie herum war es still geworden. Nicoletta beobachtete Max genau. Wahrscheinlich wollte sie sehen, ob es ihm gut ging oder ob sie ihm helfen sollte. Ein bisschen wie Marielu, fand Tak.

„Er hat ihn gezwungen, auf Auma zu schießen", sagte Max mit gebrochener Stimme in die Stille hinein.

„Oh mein Gott."

Die Konfrontation mit dieser Geschichte versetzte Tak wieder in die Zeit zurück, in die eines hilflosen Jungen. Für ihn wurde die Stille immer unerträglicher.

Nicoletta nahm Max in den Arm.

„Sie haben ihn aber nicht dazu gekriegt."

Ein erleichtertes Ausatmen von Tak.

„Aber gelacht haben sie. Widerlich gelacht, als sie sahen, dass er wimmernd zusammensackte. Weil er nicht tun konnte, was sie von ihm verlangten. Widerliche Dreckskerle."

Max atmete schwer, die Arme immer noch fest um den Körper geschlungen.

Nicoletta sah Max direkt in die Augen.

„Das war sehr mutig von ihm."

Sein Blick, der von ganz weit her zu kommen schien, begegnete ihrem und schien in der Gegenwart anzukommen.

Erneut nahm er einen tiefen Atemzug.

„Ja, das denke ich auch", presste er durch seine zusammengekniffenen Lippen hervor.

Nach dieser erschütternden Offenbarung bestand Redebedarf.

„Wie konnte er diese Attacke überhaupt überlebt haben?"

„Armer Yuma."

„In seiner Haut möchte ich nicht gesteckt haben."

„Was sind das nur für Menschen?"

Unweit des Geschehens sah Tak Alex sitzen, der sich Notizen machte. Ob er etwas mitbekommen hatte? In Hörweite war er ja, doch jetzt hörte er auf zu schreiben. Catherin stand vor ihm.

Tak ging die Geschichte von eben durch den Kopf und daher achtete er nicht weiter auf den Journalisten. Er war immer noch geschockt. Die Geschichte hatte an seiner Einstellung zu Nicoletta etwas verändert. Verrückt, vorhin war sie noch das berechnende Biest und jetzt …

„Weißt du, wo Catherin ist?", fragte Leo.

„Du meinst Castigos Schwester? Nee, keine

Ahnung." Die Antwort war ihm spontan rausgerutscht. Doch dann fiel ihm wieder ein, dass er sie bei dem Journalisten gesehen hatte. Er schaute in ihre Richtung.

„Da hinten ist sie. Bei dem Reporter."

„Was macht sie da?", platzte es aus Leo heraus.

„Sie wird doch wohl noch nicht mit diesem Typen reden, oder?"

Leo stürmte davon.

Kapitel 28

In diesem Moment kamen Odette mit Max und Marielu
von der Terrasse zurück. Augenblicklich wurde es still.
Die, die es nicht direkt bemerkten, wurden spätestens
durch das plötzliche Verstummen der anderen auf sie
aufmerksam. Alle Blicke waren nun auf sie gerichtet.

„Odette möchte mit Max zusammen als Erste mit
dem Journalisten reden", sagte Marielu ruhig und besonnen.

Ein einvernehmliches Nicken ging durch die Runde.
Marielus Blick wanderte durch den Raum. Wo war Alex?
Sie wollten beginnen.

Taks Kopf schoss in die Richtung, in der er Catherin und
Alex vorhin noch gesehen hatte. Jetzt war er alleine. Zum
Glück. In einigem Abstand fand er Catherin zusammen
mit Leo. Sie redeten, doch es schien kein angenehmes
Gespräch zu sein.

„Was hast du bei ihm gewollt?", verlangte Leo zu
wissen.

Catherin schaute ihn herausfordernd an. Hey, was sollte
das denn? Was ging ihn das an?

„Wir haben Adressen ausgetauscht."

„Was ist los mit dir?"

Catherin konnte mit der unerwarteten Stimmungs-
änderung nichts anfangen. Sie schnaubte.
„Lass mich einfach in Ruhe."
Damit drehte sie sich um, ließ ihn stehen. Auf dem Weg
zu den Leuten, die sich um die scharten, die mit den
Interviews beginnen wollten. Das Verhalten von Leo
machte sie wütend. Sollte er sie doch in Ruhe lassen. Sie
war ihm doch keine Rechenschaft schuldig. Was sollte
das? Wollte er sie kontrollieren? Auf Klammern stand sie
ganz und gar nicht.

Vorhin, als sie zu dem Journalisten gegangen war, hatte
sie das große Überwindung gekostet. Ihre Unsicherheit,
ob sie mit ihm reden wollte oder nicht, brachte sie völlig
durcheinander. Daher wollte sie mit ihm ihre Bedingun-
gen besprechen, unter denen sie mit ihm reden würde. Ihr
Name, zum Beispiel, der dürfte auf keinen Fall erwähnt
werden. Selbstverständlich auch keine Veröffentlichung
von Fotos. Mit all ihren Vorbehalten war sie zu ihm
gekommen, doch dann kam es ganz anders als erwartet.
Ihre Bedenken schienen unbegründet. Alex nahm ihre
Sorgen ernst und vermittelte ihr das Gefühl, dass sie ihm
vertrauen konnte. Ohne es vorher geplant zu haben, hatte
sie angefangen zu erzählen. Wie es bei ihr zu der Reise
gekommen war. Dass sie überhaupt nicht verreisen
wollte. Ihr Bruder, glaubte sie, auch nicht, aber da sollte
er ihn besser selber fragen. Und gerade als sie sich
überwunden hatte, mehr von sich preiszugeben, da waren
die drei reingekommen und wollten zuerst reden.
Eigentlich völlig okay, aber …
Odette hatte es damals wohl am schlimmsten getroffen,
das war ihr schon klar, aber …
Catherin wollte sich nicht zurückdrängen lassen, jetzt,
wo sie sich überwunden hatte. Würde sie später noch den

Mut aufbringen, um alles erneut aufzurollen? Mist, schoss es ihr durch den Kopf. Und dann dieser Leo. Was bildete er sich ein? Sie war nicht sein Eigentum. Bockig verschloss sie ihre Arme vor der Brust.

„Journalisten sind Leute, die ein Leben lang darüber nachdenken, welchen Beruf sie verfehlt haben." Die Stimme kannte sie. Obwohl sie wütend war, musste sie schmunzeln.

„Ist nicht von mir, ist von Mark Twain", sagte Leo.

„Hätte ich dir auch nicht zugetraut."

„Oh, die charmante Catherin."

Sie konnte nicht leiden, wie er ihren Namen jetzt betonte. Langgezogen, irgendwie klang es zynisch. Ihr Lächeln war wie weggeblasen.

„Ach, ich lass dich lieber in Ruhe." Und damit zog Leo wieder ab.

Ist auch besser so, dachte sie. Es fühlte sich alles so anders an als noch vorhin. Nichts passte mehr. Warum war das so? Zornig auf alles und jeden kam sie zu dem Schluss, das sie besser überhaupt nicht zu diesem Treffen gefahren wäre.

Die Gespräche, diese Erinnerungen. Von Anfang an war das ein Aspekt bei ihren Überlegungen gewesen, der ihr Unbehagen bereitete. Am liebsten wäre sie weggelaufen. Raus aus dem Raum. Weg von den Leuten, einfach weg. Sie fühlte sich alleingelassen und hilflos.

Wie aus dem Nichts tauchte ihr Bruder auf. Ihre Rettung.

„Ich mag es zwar nicht, wenn du mit Leo rumturtelst, aber …", sagte er und sein Bruderstrahlen tat seine Wirkung, „… wenn du so vergrault bist, das kann ich noch weniger leiden. Was ist los?"

Wie durch ein Wunder war ihre Wut wie weggeblasen und sie fühlte sich besser. Wie das funktionierte, konnte sie nicht sagen. Ihr Bruder war wie Balsam für all ihre

Wunden. Alles Stachelige und Verletzte in ihr war plötzlich wie weggewischt. Die Wut nur noch eine kleine Glut. Aber weg wollte sie immer noch, am liebsten mit ihrem Bruder. Sie drückte ihr Gesicht an seine Brust. Er strubbelte ihr durchs Haar.

„Hey, meine Haare", brummelte sie in sein Hemd. Warum konnten nicht alle Menschen so sein wie ihr Bruder? Sie nahm ihn ganz fest in die Arme. Er legte eine Hand um ihre Schultern und die andere an ihren Kopf. Geborgenheit. Er war für sie wie eine große Höhle, in die man kriechen und sich verstecken konnte.

Sie murmelte gegen seine Brust.

„Ich glaube, ich heirate dich."

„Dazu müsste ich aber ja sagen, findest du nicht?" Er drückte sie fest an sich. „Ist die Welt wieder doof, Kleine?"

„Und wie."

Bei ihrer Antwort prustete sie los, dabei flogen kleine Spucketröpfchen gegen sein Hemd.

„Sorry. Tut mir leid." Schnell versuchte sie sie mit der Hand wegzuwischen. Oh, was für ein schöner Bauch, dachte sie.

Sie gab ihm einen dicken Kuss auf die Wange.

„Schade, dass du mein Bruder bist."

Wenn er nicht mein Bruder wäre, würde ich ihn wirklich heiraten. Erst jetzt bemerkte sie Lennja, die etwas verlegen in der Nähe stand und zu ihnen rüberschaute. Waren sie zusammengekommen?

Sie drückte sich von ihrem Bruder weg und knipste ihm ein Auge zu und wandte sich an Lennja.

„Keine Sorge, ich frage meinen Bruder schon nicht."

War da etwas zwischen ihnen? Hmm … keine Lust, sich Gedanken darüber zu machen, entschied sie. Jetzt ging es ihr auf jeden Fall viel besser. Und das war gut so.

Kapitel 29

Inzwischen waren Odette und Maximilian mit Alexander zusammen auf die Terrasse gegangen. Die noch offenen Frage der Gruppe, wie die nach der Vergütung der Befragte, hatte der Journalist zuvor noch zur Zufriedenheit aller klären können. Der Reporter hatte sie gefragt, wo sie reden wollten. Odette, deren Hände über Kreuz, wie ein Schild, an ihren Schultern lagen, schaute sich um. Langsam war sie auf und ab gegangen, um dann mit kleinen, aber entschlossenen Schritten auf die Terrasse hinauszuspazieren. Kurz darauf war sie wieder zurück.

„Ich hol mir schnell noch meine Kuscheljacke, für gleich, wenn's kälter werden sollte."
Mit diesen Worten verschwand sie.

„Wenn du möchtest, kannst du dir auch noch was Warmes holen", meinte Alex, um Max die Chance zu geben, auch für sich zu sorgen.

„Alles okay."
Um die Zeit, in der die beiden auf Odette warteten, nicht unangenehm werden zu lassen, forderte der Reporter Max auf, mit ihm nach draußen zu gehen, um schon mal nach einem schönen Platz zu suchen.
Max zögerte. So, als würde er abschätzen, wie Odettes

Reaktion aussehen würde, wenn sie sie nicht mehr dort antreffen würde, wo sie sie verlassen hatte. Draußen auf der Terrasse leuchteten mittlerweile kleine Lampions. Eine schöne Abgrenzung zum See. Auf der Oberfläche des Wassers reflektierte die untergehende Sonne in einem warmen Rotorange. Ruhig war es hier draußen und es wirkte irgendwie friedlich. Wenn man hier ein Häuschen besitzen würde, wäre das traumhaft. Es bräuchte nicht übermäßig groß zu sein, schon dieser unglaubliche Blick auf den See wäre ein Hauptgewinn. Genial, dachte Alex.

„Traumhafte Aussicht, was?"
Odette war zurück und stellte sich ganz dicht neben Max.

„Ist mir bei der Ankunft gar nicht aufgefallen. Bis vorhin habe ich der Umgebung keinerlei Aufmerksamkeit geschenkt, dabei ist es hier atemberaubend schön."

„Wenn man hier ein Häuschen hätte, dann bräuchte man nicht mehr in den Urlaub zu fahren."

„Ja, nicht schlecht. Ein Wohnsitz am Meer toppt dann aber doch noch den Blick auf den See, finde ich."
Max überlegte.

„Und die Berge da rechts, uhhhh … die sind mir auch ein bisschen zu hoch."
Odettes Mund verzog sich dabei zu einem hängenden Halbkreis. Sie sah nicht gerade begeistert aus.

„Ich glaube, ich würde hier wohnen wollen. Mit einem kleinen Ruderbötchen und mit Hund natürlich."

„Du hättest gern einen Hund? Wie cool. Was für einen?"

„Puh, mein Lieblingshund ist ein Irischer Wolfshund, aber die leben ja nicht so lange. Freunde von mir haben einen Großpudel, früher ja ein totaler Schickimicki-Hund. Heute zum Glück nicht mehr. Ein riesiger Vorteil, sie haaren nicht. Spricht also für diese Rasse."

Alex, der etwas abseits gestanden hatte, beobachtete die beiden. Die Situation schien sich zu entspannen. Das gefiel ihm. Eine gute Voraussetzung für die kommenden Gespräche. Auch er genoss die Aussicht. Wie sie wohl auf diesen Treffpunkt gekommen waren? Ziemlich exklusiv und doch gemütlich. Verrückt, es wirkte, als ob es eine private Unterkunft wäre. Sein Blick wanderte wieder zu den beiden. Ihre anfänglich abweisende und schockierte Reaktion war inzwischen verschwunden. Zu Anfang hatte er den Eindruck, dass die ganze Aktion im Sande verlaufen und keiner bereit sein würde, mit ihm zu reden. Dann wäre der ganze Aufwand mit Auma völlig sinnlos gewesen. Doch daran wollte er jetzt nicht mehr denken. Zum Glück sah es jetzt ganz anders aus. Seine Recherchen über Marieluise hatten genügt, um ihm genügend Zuversicht zu geben, die Aktion überhaupt in Angriff zu nehmen. Und sein Eindruck von ihr, den er sich vor Ort machen konnte, bestätigte seine Vermutungen. Sie hatte ihn unterstützt. Jetzt war er gespannt, was auf ihn zukommen würde. Doch auch sein Blick war von der Schönheit des immer dunkler werdenden Sees gefangen. Was für Farben. Was für ein herrlicher Ort. Eine angenehme Welle durchlief seinen Körper, als er sich der Stille bewusst wurde. Es waren nur noch leise Windgeräusche zu hören, das Vogelgezwitscher war inzwischen verstummt. Ruhe. Herrlich. Für einen Moment wünschte er sich, dass es so friedlich bleiben sollte, für immer.

Langsam drehte er den Kopf zu Max und Odette, die ihn grinsend ansahen.

„Warten Sie schon lange?"

„Wir wollten Sie nicht stören. Sie sahen so aus, als ob Sie den Ausblick genießen würden."

„Hab ich. Hier zu wohnen, ist wohl ein großes Privileg."

„Ja, darüber haben wir uns eben auch unterhalten", sagte Max und rieb Daumen und Zeigefinger aneinander, „aber kaum zu bezahlen, denk ich." Er blickte zu Odette. „Wollen wir anfangen?"

„Ja", war ihre Antwort, dabei steuerte sie auf eine hellbraune Sitzgruppe zu und ließ sich in eine Ecke plumpsen. Über Tag konnte man von hier aus den Blick auf den See genießen, ging es Alex durch den Kopf. Odette drückte einige Male auf dem dicken Polster herum. Grinste dann zufrieden, so als ob es ihrem Gemütlichkeitstest standgehalten hätte.

„Herrlich. Es sieht nicht nur gut aus, es ist auch noch super bequem."

Max setzte sich ohne weiteren Kommentar zu ihr. Der Reporter nahm auf einem geräumigen Sessel Platz. Zog Stift und Block heraus und schaute sie erwartungsvoll an.

„Ich hätte nicht gedacht, dass Sie alles auf-schreiben würden. Eher aufnehmen oder diktieren. Das ist ja noch ganz …" Weiter kam sie nicht.

Der Journalist lachte herzhaft.

„Old-fashioned?"

Sie rutschte verlegen nach vorne.

„Bitte verstehen Sie mich nicht falsch, aber ich dachte, Sie brauchen doch nachweisbare Belege für Ihre Interviews, und da sind Tonaufnahmen doch praktischer, oder?"

„Da hast du nicht ganz unrecht. Aber ich bin ein alter Hase und habe genügend Reputation. Daher wird mir erlaubt, weiterhin so zu arbeiten, wie ich es schon immer gemacht habe. Außerdem, und das habe ich in meinen vielen Berufsjahren gelernt, bleibt mir etwas, was ich aufgeschrieben habe, viel besser im Kopf. Später kann ich daher auch viel präziser darüber berichten. Ihr bekommt natürlich alles, was veröffentlicht wird, zur Autorisierung vorgelegt. Also, alles okay?"

„Ja."

Sie kuschelte sich noch enger in die Ecke des Sofas. Griff sich ein Kissen und drückte es sich auf den Schoß. Max, der aufrecht und sichtlich angespannt auf dem vorderen

Rand des Sofas saß, schaute zu ihr herüber. Er knetete seine Hände und wirkte nervös. Die Lampen, die hinter Odette standen, bewirkten, dass ein Heiligenschein um Odettes Kopf herum entstand. Dieser Anblick brachte Alex zum Lachen. Damit sie es nicht falsch verstünden, teilte er ihnen mit was er gerade gesehen hatte.

Schmunzelnd drückte Odette ihr Kissen an sich.

„Genau die richtige Aura für mich."

Mittlerweile konnte man den See von der Umgebung kaum noch unterscheiden.

„Womit sollen wir anfangen?", fragte sie den Journalisten.

„Wo ihr wollt. Es liegt ganz bei euch, was ihr erzählen möchtet."

Alex griff in seine Tasche und setzte seine randlose Brille auf. Nun konnten sie beginnen. Der Anblick ihrer erstaunten Gesichter belustigte ihn. Er deutete auf seine Brille.

„Dann kann ich auch lesen, was ich mir da aufschreibe."

Odette blickte zu Max und hob fragend die Hände, so als ob sie sich vergewissern wollte, ob es in Ordnung wäre, wenn sie beginnt.

„Ich fang einfach mal an, okay?"

Er nickte und setzte sich zurück. Aus seinem Körper schien die Anspannung zu weichen. Seine Schultern fielen herab. Er legte einen Arm auf die Rückenlehne und nippte an seinem Glas, wobei er Odette nicht aus den Augen ließ. Seine Gesichtszüge sahen weicher aus. Odette holte tief Luft.

„Meine Eltern haben mir, wie dem einen oder anderen in der Gruppe auch, die Reise mehr oder weniger aufgequatscht. Persönlichkeitsbildung, Horizonterweiterung und das ganze Zeug. Später haben sie es mächtig bereut. Aber das ist ein anderes Thema. In der Reisegruppe waren alles fremde Leute, niemand kannte den anderen vorher, soweit ich weiß. Nach ein paar Tagen bildeten sich schon die ersten Grüppchen. Wir haben ein paar wirklich tolle Touren unternommen, das muss ich im Nachhinein sagen. Dann stand Nairobi auf dem Plan. Einen Tag später wollten wir zurück zum Meer und einen Tauchausflug unternehmen. Ich weiß noch, dass ich wegen des Tauchens ein komisches Gefühl hatte. Einerseits freute ich mich darauf, auf der anderen Seite hatte ich aber auch Schiss, weil ich noch nie getaucht war. Nairobi war als Tagesausflug geplant. Die Hauptstadt sollten wir uns unbedingt ansehen. Tolle Idee. Wenn ich jetzt zurückdenke, habe ich keinerlei Erinnerung an diese Stadt. Nur an die Unruhen und die Männer, die uns unvermittelt angriffen."

Alex merkte, wie sich ihr Atmen beschleunigte. Ihre Finger drückten sich fester in das Kissen, sie hatte den Blick gesenkt.

„Von Beginn an schienen sie wie von Sinnen! Von Augenblick zu Augenblick wurde es nur noch schlimmer. Ich habe gehofft, Marielu würde uns da rausholen. Doch das stellte sich ja als Irrtum heraus."

Odette sah Alex direkt in die Augen.

„Wenn ich Ihnen jetzt erzähle, was damals passiert ist, dann ist es für mich unwirklich, ganz weit weg. So, als ob ich eine Geschichte erzählen würde, die ich irgendwo gehört habe. Nicht so, als ob ich es selbst erlebt habe. Ich habe das Gefühl, dass, wenn ich darüber spreche, alles noch weiter in die Ferne rückt."

Sie schaute Alex an, doch ihr Blick ging durch ihn hindurch. Er war zu routiniert, um jetzt einen Fehler zu machen. Er zog die Brille auf die Nasenspitze, sodass er sie darüber hinweg anschauen konnte.

„Wenn du eine Pause machen willst …?"

„Nein. Ich glaube, dass es so gut für mich ist. Dann kann ich besser erzählen."

Sie sog die Luft ein.

„Wie wir die anderen zurücklassen mussten. Wie wir den Lkw erreicht hatten, das war irgendwie erleichternd. So schlimm es sich anhören mag. Wir waren in Sicherheit. Gleichzeitig aber auch beängstigend. Was würde mit den anderen passieren? Aber ich glaube … das Gefühl stellte sich erst später ein. Wenn ich ehrlich bin, wollte ich einfach nur, dass der Lkw so schnell wie möglich losfährt. Weg. Einfach nur weg von den wahnsinnigen Monstern."

Sie schaute zu Boden.

„In dieser Ausnahmesituation ist das vollkommen verständlich", warf Alex ein.

„Als wir losfuhren, das weiß ich noch, fiel mir ein Stein vom Herzen. Frei! Geschafft! Jetzt ganz schnell nach Hause. Ich wollte nach Hause. Dorthin, wo es sicher war. Dort, wo alles vorhersehbar war. Gott, was hatte ich dieses Einerlei gehasst, doch nun sehnte ich mich danach. Ich wollte nicht nur ins Hotel am Meer. Nein, richtig zurück in die Schweiz. Es war ein Zufall, dass Max neben mir im Bus saß. Ich glaube, er hat mich gerettet."

Odette beugte sich zu ihm und drückte seine Hand. Mit einem liebevollen Blick erwiderte er ihre Geste und legte seine Hand beschützend auf ihre.

„Wir waren damals so zwischen 14 und 15 Jahre alt. Die Ruhe und Besonnenheit, die Max zu diesem Zeitpunkt ausstrahlte, wäre eher für einen Erwachsenen passend gewesen. Unglaublich. Er gab mir Sicherheit. Wie er es zustande brachte, keine Ahnung. Obwohl er ja selbst unter Schock stand."

Sie sah ihn an, legte aber gleich wieder los.

„Der Schock dann, als unser Bus gestoppt wurde und bewaffnete Männer hereinstürzten, das kann ich gar nicht in Worte fassen. Ich weiß noch, dass ich am liebsten geschrien hätte. Traute mich aber nicht, im Angesicht der vielen Waffen und des wilden Lärms um uns herum. Wohin sie uns fuhren, wussten wir nicht. Die ganze Zeit

über wurde gebrüllt und mit den Waffen herumgefuchtelt. Als der Lkw endlich anhielt, warteten weitere Männer auf uns. Wir wurden zu einer Hütte geschubst und dabei die ganze Zeit angeschrien. In der Hütte gab es nur lehmigen Boden. Wir waren müde, also setzten wir uns, alle ganz eng aneinander gedrängt. Durch die Holzlatten schien die Sonne, das einzige Licht, das in die Hütte drang. Dann erschienen Männer, die uns anschnauzten. Einer kam auf Yuma zu und brüllte ihm direkt ins Gesicht. Hochrot war sein Gesicht und kleine Speicheltropfen flogen in der Luft herum. Was machte ihn so wütend? Wir verstanden ihn doch nicht. Woher sollten wir wissen, was er von uns wollte!"
Sie atmete tief ein.

„Dann waren sie auf einmal wieder weg, ganz unvermittelt. Was haben wir uns gewünscht, dass sie nie mehr wiederkommen würden."
Sie nahm einen Schluck aus ihrem Glas und gleich darauf noch einen.

„Aber sie kamen wieder. Mit lautem Gepolter öffneten sie die Tür. Wahrscheinlich war ich vor Erschöpfung eingenickt, denn jetzt fiel kein Licht mehr durch die Außenwände. Es waren nur noch schemenhafte Silhouetten zu erkennen. Die Aufständischen guckten sich mit abgehackten Bewegungen im Raum um. Sie schienen etwas zu suchen. Einer von ihnen mit einer Lampe in der Hand, der sie mal in die eine und dann in die andere Richtung hielt. Ihre Stimmung hatte sich geändert. Sie torkelten und lachten. Immer wieder dieses Lachen, völlig irrsinnig. Der Schein der Lampe zeichnete skurrile Schatten an die Wände. Ich kann mich erinnern, dass ich meine Hände vor die Augen legte, um mich vor dem grellen Licht zu schützen. Überall erschreckte Gesichter. Dann hängte einer von ihnen die Lampe in der Hütte an einen Vorsprung."
Odette machte eine Pause und stützte den Kopf auf ihre

Hände. Die Finger vor ihrem Mund zu Fäusten geballt. Max rückte näher zu ihr heran. Mit gesenktem Blick fuhr sie fort.

„Dann kam ein Typ auf mich zu. Sein Blick war völlig irre. Er grinste widerlich. Den Anblick seiner verschmierten gelben Zähne werde ich nie vergessen. Er faselte irgendetwas vor sich hin. Die anderen lachten laut und klatschten in die Hände. Zwei hauten ihre Gewehre siegessicher gegeneinander. Dann packte er mich und riss mich hoch und …"

Sie schluckte. Ihr Gesicht jetzt ganz bleich.

Alex konnte ihre Anspannung förmlich spüren. Sie würde von ihm so viel Zeit bekommen, wie sie brauchte.

Dann kratzte sie sich an der Nase und fuhr fort.

„… und wollte mich fortzerren. Ich weiß nicht mehr, was ich dachte oder fühlte. Aber es war Auma, der auf die wild gewordene Horde einredete. Es sah aus, als ob er sie von irgendetwas abhalten wollte. Dann ging alles sehr schnell. Dann haben sie ihn …"

„Das brauchst du nicht zu erzählen, wenn du nicht willst, das habe ich schon geschildert bekommen. Auma hat überlebt und ich weiß, was da passiert ist", sagte Alex. Max rückte noch dichter an Odette heran und legte schützend einen Arm um sie.

Keine Reaktion von ihr. Stocksteif saß sie da und schaute zu Boden.

„Möchtest du weiter erzählen?", fragte Max. Um ihr die Möglichkeit zu geben, freier zu reden, zog er seinen Arm langsam zurück.

Eine winzige Neigung ihres Körpers verriet, dass sie seinen Schutz brauchte. Er zog sie wieder näher zu sich heran. Eine Weile passierte nichts.

„Danach haben sie mich mitgenommen. In ein Haus ganz in der Nähe unserer Hütte. Mit elektrischem Licht. Dort warteten dann noch mehr … Monster."

Sie stürzte den Rest ihres Glases hinunter.

„Ich weiß nicht, wie viele es waren, aber es schien eine Ewigkeit zu dauern. Das Gejohle und die hysterischen Rufe. Sie feuerten sich gegenseitig an."

Wie in Trance erzählte sie von einem besonders widerwärtigen Mann, der seine perversen sexuellen Phantasien an ihr auslebte.

„Irgendwann habe ich dann gar nichts mehr gespürt. Ich hatte noch nicht einmal mehr Angst, dass sie mich umbringen könnten. Nichts. Gar nichts."

Sie blickte zum Innenraum, von dem aus warmes Licht nach draußen schien. Dort waren Menschen, die lachten und fröhlich waren, doch davon schien sie nichts mitzubekommen.

Selbst Alex, der schon einige Jahre Berufserfahrung auf dem Buckel hatte, ließ ihr Bericht nicht kalt. Er bemerkte, wie die Feder seines Füller von seinem Druck völlig verbogen war. Er musste sich sammeln. Was Menschen anderen Menschen antun konnten, war erschreckend.

Nach einer Weile fragte er die beiden, ob sie noch etwas hinzufügen wollten.

Beide schüttelten den Kopf.

„Erst mal nicht", sagte Odette.

„Vielleicht später", sagte Max.

Über seine Brille hinweg sah Alex zu Max und Odette.

„Darf ich euch noch eine Frage stellen?"

Ein gemeinsames Nicken gab ihm die Erlaubnis.

„Wie hast du, Max, es geschafft, Odette in dieser Ausnahmesituation Halt und Sicherheit zu geben. Du warst doch auch traumatisiert und fast noch ein Kind?"

Mit zusammengekniffenen Augen sah Max ihn an. Seine Lippen zusammengepresst, sodass sie wie eine dünne Linie wirkten. Seine kurzen, etwas in die Höhe stehenden Haare ließen ihn jugendlicher wirken. Die Ärmel seines Hemdes hatte er hochgekrempelt und der Krawattenknoten saß locker über den offenen Knöpfen des Hemdes.

Seine schützende Haltung gegenüber Odette blieb unverändert.

„Wenn ich ehrlich bin, dann kann ich das gar nicht erklären."

Pause.

Max sah den Reporter aufmerksam an.

„Ich könnte mir jetzt irgendetwas aus dem Kopf drücken. Warum, weshalb und wieso ich so oder so gehandelt habe. Aber das will ich nicht. Es ist einfach so, wie es ist."

Etwas unglaublich Geradliniges lag in seinen Worten. Eine Stärke, die es nicht nötig hatte, damit zu kokettieren. Erstaunlich. Gern hätte der Journalist mehr über die sozialen Hintergründe von Max erfahren. Wie er zu dem Menschen geworden war, der nun vor ihm saß. Doch jetzt war nicht der richtige Zeitpunkt dafür. Vielleicht war morgen Zeit.

„Sollen wir erst einmal aufhören?"

Odette nickte.

„Ja bitte", sagte sie und es klang erschöpft.

Sie standen auf und wollten hineingehen, als Alex sie noch einmal stoppte.

„Darf ich euch in meinem Bericht namentlich erwähnen?"

Odette griff nach der Hand von Max.

„Lassen Sie uns darüber nachdenken, oder brauchen Sie die Antwort direkt?"

Alex schüttelte den Kopf.

„Nein, nein, alles okay."

Mit einem Lächeln verabschiedeten sie sich und gingen zu den anderen.

Kapitel 30

Ein warmer Luftschwall, vermischt mit heiterem Gebrabbel, hieß sie willkommen. Einige Gesichter drehten sich in ihre Richtung. Neugierige Blicke checkten die Lage ab, wie es gelaufen war.
Marielu blickte noch einmal zu Odette. Ihr Gesicht war verändert. Die vorhin noch angespannten Züge waren verschwunden. Wie gut, dass das Gespräch positiv verlaufen war. Bei diesem Gedanken huschte ein Lächeln über Marielus Gesicht. Glücklich legte sie einen Arm um Odette und gab ihr einen Kuss auf die Stirn. Sie musste sich zu ihr hinunterbeugen. Unbeabsichtigt gaben die beiden dabei ein lustiges Bild ab. Odette, die sich auf ihre Zehenspitzen stellte, um Marielu entgegenzukommen.
Die kleine Odette, mit ihren vor Aufregung leuchtend roten Wangen und großen Augen. Sie wirkte jetzt wie ein Kind, das von der Mutter ins Haus geholt und von den Tagesereignissen noch ganz aufgewühlt war.
„Schön, dass du mit ihm geredet hast", kam es von Marielu, die ihr dabei liebevoll über den Rücken strich. Odette lächelte, hakte sich bei Max ein und verschwand in Richtung Bar.
Das war gut gelaufen, fand Marielu. Die nächste Hürde

war der Besuch Aumas. Wie sollte sie es ihnen am besten mitteilen? Der größere Brocken lag zwar hinter ihr, aber wer wusste schon, was noch kommen würde. Sie schaute sich um und sah in fröhliche Gesichter. Sie holte tief Luft und fasste sich ein Herz. Jetzt würde sie es der Gruppe mitteilen. Oder war es für Odette eventuell doch zu früh? Wo war sie überhaupt? An der Bar entdeckte sie die beiden. Sie standen mit ein paar Leuten zusammen und unterhielten sich. Es sah locker aus. Sie lachten sogar. Okay, dachte Marielu sich, wird schon gutgehen.

„Meine Lieben", rief sie und klatschte dabei in die Hände. Sie suchte sich einen freien Platz, an dem sie alles überblicken konnte, und blieb stehen. Erwartungsvolle Gesichter sahen sie an.

„Ich denke, wir können alle weiteren Interviews nun kontinuierlich fortsetzen."

Zustimmendes Nicken.

„Natürlich steht uns auch der morgige Tag zur Verfügung."

Sie schaute kurz zu Boden und bemerkte, wie sie ihre Hände knetete. War sie aufgeregt? Was sie ihnen mitteilen würde, war nicht so einfach zu formulieren. Und wie würden sie reagieren? Aber es war eine Chance, für sie alle. Marielu atmete tief ein und hob den Kopf.

„Zu dem morgigen Tag möchte ich euch noch etwas sagen. Es gibt da eine Überraschung." Sie nahm Alex an ihrer Seite wahr. Das tat gut. Etwas Unterstützung konnte nicht fehlen. Als sie ihn ansah, bemerkte sie seine Betroffenheit vom vorhergehenden Gespräch. Einen Augenblick zögerte sie noch. Es ist eine Chance für uns alle, bestätigte sie sich erneut. Sie entschloss sich dazu, dem Journalisten die Möglichkeit zu geben, den unerwarteten Gast anzukündigen. Immerhin wäre dieses Treffen ohne ihn ja nicht zustande gekommen.

„Mach du es", flüsterte sie ihm zu.

Alex räusperte sich, senkte den Kopf, stellte sich aufrecht

hin und blickte in die Runde. Als Erstes bedankte er sich mit einem freundlichen Nicken bei Marielu für die sympathische Geste und begann.

„Morgen gegen Mittag wird uns Auma besuchen und wir werden die Möglichkeit haben, uns mit ihm auszutauschen."

Ein freudiges Jauchzen ertönte von der Bar. Es kam von Odette.

Ja, alles richtig gemacht, schoss es Marielu durch den Kopf.

Wildes Gemurmel erfüllte gleich darauf den Raum. Alle redeten durcheinander. Es wurden Fragen gestellt. Zu Aumas Überleben und was er privat machte. Sie waren neugierig. Keiner blockte mehr ab. Schon meldeten sich die Ersten, die als Nächste mit dem Journalisten sprechen wollten. Schnell ergab sich eine Lösung, wie die Reihenfolge der Gespräche koordiniert werden sollte.

Kapitel 31

Catherin alberte mit Lennja und ihrem Bruder herum, behielt aber die Bar dabei weiter im Auge. Dort hielt sich Leo auf. Mit Tim und Edeltraut schien er sich prächtig zu amüsieren. Ihre Nasenflügel blähten sich auf vor Wut. Warum war er so vergnügt und ließ sie völlig unbeachtet? Warum? Wenn sie es sich genauer überlegte, welche Ansprüche hatte sie eigentlich? Mist. Genau das, was sie eben noch bei ihm als grenzüberschreitend empfunden hatte, war jetzt der Grund dafür, dass sie sich unwohl fühlte. Und natürlich war er schuld an dieser Situation. Bei dem Gedanken musste sie über sich selbst schmunzeln.

Verrückt.

Aber irgendwie … war es bei ihm doch ganz anders. In Gedanken stampfte sie trotzig auf. Auf die Frotzeleien ihres Bruders konnte sie sich nicht mehr konzentrieren und merkte, wie die beiden ihre Gespräche ohne sie weiterführten. Jetzt war sie bei denen auch außen vor. Das Gefühl gab ihr einen Stich in die Brust. Gut. Innerlich schnaubte sie wie ein wilder Stier. Dann ist es eben so. Auch egal.

Warum reagierte sie so?

Auf der einen Seite konnte sie es nicht gut haben, wenn Menschen zu nah, zu eng an ihr klebten und ihr das Gefühl gaben, sie einzuengen. Dann reagierte sie, wie auch in Leos Fall, recht undiplomatisch. Auf der anderen Seite stand sie unter Stress, wenn sie den Kontakt wollte und glaubte, Nähe sei nicht gewünscht. Und dieses Gefühl hatte sie jetzt, und es breitete sich immer weiter aus.

Wenn sie einfach auf ihn zugehen und etwas Lockeres sagen würde, dann würde sie ja sehen, wie er darauf reagierte. Warum fiel ihr das so schwer? Wahrscheinlich würde es bei ihr gestelzt wirken. Nicht locker. Der Druck, den sie sich selber machte, ließ sie immer mehr verkrampfen. Genau das war es, was sie in anderen Situationen in ihrem Leben auch handlungsunfähig machte. Mist. Wenn sie entspannt war, dann war alles so einfach. Doch davon war sie jetzt Meilen entfernt.

„Na, Schwesterherz. Stehen wir uns wieder einmal selbst im Wege?"

Wie hatte er das nur mitbekommen? Eben war er doch noch in ein Gespräch vertieft und jetzt …

„Manchmal bin ich so dooooof."

„Manchmal?"

„Hör auf!"

Da war er wieder, ihr Bruder, mit seinem breiten Lachen und lustig funkelnden Augen. Sie unterdrückte den Impuls, eine Locke, die ihm vorwitzig vom Kopf abstand, glatt zu streichen. Ihr Bruder war nun mal so, wie er war. Und das soll auch so bleiben. Sie konnte zu ihm aufschauen. Er war immer sicher. Selbstbewusst, jede Situation im Griff und weltoffen. Souverän im Umgang mit Problemen, lösungsorientiert und locker im Umgang mit den unterschiedlichsten Menschen. Ganz einfach souverän. Verschiedene Lebenskonzepte waren für ihn so lange spannend, wie sie seine Art zu leben nicht einschränkten. Vorbildlich, fand sie. Neugierig war sie ja auch, aber im Gegensatz zu ihrem Bruder fühlte sie sich oft unsicher. Sie waren so unterschiedlich. Obwohl sie aus der gleichen Familie stammten, dasselbe traumatische Erlebnis in ihrer Jugend erfahren hatten, war er so völlig anders als sie. Wie gern wäre sie so wie er.

Die Terrassentüren gingen auf. Herein traten Max und Odette gefolgt von dem Journalist.

„Sieht aus, als ob es gut gelaufen wäre", stellte Castigo zufrieden fest, beugte sich nach vorn und stützte beide Hände unter das Kinn.

„Schaut euch die kleine Odette an. Mit ihren roten Bäckchen sieht sie viel entspannter aus als noch vorhin." Den Eindruck hatte Catherin auch. Der verzweifelte Ausdruck war aus ihrem Gesicht verschwunden. Sie schien noch nicht recht zu wissen, wie sie mit der veränderten Situation umgehen sollte, da folgte auch schon die überraschende Mitteilung über Aumas anstehenden Besuch.

„Das ist ja großartig. Was für eine Freude, ihn zu treffen", sprudelte es aus Castigo heraus.

So klar waren ihre Gefühle nicht. Das Durcheinander in ihrem Kopf nahm immer mehr Raum ein. Würde sie sich für das Interview melden, ja oder nein? Und jetzt auch noch Auma.

Die Ereignisse um Auma herum hatte sie nur indirekt mitbekommen, da sie nicht in dieser Gruppe war.

Die Erzählungen der anderen hatten jedoch ausgereicht, um die traumatischen Situationen nachzuempfinden. Eine Beziehung zu Auma war dadurch natürlich nicht zustande gekommen, er blieb eine Person ohne direkte Verbindung zu ihr.

Ihr Stresspegel stieg erneut. Sie wurde ganz zappelig und wäre am liebsten irgendwo hingegangen, wo sie alleine war. Um erst einmal Abstand zu gewinnen und um sich über ihre Gefühle klar zu werden.

„Ganz so begeistert wie dein Bruder bin ich

nicht", gestand Lennja.

Catherin blieb der Mund offen stehen. Sie hätte Lennja umarmen können. Gott, was tat das gut, was sie gesagt hatte. Es musste sich gar nicht im Kollektiv gefreut werden. Das war ja super. Und Lennja traute sich, es einfach zu sagen.

Catherin biss verlegen auf ihrer Lippe herum.

„Mir geht's genauso", sagte sie und spürte, wie eine Schwere von ihr abfiel.

„Unsere Geschichten zu erzählen, ist das eine, direkt mit der Vergangenheit konfrontiert zu werden, ist etwas ganz anderes. Ich glaube, ich habe ein bisschen Angst davor!"

Wie selbstverständlich Lennja damit herausrückte.

Sie hatte Angst.

Genau! Sie ja auch. Sie hatte Angst, war verunsichert durch die ganze Situation. Vor den Aufgaben, die auf sie zukommen würden. Vielleicht würde ihr Leben dadurch durcheinander geworfen.

Ihr Leben war zwar nicht ideal, aber doch ganz okay. Sie hatte Angst, einen Rückschlag zu erleiden, der sie zurück ins Chaos stürzen würde. Für Lennja schien es ganz einfach zu sein, ‚ich habe Angst' zu sagen. Ihre Augen wurden vor lauter Bewunderung immer größer. Unglaublich! Sie musste sie länger angesehen haben, als es ihr bewusst war.

„Hab ich was Blödes gesagt?"

Fragend zog Lennja die Oberlippe hoch.

„Ganz und gar nicht."

Aus den Augenwinkeln bekam Catherin mit, wie ihr Bruder mit breitem Grinsen zu ihr hin sah.

„Du kannst dir nicht vorstellen, wie gut das tat, was du da eben gesagt hast!"

„So?"

Lennja schaute etwas verwirrt, da sie offensichtlich nicht verstand, was sie so Tolles gesagt haben sollte.

Castigo verdrehte die Augen und sprach mit verstellter Stimme.

„Meine Schwester, wer wird sie je verstehen?"

Catherin packte die sichtlich verunsicherte Lennja bei den Schultern, drückte sie kurz und fest, ließ sie los und strahlte sie begeistert an. Das schien Lennja den Rest zu geben.

„Häh, was is'n jetzt los?"

Daraufhin ging Castigo ganz nah an sie heran und flüsterte so, dass seine Schwester es auch mit bekommen musste:

„Wir sind zwar Geschwister, aber wir haben definitiv nicht die gleiche Störung."

Catherin verzog das Gesicht. Verdrehte erneut die Augen und boxte ihren Bruder gegen den Arm. Der flüchtete mit erhobenen Händen. Als er gleich darauf lachend wieder auf sie zukam, stellte sie sich mit verschränkten Armen vor ihn hin.

„Gewalt ist auch keine Lösung", erklärte sie triumphierend.

Castigo legte den Kopf schief.

„Oh, woher die plötzliche Einsicht?"

Mit erhobenem Kopf und angriffslustigem Ton ergänzte sie.

„… solange man nur darüber redet." Dann stürzte sie sich auf ihren Bruder und tat so, als wenn sie auf ihn einschlagen wollte. Castigo wehrte sich zum Schein. Mit ein paar Handgriffen wurde seine Schwester ganz schnell außer Gefecht gesetzt. Sie konnte sich kaum noch bewegen und ihre Miene verriet, dass sie zur Kapitulation bereit sein würde. Daraufhin lockerte ihr Bruder seinen Griff und gab sie frei.

„Ihr seid komplett verrückt", kommentierte Lennja das ganze Spektakel kopfschüttelnd.

Catherin fühlte sich jetzt besser. Die kleine Rauferei und

Lennjas natürliche Art hatte ihr geholfen runter-
zukommen. Jetzt fühlte sie sich sicher genug, um die
Sache mit Leo in Angriff zu nehmen. Ja, das würde sie
jetzt machen. Als sie sich mit einem ‚Danke euch' und
einer Kusshand verabschiedete, fragte ihr Bruder noch
schnell, wann sie denn vorhabe, mit dem Journalisten zu
sprechen.

„Ich weiß es noch nicht genau. Morgen ist auch
noch Zeit." Damit schwebte sie in Richtung Bar.

Kapitel 32

„Er hat mich einfach reden lassen. Stückchenweise kam es aus mir heraus. Wie von einem inneren Band, das einfach abgespult wurde. Zum Glück war Max da, sonst hätte ich bestimmt nicht so leicht darüber reden können. Aber jetzt, jetzt fühle ich mich irgendwie erleichtert, und wisst ihr, auf das morgendliche Treffen freue ich mich richtig."

Das Gespräch hatte ihr sichtlich gutgetan. Mit immer größer werdenden zeitlichen Abstand war es nicht mehr so schmerzhaft für sie, über die Geschehnisse zu sprechen, wie am Anfang. Durch ihre vielen Therapien wusste sie nun, wie sie sich in Sicherheit brachte, wenn es ihr schlechter zu gehen drohte, um nicht in die emotionale Lage von damals zurückzufallen. Heute war sie nicht mehr hilflos.

Durch die erneute Aufarbeitung war wieder etwas von ihr abgefallen. Und sie war hier von Menschen umgeben – zumindest teilweise –, denen sie vertraute und die ihr Schutz gaben, vor allem aber Max. Ihre Trutzburg. Unwillkürlich schaute sie in seine Richtung. Ihre Blicke trafen sich und sie strahlte ihn an.

„Dass er überhaupt überlebt hat, ist ein Wunder.

Was er wohl macht? Wieso ist er wohl in der Schweiz? Ob er hier wohnt? Was arbeitet er?"

Tim schien genauso gespannt zu sein wie Odette.

„Mich würde interessieren, warum er bei den Unruhen überhaupt dabei war. Was ihn motiviert hat und wie sie auf uns gekommen sind."

„Ob wir ihn das alles einfach so fragen können? Versteht er unsere Sprache oder hat er einen Dolmetscher dabei?", fragte Odette fast schon besorgt.

„Vergiss nicht, dass er einer derjenigen war, die uns gefangen genommen haben. Er ist kein braves Schäfchen."

Leo sah Edeltraut erstaunt an.

„Immerhin hat er eine von uns mit seinem Leben verteidigt", gab Leo zu bedenken und sah ihr direkt ins Gesicht. Edeltraut hielt seinem herausfordernden Blick stand und entgegnete trotzig.

„Trotzdem war er, wie die anderen auch, bereit, Gewalt anzuwenden, um uns gefangen zu nehmen."

„Warum bist du ihm gegenüber so feindselig gestimmt?"

Auf seine Frage bekam Leo keine Antwort. Stattdessen wurden ihre sonst so schön geschwungenen Lippen plötzlich sehr, sehr schmal, ihr Blick unpersönlich und kalt. Eine Veränderung ging in ihr vor, das spürten alle um sie herum. Die sonst so heitere und witzige Edeltraut wirkte völlig erstarrt.

Max wagte es, sie vorsichtig an der Schulter zu berühren.

„Alles okay bei dir?"

Sie schrak zusammen, reagierte aber nicht weiter darauf. Merkwürdig. Eigentlich hatte Leo noch sagen wollen, dass ihn die Umstände, wie Auma überlebte und wer ihm geholfen haben konnte, brennend interessierten. Aber nun schienen diese Überlegungen unangemessen zu sein. Hilflos stand er neben ihr und wusste nicht, was er machen oder ob er überhaupt etwas machen sollte.

Ausgerechnet Odette war es, die genau das Richtige tat. Langsam ging sie auf sie zu, nahm sie in den Arm und blieb so mit ihr stehen.

Die Gruppe um sie herum war verunsichert. Fragende Blicke wurden gewechselt. Keiner verstand, was plötzlich mit Edeltraut passiert war. Odette zog ihre Augenbrauen hoch und blickte in die Runde, anscheinend hatte sie auch keine Ahnung, was los war. Aber sie hielt Edeltraut weiter im Arm.

Zusammen gaben sie ein komisches Bild ab. Edeltraut überragte die kleine Odette um etwa eine Kopflänge. Doch die kleine Odette war es, die die große, tapfere Edeltraut jetzt beschützte. Odette, die eben noch so zerbrechlich schien und jetzt so stark agierte.

Marielu beobachtete alles aus der Entfernung heraus. Aus ihrer Sicht schien die Situation unter Kontrolle zu sein.

Catherin, die sich auf den Weg zur Bar gemacht hatte und den Stimmungswechsel mitbekam, die Ursache dafür aber nicht kannte, wechselte kurzerhand die Richtung. Sie steuerte stattdessen auf den Journalisten zu. Denn dort wurde eine Liste erstellten, in der die Reihenfolge der Interviews eingetragen wurden. Alex machte noch einmal klar, dass es für den heutigen Tag nur eine ungefähre Anzahl an Interviews geben würde. Den genauen Zeitrahmen jedes einzelnen Gespräches könne man im Vorhinein nicht bestimmen. Catherin schaute, wer sich schon alles auf dem Plan eingetragen hatte. Wie eine Katze schlich sie um die Liste herum. Sollte sie es auch tun? Morgen vielleicht. Was hielt sie davon ab? Eigentlich hatte sie ja nur mit Leo ins Gespräch kommen wollen und nun stand sie hier. Bei dem Gedanken, die Sache mit dem Interview tatsächlich einzutüten, war ihr nicht ganz wohl zumute. Wie hatte Lennja noch so schön gesagt? Sie hatte Angst vor dem Gespräch. Ja, sie auch!

Und sie fühlte sich einsam.

Wo war ihr Bruder?

Sie entdeckte ihn an eine Säule gelehnt, mit Lennja plaudernd. Es musste irgendetwas Schönes sein, worüber sie sich unterhielten, denn auf ihren Gesichter war ein fröhliches Lachen zu sehen.

Dagegen fühlte sie sich, als wenn eine Gewitterwolke über ihr stehen würde. Wie von selbst ballten sich ihre Hände zu Fäusten. Sie verschränkte ihre Arme vor der Brust. Mit gesenktem Kopf beobachtete sie die immer größer werdende Gruppe Menschen, die sich in die Liste eintrugen. Sie atmete ein und schloss die Augen. Was war das? Ein Duft stieg ihr in die Nase. Sie schnupperte noch einmal. Stutzte und hob den Kopf. Den Geruch kannte sie doch.

„Na, kleine Hexe, soll ich dir deinen Besen bringen?" Sie drehte sich in die Richtung, aus der die Stimme kam. Da stand Leo. Oh, wie schön. Er schaute ihr direkt in die Augen. Sein Kopf war zur Seite geneigt und schien die Frage noch zu unterstreichen. Sie wusste nicht, was sie machen sollte. Wütend war sie auf jeden Fall nicht mehr. Ganz im Gegenteil. Sie freute sich riesig, dass er vor ihr stand.

Sie musste ihn wohl eine ganze Zeit lang wortlos angestarrt haben. Denn nun kam er, beide Hände in den Hosentaschen, immer näher auf sie zu und rempelte sie sanft an. Am allerliebsten hätte sie sich sofort an ihn gedrückt. So, wie sie es bei ihrem Bruder gemacht hätte. Aber bei ihm traute sie es sich nicht. Außerdem tat es ihr leid, dass sie eben so schroff zu ihm gewesen war. Ganz vorsichtig ließ sie sich mit dem Rücken gegen seine Schulter kippen.

„Weißt du schon, wann du dich eintragen willst?", fragte er.

Schön, dass er auf sie zugekommen war. Wenn er ihr Bruder gewesen wäre, dann hätte sie ihn auch gefragt, ob er sie in den Arm nehmen könnte, und er hätte es gemacht. Bestimmt. Aber sie konnte Leo doch nicht zeigen, wie gut er ihr tat. Das wäre viel, viel zu gefährlich für sie. Stattdessen stellte sie sich aufrecht hin und tat so, als ob sie keine Nähe brauchen würde, und sah in Richtung Terrasse. Dort schwebten die Lichter der kleinen Lampions in der Luft. Alles andere war dunkel. Wie winzige Planeten, dachte sie. Planeten, mit denen man losreisen konnte. An Orte, an denen alles viel einfacher und lustiger war als hier, im realen Leben. Vom See war nichts mehr zu erkennen, es verschwand alles in blauschwarzer Dunkelheit.

„Soll ich dich lieber alleine lassen?"
Sie schrak zusammen. NEIN, schoss es ihr durch den Kopf. Auf gar keinen Fall! Bitte nicht. Ich will nicht alleine sein. Ich weiß nicht, was ich will, aber alleine sein auf keinen Fall. Ihren völlig verwirrten Blick beantwortete er mit einem perfekten Lächeln. Ihr Herz fing an zu pochen und Blut schoss ihr in die Wangen. Verlegen schaute sie zu Boden. Er sollte es nicht sehen. In diesem Moment hätte sie ihn gern geküsst. Verrückt war sie schon. Küssen wollte sie ihn, aber sehen, dass sie errötete, das sollte er nicht. Sie musste über sich lachen, versuchte es aber zu unterdrücken. Ein paar glucksende Töne brachen dennoch hervor.

„Catherin?"
Dieses Mal hatte er ihren Namen sooooo wundervoll ausgesprochen. Sie schloss die Augen. Ihr Herz fing wie verrückt an zu rasen, sie wollte mit einem Kussmund darauf warten, dass …
Passiert!
Wie wundervoll, er kann Gedanken lesen. In ihrem Überschwang schlang sie die Arme um den verdatterten Leo und erwiderte seinen Kuss so ungestüm, dass er nach hinten taumelte. Sie fühlte sich jetzt wieder leicht, leicht wie eine Feder. Sie war glücklich!

„Du hältst aber auch gar nichts aus."

Das musste sie einfach sagen. Eigentlich hatte sie mit einer flapsigen Antwort gerechnet, aber es kam keine. Stattdessen umschlossen seine Arme sie und drückten sie behutsam näher. Wie schön. Erleichtert kuschelte sie sich noch enger an ihn, falls das überhaupt noch möglich war. Da standen sie. Ihr Kopf war an seine Brust gelehnt. Sein Kinn berührte ganz leicht ihren Kopf. Nach einer Weile – ihr Herz hatte aufgehört, wie verrückt zu schlagen – spürte sie die Ruhe, die von ihm ausging. Eine positive Ruhe, die ihr die Notwendigkeit nahm, irgendetwas sagen zu müssen. Ein gutes Zeichen, stellte sie zufrieden fest. Wie lange sie so zusammen standen, wusste sie nicht. Alles um sie herum war wie ausgeblendet. Sie spürte, wie seine Hand durch ihre Haare strich. Sie atmete ein, schloss die Augen und atmete zufrieden aus. Seine Berührungen wirkten berauschend. Normalerweise hätte sie versucht, sich durch einen dummen Scherz aus der Situation zu befreien. Bloß nichts an sich rankommen lassen. Doch nichts dergleichen. Nichts, was sie von ihren Gefühlen ablenkte. Der selbstverständliche Drang, sich solche Momente kaputt zu machen, schien außer Kraft gesetzt worden. Sie fuhr mit der Hand über seinen Rücken. Alles lief wie in Zeitlupe ab, und das war gut. So hatte sie sich schon lange nicht mehr gefühlt. Es war, als ob sich ein Schwamm ganz langsam wieder vollsaugen würde. Ihre Mundwinkel bogen sich nach oben, hin zu ihren geschlossenen Augen. Sie genoss diesen kostbaren Augenblick. Jetzt war sie auch bereit, ihm von ihren Phantasien mit den außerirdischen Planeten draußen auf der Terrasse erzählen. In die man hineingehen und zu fremden Galaxien fliegen konnte. Dorthin, wo alles ganz einfach und alle glücklich waren. Auf seine Bemerkung, sie seien doch viel zu groß für diese kleinen Lampionraumschiffe, entgegnete sie:

„Wenn du jetzt dort hinausgehen würdest und das

kleine Raumschiff fest im Visier hältst, dann würdest du auf dem Weg dorthin spüren, wie du immer immer kleiner würdest. Zuletzt würdest du ganz locker hinein passen."

Er machte sich über ihre Phantasie nicht lustig. Auch das war ein gutes Zeichen. Stattdessen wiegte er sie liebevoll in seinen Armen langsam hin und her. Nachdem eine Zeit verstrichen war, in der sie zusammen auf den See geschaut hatten, flüsterte er.

„Lass uns später versuchen mitzufliegen."

Oh, er war soooo süüüß. Sie reckte sich zu ihm hoch und gab ihm einen dicken Kuss auf die Wange. Machen wir, dachte sie bei sich.

Kapitel 33

Alex versuchte durch Drehen der Schultern seine Verspannung im Rücken zu lockern. Durch seine Interviews hatte er viele emotionale Eindrücke gewonnen, die ihn, trotz seiner Berufserfahrung, nicht kalt ließen. Was er zu hören bekam, gehörte definitiv nicht zu seinen Alltagsgeschichten. Er bog den Kopf zur einen und zur anderen Seite und sah auf die Liste. Wer war jetzt an der Reihe?
Tak.
Laut Liste war er der Nächste.

Unruhig zappelte Tak herum. Unter seinen Achsel bildeten sich kleine dunkle Flecken. Er wollte das Gespräch schnell hinter sich bringen. Wie lange waren sie schon da draußen? Verflixt. Unruhig trat er von einem auf das andere Bein. Wie lange dauert das denn noch? Wenn alle so lange brauchten, dann würden sie es bis zur Ankunft von Auma nicht schaffen. Ein wütendes Schnauben entfuhr ihm, während sein Blick zur Terrasse ging.

„Na, Tak, altes Haus, ich hab gesehen, dass du der Nächste bist. Weißt du schon, was du erzählen willst?" Mit diesen Worten trat Catherins Bruder neben ihn.

Abrupt drehte sich Tak zu ihm um. Was wollte der denn jetzt? Allein die Frage empfand Tak schon als unangenehm. Er wollte jetzt nicht mit ihm sprechen. Und schon gar nicht darüber, was er erzählen wollte. Castigo hatte doch das Gleiche mitbekommen wie er. Sie waren die Gruppe, die zurückgelassen wurde. Was also sollte er schon erzählen? Blöde Frage. Am liebsten hätte er ihn angeschrien, er solle ihn gefälligst in Ruhe lassen. Zum Glück kam es nicht dazu.

Die Terrassentür wurde geöffnet. Sein Kopf schnellte zu den erleichterten Gesichtern, die ihre Gespräche hinter sich hatten. Mensch, was hatten die es gut! Was würde ihn erwarten? Auf jeden Fall werde ich alleine mit ihm sprechen, nahm Tak sich vor.

Mit schnellen Schritten ging er auf den Reporter zu und ließ Castigo, ohne ein weiteres Wort zu sagen, einfach stehen.

Ungläubig schüttelte der den Kopf und schaute Tak hinterher.

Kapitel 34

Als Alex Tak auf sich zukommen sah, lächelte er ihm freundlich zu und wies ihn darauf hin, sich lieber einen Platz im Innenraum zu suchen.

„Draußen wird es allmählich zu kalt."

Diese kurzfristige Planänderung brachte Tak völlig aus dem Konzept. Innerlich hatte er sich auf draußen eingestellt und damit konnte er sich einverstanden erklären. Es sollte genauso sein wie bei den anderen auch. Am liebsten hätte er das Interview jetzt ganz geschmissen. Wütend verschränkte er seine Arme vor der Brust. Alex, der seine Anspannung mitbekam, rettete die Situation, indem er ihm einen Vorschlag machte.

„Such dir einfach aus, wo wir uns niederlassen sollen, für mich ist alles okay."

Versöhnlich klopfte er ihm auf die Schulter. Schon wieder eine Änderung, durchfuhr es Tak. Das gibt's doch nicht. Nun sollte er auch noch entscheiden. Er, der nur wollte, dass die Geschichte so schnell wie möglich hinter sich gebracht war. Ihm war nicht danach, auch noch Entscheidungen treffen zu müssen. Schnaubend sah er zu Boden. Ihm wurde heiß. Er fühlte sich beengt. Warum konnten sie nicht einfach nach draußen gehen? Sie könnten sich dicke Jacken anziehen, und gut wär's. Alex grinste ihn an. Es wirkte freundlich, echt, keine Provokation.

„Sollen wir uns was Warmes für draußen holen?" Was für ein Hin und Her, dachte Tak. Denn anstatt erleichtert zu sein, da es nun doch nach draußen gehen würde, verunsicherte ihn der Vorschlag nur noch mehr. Kurz davor, alles hinzuschmeißen, holte er tief Luft.

„Wissen Sie …" Er hatte etwas Böses sagen wollen. Etwas in der Art, dass der Reporter schuld sei, dass er nun keine Lust mehr hatte. Er schob den Unterkiefer vor und sah dabei wie ein bockiges Schulkind aus. Doch genau in diesem Augenblick löste sich etwas in ihm. Es war, als ob es KLICK gemacht hätte. Vielleicht war es der verständnisvolle Blick von Alex oder seine geduldige Art – irgendetwas hatte sich verändert. Es war ja gar nicht die Schuld des Reporters. Der Grund für seine Gereiztheit lag ganz allein bei ihm. Würde er das wieder geradebiegen können?

„Können wir uns noch was zu trinken mit rausnehmen?", versuchte er es in einem freundlichen Tonfall.

Der Journalist nickte.

Als ihre Bestellung auf die Terrasse gebracht wurde, sah Tak den überraschten Blick des Journalisten, als ihm bewusst wurde, was sein Gegenüber bestellt hatte. Einen heißen Pfefferminztee mit frischen Blättern, dazu einen kleinen Topf Honig. Im Gegenzug hob er sein Bier und prostete Tak zu.

„Da war deine Wahl wohl die bessere bei der Kälte." Alex nahm einen Schluck und wischte sich den Schaum von der Lippe.

Endlich, dachte Tak, jetzt war er an der Reihe. Plötzlich wurde er ganz ruhig, so als habe er alle Zeit der Welt. Er würde in Ruhe erzählen können, was er zu sagen hatte. Der Druck war verschwunden. Seine Atmung wurde gleichmäßiger. Sein Blick wanderte durch den Außenbereich. Nun nahm er auch die kleinen Lichtinseln bei ihrer Sitzgruppe war. Die Atmosphäre hier draußen war sehr einladend. Etwas kalt … aber gemütlich.

Seine Gedanken wanderten zu der Aufgabe, die er vor sich hatte. Ohne sich Druck zu machen, ließ er seinen Geist in die Vergangenheit wandern. Ihm war noch nicht klar, womit er beginnen sollte.

Der Duft der heißen Minze stieg ihm in die Nase und er konnte förmlich riechen, wie gut der Tee schmecken würde. Jetzt fehlte nur noch der Honig. Er nahm ein paar ordentliche Löffel, ließ sie in den Tee gleiten und rührte um. In dem entstandenen Strudel wirbelten die Minzblätter lustig umher, bis der Honig sich fast vollständig aufgelöst hatte.

Wann er begonnen hatte, wusste er nicht mehr, aber er spürte, dass er schon eine Weile erzählt haben musste. Seine Minze war leer, das Knabberzeug auf dem Beistelltisch fast aufgefuttert. Er pustete in seine Hände, um sie zu wärmen.

„Wenn Sie keine weiteren Fragen mehr haben, dann können wir von mir aus wieder reingehen."

Den Vorschlag des Journalisten griff er mit dankbarem Kopfnicken auf und deutete freudestrahlend zum Innenraum. Sie erhoben sich und Tak gab Alex einen freundschaftlichen Klaps auf die Schulter.

„Lassen Sie uns reingehen und aufwärmen. Ich hätte auf Sie hören sollen."

Alex zwinkerte ihm zu.

„Wenn wir drinnen sind, setze ich mich erst einmal an den Kamin und lasse die Eisblöcke, die früher einmal meine Beine waren, auftauen."

Als sie die Tür zum Innenraum öffneten, war es so, als ob sie gegen eine warme Wand laufen würden. Sie sahen sich an und grinsten.

„Wer will sich schon in einem so überhitzten Raum aufhalten", gab Alex in gestelztem Tonfall zum Besten und verzog sein Gesicht. Dabei grinste er von einem Ohr zum anderen.

„Danke für deine Bereitschaft, mit mir zu reden. Wir sehen uns." Damit wandte er sich von Tak ab, um auf der Liste nach dem nächsten Interviewpartner zu sehen.

Auf dem Weg dorthin wurde Alex durch Pia und Tim gestoppt.

„Dann sind wir wohl die Nächsten", sagte Pia, die ihre Hände nervös vor dem Bauch knetete. Tim stand mit völlig unbeteiligter Miene in einigem Abstand neben ihr.

„Kommt bloß nicht auf die Idee, euch raus zu setzen", rief Tak den beiden zu. Zum Beweis fasste er Pias Arm schnell noch mit beiden Händen an. Pia zuckte entsetzt zurück.

„Bist du verrückt geworden? Nimm deine eiskalten Finger weg."
Ein Grinsen huschte über Tims Gesicht.

„Alex hat mich gezwungen, das Interview draußen zu führen. Ich wollte ja drinnen reden, aber …"
Alex erhob seinen Block und tat so, als wenn er ihm einen Schlag an den Kopf geben wollte.
Pia und Tim lachten. Sie wirkten erleichtert. Eben noch versteinert, waren sie nun schon entspannter. Ein Lächeln lief über Taks Gesicht. Er konnte sich gut in ihre Lage versetzen, vor gefühlt ein paar Augenblicken war es ihm auch noch so ergangen.

„Viel Erfolg", rief er ihnen nach, um sich dann zurückzuziehen. Aus den Augenwinkeln sah er noch, wie sich die drei einen ruhigen Ort suchten, um ungestört zu reden.
Zum Glück hatte er es hinter sich. Jetzt erst mal etwas trinken. Am besten was Warmes. Ohne die Bar direkt

anzusteuern, schlenderte er im Raum umher. Alles fühlte sich viel leichter an als noch vorhin. Die geschwätzige Betriebsamkeit, die ihn eben noch aufgewühlt hatte, wirkte nun angenehm und wohltuend. Er fühlte sich geradezu zu ihr hingezogen und wollte ein Teil davon sein.

Aus einer gemütlichen Sitzecke klang etwas zu ihm herüber:

„Hey, alles überstanden?"

„Hast du Lust, dich zu uns zu setzen?"

Und wie er Lust hatte. Einzutauchen in den Schoß freundschaftlicher Unterhaltung. Erleichtert ließ er sich neben Castigo plumpsen und fasste ihm mit seinen eiskalten Händen an einen Arm. Der verzog keine Miene. Stattdessen drehte er seinen Kopf provokativ langsam zu Tak.

„Na, da warste wohl aufgeregter als du dachtest, was?"

Vor dem Interview hätte ihn diese Bemerkung bestimmt richtig wütend gemacht, doch jetzt war alles anders. Er konnte sie als die Frotzelei sehen, als die sie gemeint war, und freute sich darüber. Langsam atmete er tief ein und wieder aus. Erst jetzt wurde ihm klar, wie groß die Anspannung bei ihm gewesen war und welch riesige Last nun von seinen Schultern fiel.

„Lass uns was bestellen. Wollt ihr auch was?"

Castigo konnotierte Taks veränderte Stimmung mit einem breiten Grinsen.

„Ich hab noch, danke."

„Für mich auch nichts", kam es von Lennja.

„Wann seid ihr dran? Oder wart ihr schon?"

„Nee, noch nicht, aber lass uns mal von was anderem reden, sonst werd ich wieder ganz nervös. Dann weiß ich nicht, ob ich überhaupt noch reden will", blockte Lennja ab.

Lustig, dachte Tak, genau wie bei ihm.

„Kann ich sehr gut verstehen", gestand er Lennja und knipste Castigo dabei verschwörerisch ein Auge zu. Die kleinen Lachfältchen um seine Augen bewiesen, dass er seinen subtilen Hinweis verstanden hatte.

„Wir haben eben das Spiel gespielt ‚Was würdest du machen, wenn du alles tun könntest, was du willst?'"

„Und was ist dabei herausgekommen?", erkundigte sich Tak. Es folgte eine Beschreibung ihrer Phantasien in farbenfrohen Details.

„Wenn ich das richtig verstanden habe", fasste Tak zusammen, „dann wünscht sich jeder von euch mindestens einen Harem, jeder auf seine spezielle Art und Weise natürlich."

Mit seinem Getränk in der Hand saß er aufrecht da und schaute herausfordernd zu ihnen hinüber.

Lennja schüttelte den Kopf und schlug beide Hände vors Gesicht.

„Du hast rein gar nichts verstanden."

„Doch, doch. Ich glaub, du hast es genau auf den Punkt gebracht", kam es von Castigo, der sich breit grinsend zurücklehnte und einen Arm auf der Rückenlehne legte. Er ließ eine kleine Pause.

„Mein Lieber, du bist wirklich klasse. Man erkennt den Autoren in dir. Du erfasst die wichtigen Dinge gut und schnell."

Lennja verdrehte die Augen und machte eine abwehrende Handbewegung.

„Beinahe hätte ich dich gefragt, was du gerne machen würdest, aber jetzt …"

Sie schüttelte den Kopf.

Tak war begeistert, das war etwas für ihn, seine Augen leuchteten.

„Also, ich würde eure Vorstellungen natürlich noch toppen. Während ich in der Welt herumreisen würde, um Inspirationen zu sammeln, umgäben mich Truppen von Bediensteten. Und … nicht zu vergessen, mein eigener, für mich zusammengestellter Harem. Ich würde …"

„Tak, du bist doof", stoppte ihn Lennja, „komm, sag mal ehrlich."

Kapitel 35

Von der Treppe, die hoch zu der ersten Etage führte, erklang fröhliches Gekicher.

Edeltraut winkte den anderen zu.

„Kommt mit, ich zeig euch, was ich meine." Bei der Inspektion ihrer Unterkunft hatte sie mitbekommen, dass die Hotelzimmer völlig unterschiedlich eingerichtet waren. Dem wollten sie auf die Grund gehen. Odette, die genauso gespannt war, eilte die Treppe hoch und knickte dabei um. Sie hielt sich am Geländer fest und rieb sich den Knöchel. Zum Glück war nichts Schlimmes passiert. Verlangsamt setzten sie ihren Weg fort.

„Und ich dachte, alle würden diese phantastische Aussicht genießen. Jetzt im Dunkeln kann man natürlich nicht mehr viel davon erkennen, aber morgen früh – morgen früh, das wird der Hammer, sage ich euch. Also Mädels, um so leben zu können, dafür würd' ich schon einiges geben. Heute Morgen war es auf jeden Fall überwältigend."

Edeltraut hörte gar nicht mehr auf mit ihrer Schwärmerei und wurde immer schneller.

„Ich hab meinen Koffer einfach fallen lassen und mich aufs Bett geschmissen. So lässt es sich leben. Die

Aussicht, wisst ihr, die nehme ich übrigens mit nach Hause.

„Stopp, wir sind schon da."

Edeltraut schwenkte mit ihrem Schlüssel und öffnete die Tür. Sie traten ein.

Die Vorderseite des Zimmers bestand aus einer riesigen Fensterfront. Sie konnten die in der Luft schwebenden Lampions erkennen, die ihnen die Richtung zum See wiesen. Wie durch Geisterhand bewegte sich der eine oder andere Lampion in der Luft. Das atemberaubende Panorama verbarg sich zu dieser späten Stunde natürlich in tief dunkler Nacht. Mit weit ausgebreiteten Armen zeigte Edeltraut, in welch riesigen Ausmaßen sich der See vor ihnen erstreckte, wenn sie ihn denn sehen würden.

„Weißt du was, wir übernachten alle bei dir! Ich möchte auch mit so einer Aussicht geweckt werden", erklang es von Odette recht überzeugend.

„Wenn du willst, das Bett ist groß genug."

„Mein Zimmer ist völlig anders. Viel verspielter, mit einer riesigen stilisierten Krone am Kopfende des Bettes. Mit …" Edeltraut griff Nicolettas Arm und zog sie zur Tür.

„Nicht groß beschreiben, komm, wir schauen es uns an."

Wie aufgeregte Schulmädchen stürmten sie aus dem Zimmer.

„Völlig verrückt. Diese riesige Stoffwand am Kopfende." Mit vielen OHHHHs und AHHHHs sahen sie sich in Nicolettas Schlafzimmer um.

„Ja, ne? Und diese Polsteroptik mit den Knöpfen. Wie bei englischen Ledersofas. Irgendwie cool. Mit den lachsfarbenen Wänden und den dicken Vorhängen."

„Hat was. Wie in 'nem alten Schloss, nur moderner."

„Aber die Fenster, seht ihr, nicht ein Hauch von

dem Ausblick wie bei dir."

„Man sieht doch nichts."

„Ja genau, noch nicht einmal die Lampions. Die falsche Richtung und viel zu klein. Kein Vergleich zu deinem Panoramafenstern."

Traurig verzog Nicoletta den Mund.

Odette sah mit gespielter Arroganz zu Edeltraut hinüber.

„Was hast du denen denn für dein Zimmer bezahlen müssen?"

Edeltraut verschränkte die Arme, hob den Kopf und nickte.

„Ja, ihr habt recht. Dafür musste ich einiges springen lassen", antwortete sie und schaute mit einer affektierten Geste auf ihre Fingernägel.

Nicoletta und Odette sahen sich fragend an.

„Mir hat man gar kein alternatives Angebot gemacht. Es schien, als ob hier alles in einer Kategorie laufen würde."

„Hey Mädels, das war doch QUATSCH. Ich hab nix extra bezahlen müssen."

Edeltraut ließ sich auf den Rand des Bettes sinken. Überrascht sprang sie auf und hüpfte freudig auf und ab.

„Das ist ja super. Meins ist ja schon klasse, aber das hier."

„NEIN. Bitte nicht. Schmeiß dich bitte nicht mit deinen Klamotten aufs Bett. Bitte!"

Nicoletta stand mit ausgebreiteten Armen vor ihr und wirkte sichtlich verzweifelt. Ihre Wangen verfärbten sich, als ihr Blick zu Boden ging.

„Ich mag es einfach nicht, wenn man sich mit seiner Kleidung, die man den ganzen Tag getragen hat, ins Bett legt." Edeltrauts Gesicht wurde ernst. Sie stützte sich vorsichtig auf der Bettkante auf und stellte sich hin. Ganz langsam ging sie auf Nicoletta zu.

„Kein Problem."

Sie schauten sich einander in die Augen. In Nicolettas

Blick war eine gewisse Unsicherheit zu erkennen.

„Hey, wirklich, alles gut! Lass uns mal dein Zimmern ansehen, Odette."

„Nein, Stopp! Wartet noch. Mein Bad ist so was von cool, das müsst ihr sehen!"
Nicoletta, jetzt wieder ganz die Alte, ging mit stolzen Schritten voraus. Als Erste betrat sie ihr Bad.
In der Mitte des Raumes stand eine riesige silberne Wanne. Über dem Rand hingen dicken Tücher, die superweich aussahen. Direkt über der Wanne in der Decke befand sich ein rundes Fenster. In der Decke! Ungefähr so groß wie die Badewanne.

„Wow. Also Leute, wir machen das folgendermaßen: Zuerst übernachten wir heute Nacht alle bei mir, gehen morgen früh dann zu dir und nehmen ein Bad."
Vergnügt drehten sie sich um ihre eigene Achse und entdeckten noch weitere liebevolle Details in dem Raum. Odette kicherte und spekulierte über die Funktion des in Silber und Beige gehaltenen Sofas am Fußende der Wanne.

„Ein absolut cooles Zimmer." Edeltraut war von dem Fenster über der Wanne völlig fasziniert.

„Einfach genial, aber jetzt auf zu dir."

Odette öffnete ihre Türe, schaltete das Licht ein und sie traten in einen weitläufigen Raum, dem kleine Licht-inseln etwas Besonderes verliehen. Laute ‚Aahs' waren die ersten Reaktionen. Der Blickfang am Ende des Raumes war ein riesiges, wirklich riesiges Bett. Das Kopfende zeigte zu zwei zimmerhohen Fenstern, die an Fenster einer Kathedrale erinnerten, nur, dass diese nicht bunt eingefärbt waren, sondern in verschiedenen Blautönen schimmerten. Als I-Tüpfelchen eine stylische Tagesdecke am Fußende des Bettes. Auch ohne das Tageslicht wirkte der sonst eher spartanisch eingerichtete

Raum majestätisch und kraftvoll. Weiträumig und ruhig. Nicoletta und Edeltraut drehten sich hierhin und dahin und ließen ihre Blicke durch das Zimmer wandern. Ihren offen stehenden Münder und aufgerissenen Augen verrieten Odette, wie begeistert sie waren. Das überraschte sie.

„Und ich dachte, nachdem ich eure Zimmer gesehen habe, dass meins …"

„Auf gar keinen Fall", unterbrach sie Nicoletta.

„Ich wüsste nicht, für welches Zimmer ich mich entscheiden sollte."

„Jedes hat etwas ganz Spezielles. Jedes auf seine Art."

„Wenn es mir nach dem Interview nicht gutgehen würde, dann wäre dein Raum, liebe Odette, derjenige, in dem ich mich wieder am schnellsten erholen würde. Das kannst du mir glauben." Edeltraut blickte sich um und nickte.

„Das sind mir zu viele ‚Wäres' und ‚Wenns'. Guck dir Odette an, sie hat es gut überstanden. Dann ist das für uns auch nicht mehr gefährlich." Nicoletta zog die Augenbrauen hoch und sah zu Odette, die ihren Blick mit freundlichem Lächeln erwiderte. Unbemerkt von den anderen drehte sich Edeltraut mit versteinerter Miene von ihnen weg. Woher nahm Nicoletta diese Zuversicht? Sie selbst hatte sich noch nicht einmal in der Liste eingetragen.

„Kommt, lasst uns wieder runter zu den anderen", schlug Edeltraut vor, um sich Ablenkung zu verschaffen. Auf dem Weg hinunter diskutierten sie die Unterschiede ihrer Zimmer und stellten wilde Vermutungen über das Aussehen der anderen Räume an. Edeltraut prustete plötzlich los.

„Ich kann ja schlecht fragen, … Leo, darf ich mir mal dein Zimmer ansehen?" Durch ihren Lachflash hindurch konnte man sie kaum verstehen. „Wa…

wahrscheinlich würde e… er sich wundern, wa… warum ich ihn auf sooo plumpe Art anbaggern wi… hi… hill." Erneutes Gegacker.

Kapitel 36

Im Seitenblick bemerkte er drei Mädels, wie sie in ausgelassener Stimmung die Treppe herunterkamen. Wie schön, fand Tak. Das sah nach guter Laune aus und seine Diva, lustig und fidel, war mit von der Partie. Im Gegensatz zu ihm, so schien es ihm, waren die bevorstehenden Interviews für sie kein Problem. Sie war halt stärker als er.

Eine zusammengeknüllte Papierkugel traf ihn an der Brust und holte ihn aus seinen Gedanken zurück.

„Hallo? Hallo! In welchem Traumland bist du denn schon wieder?", kam es frotzelnd von Castigo.

Tak kickte das ‚Wurfgeschoss' spielerisch zur Seite.

„Hab alles mitgekriegt." Was zwar nicht ganz der Wahrheit entsprach, aber er wollte es zumindest versuchen.

„Hast du für dein Autoren-Dasein studieren müssen?", wiederholte Lennja schnell noch einmal ihre Frage, um ihn nicht bloßzustellen.

„Hätte ich können. Es gibt Hochschulen für populäre Künste. An denen kannst du Literarisches Schreiben erlernen. Doch die Kosten waren für mich viel zu hoch, da ich nicht weiter abhängig von meinen Eltern sein wollte.""

Catherins Bruder hob die Augenbrauen.

„Was muss ich mir denn da für Summen vorstellen?""

„Also, ca. 500-600 Franken pro Monat.""

„Uiiii, das ist mal 'ne Hausnummer.""

„Es geht bestimmt auch preiswerter, aber die guten Schule kosten nun mal so viel.""

„Ja und wie bist du dann an Informationen fürs Schreiben gekommen?""

„Ganz viel lesen. Lesen, lesen und noch mal lesen. Ich habe so viel wie möglich von dem Stil der Autoren aufgesogen, die ich außergewöhnlich gut finde. Dann habe ich auch …""

„Und welche sind das?"", unterbrach ihn Lennja. Tak freute sich über ihr Interesse und grinste.

„Zu Anfang habe ich so Sachen wie Tolkien gelesen. Als großer Sprachwissenschaftler ist er ein hervorragendes Vorbild für gutes Schreiben. Bei ihm kann man sehen, wie es ist, wenn man die Fülle des reichhaltigen Wortschatzes ausnutzt und souverän damit arbeitet. Das hat mich total beeindruckt. An seine Schreibkünste heranzukommen, ist allerdings eine echte Herausforderung."" Er zog Augenbrauen und Schultern hoch und unterstrich damit noch seine Aussage.

„Komm, komm. Jetzt mach mal nicht den Tiefstapler. Soweit ich weiß, kannst du von deinen Büchern ganz gut leben.""

Tak lachte.

„Stimmt, aber mit Leuten wie Tolkien, Carré oder Zafón will ich mich auf keinen Fall vergleichen.""

Schmunzelnd blickte Castigo zu Tak. Ihm gefiel, wie viel Respekt Tak diesen Autoren entgegenbrachte.

„Der Tod von Zafón – ich habe die Nachricht heute erst erhalten –, der trifft mich schon. Einer der besten zeitgenössischen Autoren, wie ich finde.""

„Kenne ihn gar nicht. Was hat er denn geschrieben?", fragte Lennja etwas verlegen.

Jetzt war Tak in seinem Element. Man interessierte sich für seine Arbeit. Er rutschte weiter nach vorne und begann erneut. Seine Hände begannen mitzuerzählen.

„Also ‚Schatten des Windes‘, ‚Das Spiel der Engel‘ und ‚Perlmanns Schweigen‘, alles absolut hochkarätige Literatur."

Pause.

„Also, bei dem letzten Buch ist was ganz Lustiges passiert. Ich war völlig im Bann der Geschichte. Ich lebte sozusagen darin. Begonnen habe ich – daran kann ich mich noch sehr gut erinnern – in den Wintermonaten. Und jeden Morgen, wenn ich aufwachte, war ich völlig fertig und gestresst, weil ich mich nicht auf den Vortrag vorbereitet hatte. Dabei war es ja gar nicht mein Vortrag. Ich kam da einfach nicht raus aus der Geschichte. Daran sieht man mal, wie gut sie geschrieben ist. Völlig genial. Ich beschloss, das Buch erst einmal beiseitezulegen und in der hellen Jahreszeit weiterzulesen. Als ich …" Tak runzelte die Stirn. „… wartet mal, ‚Perlmanns Schweigen‘ ist gar nicht von Zafón, das ist von Pascal Mercier. Sorry, ich nehme alles zurück. Also nicht alles, nur den Namen des Autoren." Ein breites Grinsen lief über sein Gesicht. „Mensch, Mercier, den habe ich ja ganz vergessen. Auch ein genialer Schriftsteller. Er gehört zu meiner Bestenliste." Tak strahlte zufrieden. Lennja setzte sich zurück und verschränkte die Arme vor der Brust.

„Hmm, auch noch nie gehört."

Mit leuchtenden Augen setzte Tak wieder ein.

„Kann ich nur empfehlen. Etwas schwermütig, aber seine Gabe, Stimmungen und Personen in Worte zu fassen, ist ganz große Kunst."

Auf seinem Handy suchte er nach dem Buch. Seine Finger tippten und scrollten, bis er es gefunden hatte. Er hielt es Lennja hin und sie fotografierte es vom Bildschirm ab.

„Danke."

„Guckt. Wieder ein gutes Beispiel für die Vorteile unserer Zeit. Gesucht, gefunden und weitergegeben."

„Den Link hätte man auch schicken können", warf Castigo lachend ein.

Lennja verdrehte die Augen, fühlte sich aber zum Glück nicht angegriffen.

„Wie bist du zum Schreiben gekommen?", wollte sie wissen.

„Hm, angefangen hat es mit der Tatsache, dass ich durch mein Lesen mitbekam, was in den verschiedenen Genres alles möglich ist. Dann kam mein mir ureigener Wunsch hinzu, mir die Welt so zu gestalten, wie ich sie mir wünsche. Und wie ginge es einfacher als beim Schreiben?"

Ein Lachen ging durch die Runde. „Die Vorstellung, mir Charaktere ausdenken zu können, sie mit Eigenschaften zu füllen, die es im realen Leben in einer Person nicht geben würde, das fand ich sehr reizvoll. Oder Bösewichte. Ich kann sie so schräg sein lassen, wie es sie noch nie gab. Einfach alles und jeden so gestalten, wie es meine Phantasie zulässt. Könnt ihr euch vorstellen, was für ein Kick das ist?" Während der Schilderung veränderte sich seine Haltung. Er wurde immer größer und sein Blick, der jetzt von oben herab auf die … sollte man ,Untertanen' sagen?… kam, wirkte wie ein selbstverliebter König.

„Das ist ein bisschen wie Gott spielen, versteht ihr?"

Castigo schüttelte den Kopf und winkte ab.

„Jetzt dreht er völlig durch. Ich wusste ja, dass du verrückt bis, aber dass du SO verrückt bist, das habe ich nicht gedacht."

Auch Lennja schaute ungläubig. Ihre Nase kräuselte sich,

227

als sie ihn kopfschüttelnd ansah. Scherzte er oder war es sein Ernst?

„Ich glaube, ihr versteht mich falsch."

„Doch, doch wir verstehen dich sehr gut. Na dann, lieber Gott, kannst du uns was zu trinken besorgen oder geht nur Wein?"

Lennja prustete los. Tak simulieren einen Angriff auf Catherins Bruder. Im letzten Moment stolperte er jedoch. Er konnte sich gerade noch auf Castigos Bein abstützen, um nicht zu stürzen. Die erste Reaktion von Castigo war, abzuklären, ob bei Tak alles in Ordnung war. Als das erledigt war, lachte er los.

„Na, bei euch Göttern scheint auch nicht immer alles glatt zu laufen, was?"

Tak drohte ihm mit erhobener Faust und lachenden Augen.

„Wenn das mit den Göttern so ist, dann bin ich wohl auch einer. Zumindest sehe ich dafür gut genug aus."

Castigo schaute selbstbewusst an sich herab. Tak und Lennja sahen sich an und brachen in schallendes Gelächter aus.

In diesem Augenblick kamen Nicoletta, Odette und Edeltraut an ihnen vorbei.

„Na, ihr habt ja Spaß", kam es von Nicoletta.

„Ja. Tak hat uns gestanden, dass ihn seine Schreiberei zu so etwas wie einem Gott werden lässt. Also nicht richtig Gott. Er fühlt sich nur so, wenn er die Charaktere erschafft."

Edeltraut winkte ab.

„Das kenne ich. Aber nicht nur, wenn er schreibt."

Mit einer kleinen Verzögerung erschien ein Lächeln auf ihrem Gesicht. Das war auch gut so, denn Taks Miene hatte sich bei ihrer Aussage sofort verfinstert. Die Anspielung auf vergangene Verhaltensweisen waren nicht wirklich lustig für ihn. Es wurde erst einmal weiter in seine Richtung gefrotzelt. Dann nahm Castigo Tak irgendwann um die Schulter, knuffte ihn ein paar Mal und alles war wieder gut.

„Habt ihr euch schon bettfertig gemacht?"
Nicolettas Augen wurden ganz schmal, als sie ihre Hände in die Hüften stützte.

„Wieso, sehen wir etwa so aus?"

Oh, oh, da waren sie wieder. Die Fettnäpfchen. In die man, ehe man sich versah, treten konnte, wenn man sich mit Frauen unterhielt. Tak kratzte sich verlegen am Hinterkopf und versuchte, die Situation zu retten.

„Nein, nein, ganz und gar nicht. Ihr seht toll aus. Mensch, wie soll ich das wieder gutmachen? Hört mal, ihr seid doch eben von oben gekommen, stimmt's? Ja, und da dachte ich …"

„Nee, nee, nee. Ganz verkehrt. Aber wir können euch was Tolles erzählen …" Nicoletta Gesichtsausdruck änderte sich schlagartig und sie ließ sich freudestrahlend zu ihnen auf das Sofa plumpsen, um von ihren Entdeckungen zu berichten.
Tak spürte eine warme Woge durch seinen Körper fließen. Die Erleichterung darüber, jetzt wieder fröhlich zusammen zu sitzen. Unstimmigkeiten konnte er nicht leiden. Schon gar nicht, wenn er dafür verantwortlich war.

„Also, als Edeltraut uns von der atemberaubenden Aussicht in ihrem Zimmer erzählte, da …"
Und damit begann ein äußerst detaillierter Bericht über ihre völlig unterschiedlichen Zimmer. Sie ereiferte sich dermaßen, dass sie sich mehr und mehr in Details verlor. Dazu zählten auch ihre Wünsche, wann welcher Raum am besten zu nutzen sei und wie man sie vielleicht noch optimieren könnte.
Nach ein paar Minuten sahen sich die beiden Jungs

fragend an. Taks Mund war leicht geöffnet und fast synchron verschränkten sie ihre Arme.

„Ihr Lieben. Mir hätte es völlig gereicht, wenn ihr erwähnt hättet, dass eure Zimmer alle unterschiedlich aussehen. Hätte gereicht. Wirklich."

Die beiden Jungs nickten sich in solidarischem Einverständnis zu. Doch auf Lennja schienen die Berichte anders gewirkt zu haben. Sie rückte mit verzücktem Gesicht weiter nach vorne, legte einen Finger an den Mund und sah Nicoletta fragend an.

„Hm, für mich war es aber wichtig! Vorhin erst habe ich mich entschlossen, hier zu bleiben. Das heißt ich kenne mein Zimmer noch gar nicht. Jetzt bin ich richtig gespannt, welche Überraschung auf mich wartet."

Edeltrauts Augen wurden immer größer.

„Du hast es noch nicht gesehen?"

„Ohhhh, Üüüberraaaaschung." Nicoletta klatschte begeistert in die Hände.

Kapitel 37

„Das Deprimierendste während der ganzen Zeit war, dass wir nicht wussten, ob und wann wir da jemals wieder rauskommen würden. Die tägliche Gewalt, der Hunger und die Ungewissheit haben mich völlig fertig gemacht", kam es von Tim.

„Dann der Dreck und Gestank. Waschen durften wir uns nur in unregelmäßigen Abständen. Toiletten gab's sowieso keine", übernahm Pia wieder das Wort. Gemeinsam waren sie auf dem Sofa versammelt. Pia am vorderen Rand, den Rücken kerzengerade, noch sichtlich angespannt. Ihre Finger spielten unruhig miteinander. Tim, der in einer Ecke saß, wirkte äußerlich völlig locker. Ein Arm von ihm ruhte auf der Lehne und in der anderen Hand hielt er ein Glas Wein. Locker auf seinem Bein abgestellt.

„Ich kann mich noch erinnern, dass der Schock, als wir gefangen genommen wurden, so riesig war, dass die Tatsache, auf einem staubigen Erdboden schlafen zu müssen, keine Rolle mehr spielte. Mit den Tagen registrierte man das fehlende Licht. Kleine Sonnenstreifen fielen durch die Holzlatten in die Hütte, das war alles. Dann das immer wiederkehrende Geschrei.

Es schien einfach nicht aufhören zu wollen. Das alles machte einen mürbe. Dazu die ständige Angst, dass sie einem von uns wehtun würden."

Alex, der sich die ganze Zeit über Notizen machte, schaute auf. Keiner sagte ein Wort. Pia, die durch ihn hindurchschaute, trank ihren Orangensaft in einem Zug aus. Ihre Zunge fuhr über ihre Lippen.

„Ich weiß noch, wie ich Staubkörner beobachtete. In einem Sonnenstrahl schienen sie zu tanzen. In diesen Momenten war ich wie in einer anderen Welt. Einer, in der es hell, leicht und fröhlich war. Im Nachhinein haben mich meine gefühlt stundenlangen Beobachtungen gerettet."

Pause.

Alex kommentierte nichts von alledem, er ließ seinem Gegenüber Zeit. Eine von seiner Redaktion wert-geschätzte Gabe. Er stellte keine hektischen Fragen, die den Ablauf der Interviews beschleunigen sollten. Für ihn stand die Geschichte an erster Stelle, und die Zeit, die Menschen brauchen würden, um sie zu erzählen, war im Vorhinein nicht zu kalkulieren. Durch diese Grund-einstellung war er an Informationen gekommen, die ansonsten vielleicht verschütt gegangen wären. Auch privat folgte er dieser Ideologie. Um Menschen wirklich kennenzulernen, sollte man sie so annehmen, wie sie sind. Der Versuch, sie in Normen zu pressen, würde das authentische Bild nur verfälschen. Für ihn war es ein Graus, wenn es hieß, man müsse so oder so sein. Sich in einer ganz bestimmten Art artikulieren, um hip zu sein. Unbedingt diese oder jene kulturelle Veranstaltung besuchen, um bei einer gesellschaftlichen Gruppe dazuzugehören. Sich so oder so kleiden und so weiter und so weiter. Es gab hunderte Beispiele für die Zwänge, denen wir täglich ausgeliefert waren. Aber – und davon war er überzeugt – jeder Mensch konnte sich aktiv von äußeren Anforderungen distanzieren und seinen eigenen

Weg gehen. Er war nicht mehr bei der Sache ... seine Gedanken schweiften ab.

Vorsichtig hob er seinen Blick von seinen Notizen und blickte zu Pia hinüber. Zu seiner Freude erkannte er, dass sie sich angelehnt hatte und entspannter wirkte. Jetzt war es Tim, der stocksteif in einer Ecke saß. Bis jetzt hatte er noch nicht viel von sich gegeben, ein, zwei Ergänzungen vielleicht, während sie erzählte.

Edeltraut spürte, wie es für sie immer schwieriger wurde, sich auf die laufenden Gespräche zu konzentrieren. Die Tatsache, als Nächste interviewt zu werden, machte sie nervös. Auf keinen Fall durfte sie dabei die Kontrolle verlieren. Das Gespräch wollte sie selbstbestimmt führen. Die Sorge, dass es ihr anschließend schlechter gehen könnte, ließ ihr Herz schneller schlagen. Ihr Blick wanderte hinaus zum See. Vielleicht war das eine gute Ablenkung, doch was sie erkennen konnte, war eine große dunkle Fläche, wobei man nicht sagen konnte, wo der See aufhörte und das Ufer anfing. Irgendwo da hinten musste er sein. Ein Sequenz von heute Vormittag kam ihr in den Kopf. Wie begeistert sie sich umgesehen hatte und wie schön es hier war! Ihre Augen tasteten sich durch die Dunkelheit. Hier und da entdeckte sie kleine glühende Punkte auf der Terrasse. Die Raucher. Lustig sahen sie aus. Wie aus dem Nichts tauchten die roten Lichter auf und verschwanden wieder. Dann waren sie wieder da und wanderten. Mal waren sie oben, mal unten.

Ihre eigene Raucherkarriere hatte nicht lange gedauert. Als sie daran dachte, musste sie schmunzeln. Damals, als sie sich eine Schachtel Gauloises blau kaufte, weil sie die Verpackung so schön fand. Sie wollte probieren, wie es ist, wenn man raucht. Dann hatte sie eine Zigarette herausgenommen, angezündet und geraucht. Na ja, was man so Rauchen nennen konnte. Einige Male hatte sie daran gezogen und den Qualm schnell wieder ausgepustet. Es schmeckte widerlich und kratzte auch noch im Hals. Eine, vielleicht eineinhalb Zigaretten hatte sie geschafft, so zu rauchen. An den ekligen Geschmack im Mund konnte sie sich noch gut erinnern. Das Gefühl auf der Zunge und am Gaumen war den ganzen Tag nicht weggegangen. Und das war's dann auch schon mit ihrer Raucherkarriere. Schmunzelnd strich sie sich über die Lippen.

Ihre Aufmerksamkeit wurde auf Alex gelenkt. Da bewegte sich jetzt etwas. Das Gespräch mit Pia und Tim schien wohl beendet zu sein.

Jetzt war sie dran.

Sie sah, wie Alex, mit dem Block in der Hand, im Raum umherblickte. Automatisch hob sie ihre Hand und winkte ihm zu. So war sie nun mal, spontan und mit kindlicher Impulsivität. Ohne sich zu verabschieden, stand sie rasch auf und ging strammen Schrittes auf Alex zu.

Jetzt oder nie, dachte sie sich.

Ohlala, wer kommt denn da?, stellte Alex überrascht fest. Zuerst ihr spontanes Winken, um auf sich aufmerksam zu machen, und jetzt ihre selbstbewussten, zügigen Schritten, mit denen sie sich ihm näherte. Den Blick offen und auf ihn gerichtet. Ihr breites, freundliches Lachen ließen ihn vermuten, dass dies ein angenehmes Gespräch werden würde. Was für eine Frau! Ein Lächeln machte sich auf seinem Gesicht breit. Dann stand sie auch schon vor ihm und streckte ihm die Hand entgegen.

„Ich freue mich auch. Angenehm. Edeltraut Thale." Noch während sie sich einen Platz auf dem Sofa suchte, kam die nächste Überraschung. „Lassen Sie uns beginnen."

Aha, schneidiges Tempo, dachte er und ließ sich in seinem Sessel nieder.

„Wollen Sie noch etwas zu trinken bestellen?"

„Nein danke, ich glaube, es wird auch so gehen."

Für sie war klar, dass sie dieses Gespräch so kurz wie möglich halten wollte. „Was wollen Sie wissen?"

Da war er wieder, ihr klarer Blick. Ihre Worte hatten wie eine Herausforderung geklungen. Da musste er den Druck reduzieren. In aller Ruhe rückte er sich in seinem Sessel zurecht, bis seine Hände auf dem Notizblock auf seinen Beinen ruhten. Die Handinnenseiten drehte er nach oben, atmete tief durch und war damit offen für das, was jetzt kommen sollte.

„Sie erzählen mir einfach alles, was Sie mir erzählen möchten." Er schaute ihr in die Augen. Sie räusperte sich und dreht den Kopf zur Seite. Ihre Augen wanderten in Richtung Decke. Dann urplötzlich war ihr Blick wieder auf ihn gerichtet.

Die Hände auf ihrem Schoß waren ineinander verschlungen. Ihre Knöchel traten weiß hervor. Er spürte ihren wachsenden Stresspegel.

„Es wäre mir lieber, wenn Sie mir Fragen stellen würden."

Gut, dann würde er ihr eben Zeit lassen.

„Ich möchte lieber keine Fragen stellen, da ich glaube, damit meinen Informationsspielraum einzuschränken."

Sie nahm eine aufrechte Sitzhaltung ein und sah ihn von oben herab an.

„Stellen Sie niemals Fragen bei Ihren Interviews?"

Er schmunzelte. In der Konfrontation kannte sie sich anscheinend besser aus. Verflogen waren die Unsicherheiten. Doch wovor hatte sie Angst? Sollte er seine Strategie ändern? Er wollte aber bei seinem erfolgreich erprobten Konzept bleiben. Dazu gehörte nun mal, wenige oder, besser, keine Fragen zu stellen. Schweigend vergingen einige Minuten, in denen sie still dasaß. In ihren hellen, vornehmen Kleidung. Minimalistisch und dennoch sehr eindrucksvoll. Das Outfit passte zu ihr. Die seidig schimmernde Bluse, die sich schmeichelnd um ihren Körper legte. Neugierig schielte er zu ihren Füßen. Was trug sie wohl für Schuhe?

„Wollen wir uns jetzt über mein Schuhwerk unterhalten?", klang es recht schnippisch aus ihrer Richtung. Er fühlte sich ertappt. Mist. Recht hatte sie.

„Sorry, aber …"

Sie schnaubte verärgert und rückte auf dem Sofa weiter nach vorne. Ihre Lippen waren jetzt ganz schmal. Ihr Blick entfernte sich von ihm und wanderte zu Boden.

„Dann lassen Sie uns die Sache schnell hinter uns bringen. Die Entführung war nicht angenehm, das haben Sie bestimmt schon von allen anderen gehört. Die Gefangennahme und letztlich die Trennung der Gruppe hat uns – oder mir zumindest – mächtig zugesetzt. Unsere Leiterin war zu unserer Unterstützung nicht mehr da. Das hieß, wir waren auf uns gestellt. Wir hatten niemand, dem wir vertrauen konnten. Der Fahrer des Lkw zählte nicht. Den kannten wir ja nicht. Der war für uns ebenso suspekt wie die Entführer."

Sie kam ins Erzählen. In die Vergangenheit eingetaucht, stützte sie ihre Arme gerade auf die Knie. Die Hände nah beieinander, den Blick an ihm vorbei, ins Leere. Jetzt läuft es, dachte er. Seine unprofessionelle Art zu Beginn des Interviews ärgerte ihn noch immer. Er hatte sich durch die Schönheit dieser Frau ablenken lassen und die Befragung dadurch gefährdet. Und das nur, weil er wieder einmal der Anziehung einer attraktiven Frau nicht widerstehen konnte. Wie alt sollte er denn noch werden, bis er sich, wenigstens im beruflichen Bereich, zusammenreißen würde?

Sie unterbrach ihren Redefluss. In der kleinen Pause bemerkte er, dass sich ihre Körperhaltung verändert hatte. Jetzt umschlang sie mit ihren Armen schützend ihren Körper. Den Blick wieder zu Boden gerichtet. Etwas Gravierendes schien sie zu belasten.

236

Die Pause dauerte an.

Er überlegte, ob es mit seinem Verhalten zusammenhängen könnte, doch er war sich keiner Schuld bewusst. Er war nur ganz kurz abgeschweift. Es musste etwas anderes sein, etwas aus der Vergangenheit. Ihr Gesichtsausdruck glich einer versteinerten Maske, als sie tiefer in eine Ecke des Sofas rutschte. Ihr lautes Ausatmen ließ Alex zusammenzucken. Die Situation war plötzlich angespannter als bei den Gesprächen zuvor. Vielleicht spielten ihm seine Gefühle aber auch nur einen Streich und er dramatisierte seine Empfindungen lediglich. Jetzt bloß auf die professionelle Ebene konzentrieren, dachte er sich.

Was er nun zu hören bekam, damit hatte Alex nicht gerechnet.

Mit gefasster Stimme begann sie wieder.

„Wenn wir die Hütte verließen, waren wir in erhöhter Alarmbereitschaft. Die Unberechenbarkeit dieser ‚Menschen' brachte uns dazu, dass wir bei den Toilettengängen, nie alleine hinaus gingen. Nach Möglichkeit wollten wir immer einen Jungen oder den Fahrer dabei haben. Die Angst vor diesen Männern nahm uns das Schamgefühl."

Wieder eine Pause.

Alex merkte, wie sein Herz heftig anfing zu pochen. Was würde jetzt kommen? Diese Frau rührte ihn mehr, als er es zu diesem Zeitpunkt gebrauchen konnte. Professionalität. Das war es, was er jetzt brauchte. Mensch, reiß dich zusammen, dachte er.

Ihre Blicke trafen sich, als er zu ihr blickte, und in ihren Augen war weder Kampfeslust noch Provokation zu erkennen. Nein. Es lag etwas Bittendes in diesem Ausdruck.

„Jetzt würde ich doch gern etwas trinken."

Ihre Stärke war verschwunden. Er wusste nicht, wie er mit der Situation umgehen sollte. Der Drang, sie zu beschützen, wurde immer größer. Jetzt nur nichts Falsches machen. Ungeduldig sah er sich nach der Bedienung um. Als er den Kellner endlich erspähte, winkte er ihn mit einer hektischen Handbewegung heran und wies auf Edeltraut.

„Was möchten Sie bitte trinken?", fragte er sie.

„Ein Bitter Lemon, bitte." Als der Kellner sich entfernte, rief sie ihm noch nach, „Bitte ein riesengroßes Glas."

Er drehte sich noch einmal um und lachte.

„Wird erledigt." Seine Antwort wurde von seinem Strahlen bestätigt.

Alex erwischte den winzigen Moment, in denen ihre Augen aufblitzten, da ihr dieser Blick wohl auch nicht entgangen war. Kurz darauf war sie wie ausgewechselt. Ihr Gesicht verfinsterte sich wieder zusehends und sie blickte zu ihm, ohne ihn jedoch wirklich wahrzunehmen. Mit ihren Gedanken schien sie ganz weit weg zu sein. Würde sie mit ihren weiteren Ausführungen warten, bis ihr Getränk da war, oder …

„Wir waren zu zweit draußen. Sebastian hielt Wache für mich. Wir hörten schon das Grölen und Lachen hinter der Hütte. Es wurde immer lauter. Dann kamen sie um die Ecke. Ich weiß nicht mehr, wie viele es waren. Lachend und fast alle waren bewaffnet. Eigentlich trugen sie ihre Waffen immer bei sich, egal was sie machten. Zuerst redeten sie auf Sebastian ein, der immer weiter zurückwich. Sie fuchtelten mit ihren Armen, so als ob sie ihn verscheuchen wollten. So, wie man ein Huhn verscheuchen würde. Ich sehe noch, wie ängstlich er zwischen den Typen hin und her sprang. Unsere Blicke trafen sich wieder und wieder, aber wir hatten keine Chance. Ihre Bewegungen und das Geschrei wurde immer lauter. Dann, wie durch ein Wunder, konnte er aus der Umzingelung flüchten und rannte zu mir. Vielleicht war das ein Fehler. Denn zwei der Chaoten rannten hinter ihm her und wollten ihn von mir weg ziehen. Ein wildes Tohuwabohu entwickelte sich. Abwechselnd wurde auf ihn und dann auf mich gezeigt. Gelacht. Mit den Gewehren hantiert. Dann schrien sie uns wieder an. Wir verstanden überhaupt nicht, was sie von uns wollten. Anschließend griffen sie Sebastians Arm und rissen ihn von mir weg. Sie gingen mit ihm in Richtung Hütte. Ich sah sie weggehen. Als Sebastian sich noch einmal zu mir umsah, habe ich den panischen Blick in seinen Augen gesehen. Und dann war er weg."

Unbemerkt brachte der Kellner das extra große Getränk und lächelte sie erwartungsvoll an. Doch ihr Blick war leer und ausdruckslos. Nichts deutete darauf hin, dass sie ihn bemerkte. Kein Zeichen der Freude. Sie sah einfach durch ihn hindurch, in den Erinnerungen gefangen. Etwas bedröppelt zog er ab.

Als sie das Getränk schließlich registrierte, fasste sie das Glas, drehte es ein paar Mal in den Händen und nippte daran. Ihre Finger glitten über den Rand. Nun nahm sie einen größeren Schluck, pausierte und leerte das Glas in einem Zug. Dann stellte sie es ab.

„Sie können sich denken, was dann passiert ist."

„Ja."

„Und? Brauchen Sie Einzelheiten oder reicht es, wenn Sie wissen, dass es zwei widerlich stinkende Dreckskerle waren und die anderen beim Zuschauen auf ihre Kosten kamen?"

„Das reicht vollkommen."

„Gut." Unvermittelt stand sie auf. „Dann bin ich fertig."

Es war einer der wenigen Augenblicke, in denen er nicht wusste, was er sagen sollte. Er hatte schon viele Schicksale erzählt bekommen, nicht nur heute. Aber ihre Geschichte berührte ihn anders. Er erhob sich und ging einen Schritt auf sie zu.

„Wenn ich noch etwas für Sie tun kann, dann ..." Eigentlich wollte er ihr seine Karte geben. Doch beim Blick in ihre Augen stellte er fest, dass ihre Präsenz und Stärke wieder da war. Mit aufrechten Schultern und erhobenem Kopf stand sie vor ihm und versicherte ihm, dass sie zurechtkommen würde. Schade, dachte er sich, als sie ihm lächelnd die Hand entgegenstreckte.

„Ich hatte es mir schlimmer vorgestellt, danke." Und weg war sie.

Kapitel 38

Fast automatisch steuerte Edeltraut auf Odette, Tak, Lennja und Castigo zu. Sie sahen aus, als ob sie sich prächtig amüsierten, und genau das brauchte sie jetzt. Sich amüsieren, ja genau, das war gut. Als sie näher kam, war es Castigo, der sie als Erster entdeckte. Neugierig fragte er sie, wie es gelaufen sei. Ihre Antwort ein erfrischendes Lachen.

„Geschafft! Gar nicht so schlimm, wie ich dachte", gestand sie erleichtert. „Wo ist Nicoletta?"
Edeltraut schaute sich um, konnte sie aber nirgends entdecken.

„Eigentlich müsste sie jetzt bei Alex sein. Sie stand direkt nach dir auf der Liste."

„Okay." Sie zog einen Sessel heran und hockte sich zu ihnen. „Macht einfach weiter, wo ihr stehengeblieben seid."
Das ließen sie sich nicht zweimal sagen, und schon waren sie zurück bei ihrem Thema, den Lehrern. Sie hatten bereits verrückteste Hypothesen über deren Motivationsbereitschaft angestellt und natürlich jede Menge Witze über sie gerissen. Lennja verdrehte die Augen und schüttelte den Kopf.

„Ich glaub's echt nicht. Was habt ihr denn für ein Bild von den Lehrern."

Die Frotzeleien wollten nicht aufhören. Über den einen oder anderen Witz musste sie dann aber dann auch selbst lachen. Vor lauter Freude lief ihr eine Träne die Wange entlang, die sie sich mit der Hand wegwischte, als sie sah, wie Edeltraut verhalten gähnte.

Als sich ihre Blicke trafen, mussten sie beide lachen. Ein erneutes Gähnen löste ein weiteres prustendes Geräusch bei Lennja aus.

„Ich dachte, man würde es nicht bemerken. Werd' mich gleich aufmachen und zu Bett gehen."

„Da hänge ich mich dran", kam es spontan von Odette. Sie hielt sich beide Hände vor den Mund, um ihr Gähnen zu verdecken. „Ich habe nicht gedacht, dass es schon so spät ist. Aber sollen wir nicht noch auf Nicoletta warten? Das fände ich irgendwie besser."

Sie bestellten sich jeder noch etwas zu trinken, um die Wartezeit damit besser zu überbrücken.

Edeltraut beugte sich nach vorne und schaute Odette mit immer größer werdenden Augen an.

„Bist du mit Max zusammen?"

„Warum fragst du?"

„Weil ihr so … wie soll ich sagen, vereint zu dem Gespräch gegangen und auch so zurückgekommen seid."

„Nein, nein. Wir sind seit damals einfach in Kontakt geblieben. Wir verstehen uns gut. Mit ihm kann ich über alles reden. Wir haben auch schon einige Touren zusammen gemacht, aber da ist nichts weiter."

Edeltraut nickte. Ob sie es ihr glauben sollte oder nicht, das war ihr für diese fortgeschrittene Stunde zu kompliziert, um darüber nachzudenken, also ließ sie es auf sich beruhen. Während sie mit immer schwerer werdenden Augenlidern durch den Raum blickte, hörte sie, wie Pia und Tim sich auch langsam zurückzogen.

„Wir sehen uns morgen", rief Tim, der einen Arm

um Pia gelegt hatte. Beide winkten zum Abschied und gingen in Richtung Treppe.

„Hoffentlich dauert es nicht mehr allzu lang. Mir fallen gleich die Augen zu."

Castigo, der immer ruhiger geworden war, rutschte überraschend agil an den vorderen Rand seines Sessels. Wütend starrte er in eine Richtung, in der Leo und Catherin, Arm in Arm, die Treppe hochschlenderten.

„Was ist das denn jetzt?"

Odette hatte die beiden winken sehen und ihre Botschaft, jetzt auch zu Bett zu gehen, mitbekommen. Sie fand ihre Geste ganz süß.

„Wieso, was soll los sein?" Erstaunt schaute sie zu Castigo. Sein Gesichtsausdruck verriet, dass er die Tatsache, dass Catherin mit Leo zusammen abschob, nicht wirklich gut fand. Seine Lippen waren aufeinander gepresst und seine Nasenflügel schienen zu beben. Edeltraut lehnte sich zurück und lächelte breit.

„Sie ist erwachsen, Süßer."

Ein lautes Schnauben war seine Antwort.

„Lass mich." Mit schüttelndem Kopf sah er ihnen noch immer hinterher.

„Du bist ja süß. Ich habe mir immer einen Bruder gewünscht, der auf mich aufpasst und du beschützt deine Schwest…" Weiter kam sie nicht.

Tak fiel ihr ins Wort.

„Warum sollte er sie denn beschützen wollen? Catherin ist ein erwachsener Mensch und Leo ein netter Kerl. Also können sie doch tun und lassen, was sie wollen."

So schulmeisterlich sein Tonfall klang, so besserwisserisch sah er jetzt auch zu Castigo hinüber.

Castigo drehte sich weg und winkte ab.

„Ach, was geht dich das an? Ich muss mich nicht vor dir rechtfertigen."

Edeltraut spürte, wie sich die Stimmung zusehends

verschlechterte, und rutschte daher näher zu Castigo hin. Mit einem kleinen Stups gegen seine Schulter versuchte sie das Eis zu brechen. Als das nicht zu funktionieren schien, flüsterte sie so leise, dass nur er es hören konnte.

„Aufgeregt wegen morgen?"

Langsam drehte er sich zu ihr und wenn Blicke hätten töten können, dann wäre es das für sie gewesen. Und wandte sich ohne einen weiteren Kommentar von ihr ab. Die Arme auf die Knie gestützt saß er da und stierte wütend vor sich auf den Boden.

Edeltraut behielt ihn im Auge und entdeckte eine Veränderung bei ihm. Da tat sich doch was. Kleine Lachfältchen bildeten sich um seinen Mund. Sie gab ihm noch einen Stups. Lächelte ihn an und die Fältchen um seine Mund wurden größer, auch wenn sein Lächeln noch immer zum Boden gerichtet war.

„Ging mir ähnlich. Alles um mich herum war irgendwie zu kurz und zu lang."

„Hey! Was ist denn los mit dir? Sag mal", rief Tak.

„Sei einfach mal still und lass ihn in Ruhe", befahl Edeltraut in scharfem Ton. Seine bohrende Neugier konnte sie jetzt nicht ertragen. Tak zuckte zusammen. Plötzlich fühlte er sich wieder wie der kleine Schuljunge, der vom Lehrer zurechtgewiesen wurde. Was hatte er jetzt wieder falsch gemacht? Er war sich keiner Schuld bewusst.

Edeltraut konnte sich gut in Castigo einfühlen. Vor wenigen Augenblicken hatte sie noch in der gleichen Situation gesteckt, und Tak, der alte Provokateur, sollte ihn gefälligst in Ruhe lassen. Sie sah zu Castigo rüber. Seine Haltung war entspannter und sein Blick klebte nicht mehr am Boden fest. Das machte ihr Mut und sie flüsterte ihm zu.

„Lehn dich einfach zurück und beobachte. Nicht alles benötigt eine Reaktion."

Ein breites Grinsen erschien auf seinem Gesicht.

Lennja, die das Spielchen der beiden von der gegenüberliegenden Seite aus beobachtet hatte, war über die Intimität der beiden nicht sonderlich erfreut. War da was zwischen ihnen? Vielleicht hatte sie sich von Castigo mehr erhofft, als sie sich eingestehen wollte. Auf Spielchen hatte sie auf jeden Fall keine Lust. Solchen Mist kannte sie schon von ihrem Ex-Mann. Sie brauchte nichts Kompliziertes. Automatisch schlug sie ihre Beine in abgewandter Richtung übereinander. Sollten sie doch machen, was sie wollten. Jetzt bloß abgrenzen. So würde sie sich vor Verletzungen schützen. Der gute Samy Molcho fiel ihr ein. Von diesem Pantomimen hatte sie einiges über Körpersprache gelernt und was man daraus deuten konnte. Ihre Überlegungen ließen sie schmunzeln. Vielleicht gerade wegen dieser Überlegungen blieb sie mit ihren Beinen in dieser, ihnen gegenüber ablehnenden Haltung sitzen.

Nach und nach verabschiedeten sich die Leute und wünschten eine gute Nacht. Einige mit verhaltenem Gähnen, was auch nicht von den vor den Mund gehaltenen Händen verborgen werden konnte. Hoffentlich würde Nicoletta bald auftauchen.

„Was ist das denn hier für ein schlaffer Haufen?" Mit knallroten Wangen und großen Augen stand Nicoletta plötzlich neben ihnen.

„Geht's dir gut?", fragte Odette fürsorglich. Nicoletta nickte zufrieden. Mit strahlenden Augen schaute sie in die Runde.

„Habt ihr noch Lust, was zu trinken?" Ein Knurren ging durch die Runde.
Edeltraut legte ihren Kopf in beide Hände und tat so, als ob sie einschlafen würde.

„Weißt du, meine Liebe, wir haben eigentlich nur

noch auf dich gewartet. Wir wollen schlafen gehen. Morgen wird's auch noch mal turbulent und um ehrlich zu sein, ich hänge jetzt schon in den Seilen."

„Schade. Um jetzt direkt ins Bett zu gehen, dazu bin ich innerlich zu aufgewühlt." Dabei hingen ihre Arme schlaff an den Seiten herab und ihr Blick ging ziellos ins Weite. Sie sah verloren aus, fand Edeltraut.

„Komm doch mit auf mein Zimmer und dann können wir noch was quatschen, wenn du willst", bot Odette an. Die Augen von Nicoletta hellten sich auf und mit einem ‚Ich nehme noch was zu trinken mit, bin gleich wieder da' schoss sie davon.

Alex, der mit langsamen Schritten auf die Gruppe zukam, bekam das Ende ihrer Unterhaltung gerade noch mit und erkannte die Aufbruchstimmung.

„Na dann wünsche ich allen eine gute Nacht und freue mich auf morgen." Sein Blick verweilte einen Tick länger auf Edeltraut, die davon nichts mitbekam. Ihre Sensoren waren scheinbar schon aufs Schlafengehen eingestellt. Mit einer angedeuteten Verbeugung ging er in Richtung Treppe, hoch zum ersten Stockwerk.

„Wir uns auch", rief Castigo ihm nach. Im Davongehen hob Alex einen Daumen in die Höhe.

„Eigentlich ganz nett. Am Anfang fand ich ihn seltsam, doch wenn man mit ihm spricht, dann …" Edeltraut stutzte. Ein interessanter Typ, fuhr ihr durch den Kopf und ihr Blick folgte Alex, der die ersten Stufen erklomm. „Ich glaube, er macht seine Sache gut", brachte sie ihren Satz zu Ende. Rechtfertigte sie sich jetzt gerade? Vor wem?
Nicoletta stand mit einem Glas in der Hand vor ihnen und wartete.

„Von mir aus können wir!"

„Auf geht's", kam es von Tak, der nach dem

Rüffel von eben nicht mehr viel gesagt hatte. Sie stiegen gemeinsam die Treppe hinauf.

„Wisst ihr, dass unsere drei Zimmer …", dabei zeigte sie auf Odette und Edeltraut, „… dass sie alle völlig unterschiedlich sind? Wie sehen denn eure aus?"

„Morgen. Morgen kannst du dir von mir aus mein Zimmer ansehen, aber jetzt, jetzt will ich nur noch in die Falle, okay?", kam es ziemlich direkt von Castigo zurück.

Nicoletta schien völlig unbeeindruckt.

„Okay. Ich komm darauf zurück." Es war, als ob sie sich schon darauf freute, am nächsten Tag wieder etwas Neues entdecken zu können.

Als Lennja, Tak und Castigo zu ihren Zimmern abgebogen waren, standen die drei Übriggebliebenen noch da und wollten gerade Edeltraut Tschüss sagen, als sie ihnen anbot, wirklich bei ihr zu übernachten. Das Bett wäre groß genug, sie würden alle noch was töttern können und die herrliche Aussicht am Morgen würde es als I-Tüpfelchen noch dazu geben. Keiner von ihnen musste lange überlegen. Sie holten schnell ein paar Sachen aus ihren Zimmern und ruck zuck waren sie wieder da.

In ihrem cremefarbenen Seidenpyjama saß Nicoletta auf dem Bett. Die Farbe stand ihr gut. Mit dem Rücken gegen die Polsterung gelehnt, lugten ihre Beine keck aus den kurzen Hosenbeinen hervor. Odette, die ihren Kopf auf die Beine von Edeltraut gelegt und ein Bein über das andere geschlagen hatte, wirkte völlig entspannt. Wenn man die drei so fotografiert hätte, hätte man daraus ein Bild für Social Media machen und mit einem pfiffigen Spruch versehen können. Thema Glück oder Freunde oder, oder …

„Sollen wir uns einen Wecker stellen?", wollte Odette wissen. Auf die Frage folgte zustimmendes

Kopfnicken. Sobald sie sich auf eine Uhrzeit geeinigt hatten, wurden ihre Eindrücke bei den Gesprächen mit dem Journalisten ausgetauscht. So unterhielten sie sich noch eine ganze Weile, bis ihr Gähnen ihre Unterhaltung immer häufiger unterbrach. Jetzt war es wirklich so weit, sich endlich schlafen zu legen. Nach anfänglichem Gerangel um die Decke war bald darauf nur noch gleichförmiges Atmen zu hören.

„Guckt euch das mal an." Begeistert sprang Odette aus dem Bett und eilte mit leichtfüßigen Schritten an die riesige Fensterfront. „Das ist ja atemberaubend. Einfach unglaublich." Sie breitete ihre Arme aus. Ein Lächeln machte sich auf ihrem Gesicht breit. Gleich darauf hüpfte sie freudig an der Scheibe auf und ab.

„Mensch, Odette!", tönte es mürrisch unter einem Kissen hervor. „Der Wecker hat noch nicht mal geschellt, bist du eigentlich wahnsinnig?"

„Ihr müsst euch das ansehen!"

„Es ist mein Zimmer. Ich weiß, wie es aussieht." Und damit zog sich Edeltraut das Kissen weiter über den Kopf. Jetzt raschelte die Bettdecke. Hervor kam eine wundervoll zerwuselte Nicoletta mit rosigen Wangen. Die Augenbrauen unwirsch zusammengezogen, sah sie aus verschlafenen Augen zu Odette, die den Ausblick weiterhin genoss. Edeltraut musste ihren Kopf wohl unter dem Kissen hervorgeholt haben, denn plötzlich erklang es fröhlich.

„Nicoletta. Du siehst ja klasse aus! So solltest du deine Haare immer tragen. Viel besser als sonst."
Nicoletta verzog skeptisch ihr Gesicht. Sie fühlte sich veräppelt. Gerade als sie antworten wollte, wurde sie von Odette unterbrochen.

„Lasst doch mal eure Haare Haare sein. Schaut euch das da draußen mal an." Sie wies in Richtung See, außerstande, dabei ihren Blick von dem atemberaubenden Panorama abzuwenden. Die beiden Mädels, die noch im Bett lagen, drehten sich unter missmutigem Stöhnen und Murren in Richtung Fenster.

„Oh mein Gott! Das ist ja unglaublich!'

Odette drehte sich lächelnd zu ihnen um.

„Sag ich doch."

Im Morgennebel eingehüllt lag da der See ganz ruhig. Hier und da durchzogen ihn pastellene Lichtschleier. Fast wie im Märchen. Wunderschön.

„Ich könnte sofort reinspringen!"

„Oh, das würde ich aus mehreren Gründen nicht tun", entgegnete Nicoletta spontan. „Zum einen wird es viel zu kalt sein, zum anderen glaube ich nicht, dass man hier im Pyjama schwimmen gehen darf."

„So bieder sind die Schweizer nun auch wieder nicht, glaubt mir", entgegnete Edeltraut, lächelte und schaute sie so an, als ob sie genau wisse, wovon sie spricht.

Odette reagierte nicht weiter darauf, ließ sich mit der Schulter gegen das Fenster plumpsen und sah mit verträumtem Blick auf die spiegelnde Fläche, die vor ihnen lag.

„Mach doch nicht alles kaputt! Du bist so verdammt realistisch. Es geht doch bloß um die Vorstellung."

Kapitel 39

Zur gleichen Zeit in einem anderen Raum. Wie auch in dem vorherigen Zimmer bietet eine breite Glasfront Sicht aufs Wasser. Der Balkon, der den Platz für zwei eng aneinander geschobene Stühle weiterhin bereithält. Die zwei Gläser, die leer auf dem kleinen Tisch daneben stehen. Der Morgenhimmel, der sich in gelb-rötlichem Licht färbt. Die Farben lassen Himmel und Wasser fließend ineinander übergehen. Schon in wenigen Augenblicken wird alles ganz anders aussehen. Von dieser malerischen Stimmung bekommen die zwei Personen, die sich in im Zimmer befinden, nichts mit. Kleidung liegt verteilt im Raum herum. Der ansonsten sehr geordnete Raum erhält dadurch etwas Wildes.
Im Bett sind Personen zu erkennen. Ein Männerarm schmiegt sich liebevoll um die Hüfte einer Frau. Seine Fingerspitzen berühren ihren Bauch. Auf der Seite liegend, liegt sein Arm stützend unter den Kopf. Von oben wirkt es wie das berühmte Bild von Annie Leibowitz, das von John Lennon und Yoko Ono entstand. Das Zimmers spiegelt die Farben des Sees wieder, was ihm im Zusammenspiel mit der hellen Bettwäsche und den Möbeln etwas Frisches verleiht. Und noch etwas war

es, was dieses Zimmer mit dem See gemeinsam hat. Hier drinnen ist es ebenso ruhig und verträumt wie dort draußen.

Als Catherin ihre Augen öffnete, musste sie sich erst einmal orientieren. Ihre Augen wanderten umher. Hier war nicht ihr Zuhause. Langsam dämmerte es ihr. Das Treffen. Die Interviews. Ihres hatte sie noch vor sich. Ein leichtes Zucken durchfuhr sie bei diesem Gedanken.
Erst jetzt nahm sie die Hand, die auf ihr lag, war. Sie rührte sich nicht. Sie hatte nicht geträumt, es war also real. Vor lauter Freude bekam sie eine Gänsehaut. Sie schloss die Augen und holte tief Luft. Oh wie schön. Genüsslich räkelte sie sich. Ein Lächeln huschte über ihr Gesicht. Es war einfach perfekt. Er war zärtlicher, als sie es sich vorgestellte hatte. Es gibt Menschen, mit denen Sex einfach funktioniert. Dann ist es, als ob die Körper wüssten, wie sie miteinander umzugehen hätten. Keine schematischen Knöpfedrückereien. Hmm, einfach herrlich. Etwas Ähnliches war ihr bisher nur mit Luk passiert und … an den wollte sie jetzt nicht denken.
Leo, der mitbekommen hatte, dass sie wach war, küsste sie sanft auf die Schulter.
„Guten Morgen.“
Ohhh, allein dieser Duft machte sie schon völlig verrückt. Mit geschlossenen Augen inhalierte sie und drehte sich langsam zu ihm um.
Strubbelig sah er aus. Wunderschön strubbelig. Sie lächelte ihn an. Er fuhr sich mit einer Hand durch die Haare. Aus zusammengekniffenen Augen sah er zu ihr.
„Lust auf ’ne Dusche?“
Spontan hüpfte sie aus dem Bett und ging Richtung Bad. Ein Gedanke durchzuckte sie plötzlich. Was denkt er wohl über meine Figur, jetzt so bei Tageslicht? Ach egal, befand sie und lief fröhlich weiter.
„Du bist wunderschön“, rief er ihr nach.

Glücklich hob sie ihre Schultern und grinste zufrieden. Das tat gut! Anscheinend konnte er auch noch Gedanken lesen.

„Mensch. Guck mal! Warst du schon mal hier drinnen?"

„Wenn ich mich recht erinnere, waren wir gestern Abend zusammen hier im Bad, als wir uns um die Wette die Zähne geputzt haben."

„Nein, ich meine … Wow, die Fensterfront und diese Aussicht. Das ist ja der Knaller." Es war zu ihr getreten und gemeinsam standen sie nun da und genossen den atemberaubenden Blick auf den See.

„Wunder-, wunderschön."
Catherin ging langsam zum Fenster.

„VORSICHT", brüllte Leo, „da gucken Leute hoch."
Blitzartig schoss Catherin zurück nach hinten und drückte sich gegen die Wand. Drehte ihren Kopf zu Leo und sah, dass er sich das Lachen kaum verkneifen konnte.

„Du bist soooo …" Und damit stürzte sie auf ihn zu, um ihn zu boxen.
Er wehrte sie spielerisch ab.

„Ich dachte nicht, dass du so genant bist! Hatte gestern eigentlich nicht den Eindruck."
Sie boxte weiter auf ihn ein. Sie versuchte es zumindest, denn eine wirkliche Chance hatte sie nicht, da er sie mit einer Armlänge auf Abstand hielt. Plötzlich gab er nach und Catherin plumpste gegen seine Brust. Behutsam drückte er sie gegen sich und strich ihr über den Rücken.

„Sorry, aber ich musste …"
Sie boxte ihn noch einmal, aber nicht ernsthaft. Vorsichtig führte er sie zurück zum Fenster. Seine Hände legten sich enger um ihren Bauch. Sie ließ ihren Kopf gegen seine Schulter kippen. Eine wohlige Wärme durchfloss ihren Körper. Sie fühlte sich geborgen und ein Gefühl der Vertrautheit stellte sich ein. Seltsam, wo sie

doch sonst eher vorsichtig war. Wie ein Schutzschild stand er hinter ihr. Nicht mehr alleine stark sein müssen, schoss ihr durch den Kopf. An dieses Gefühl könnte sie sich vielleicht gewöhnen.

„Lass uns duschen gehen", schlug sie schnell vor, um dieses Gefühl nicht größer werden zu lassen.

„Und dieses Türkisblau an der Wand findest du gut?"

„Ja guck doch, es passt total zu dem Betongrau der restlichen Wände und beides in Harmonie zu den Farben des Sees. Das wäre ein Bad, wie ich es mir auch für mich vorstellen könnte, nur der Ausblick, der würde leider fehlen."

Er drehte sich langsam im Kreis und betrachtete den Raum prüfend.

„Ein Bad halt."

Sie verdrehte die Augen, machte eine Dusche an und stellte sich darunter. Platz war reichlich vorhanden und so planschte jeder fröhlich in seinem Bereich herum. Um präzise zu sein, hätte hier eine halbe Fußballmannschaft gleichzeitig duschen können, ohne dass sich jemand bedrängt gefühlt hätte. Was für ein Luxus. Aber insgeheim hatte sie sich von der Duschaktion ein wenig mehr erhofft. Sie schielte unauffällig zu ihm hinüber und sah, wie er sie unverhohlen betrachtete. Es sah aus, als wolle er ihr etwas sagen. Aber nichts passierte. Was ging in ihm vor? Am liebsten hätte sie nachgefragt. Aber das war eines der Sachen, die viele Menschen nicht leiden konnten und die oft als Verhörmethoden ausgelegt wurden. Sie wollte nichts kaputt machen. Dass sie sich über derartige Dinge Gedanken machte, zeigte ihr, dass ihr mehr an ihm lag. Er schien nicht nur ein netter One-Night-Stand zu sein.

Nichts kaputt machen wollen. Oh, oh, das löste Ängste bei ihr aus. Innerlich setzte schon der Rückzug ein. Nur nicht zu nah an sich herankommen lassen! Dann könnte ihr auch nichts passieren. Sie brauchte eine Ablenkung von diesen Gedanken und ließ warmes Wasser vom Kopf aus über ihren Körper laufen. Ein herrliches Gefühl. Sie wäre gern für immer so stehen geblieben – zumindest, bis sie ganz schrumpelig geworden wäre. Außerdem verdrängte es ihr Verlangen nach Leos Körper, der zum Greifen nahe war. War es nur sein Körper? Sie befürchtete, dass es mehr war. Mit beiden Händen schüttete sie sich Wasser ins Gesicht. Weg mit den Gedanken!

Der Ablauf des bevorstehenden Tages war eine willkommene Ablenkung für sie. Das Interview. Zu allem Überfluss knurrte jetzt auch noch ihr Magen. Mit Schwung drehte sie sich zu ihm, um ihn zum Frühstück zu überreden. Doch da standen sie sich unverhofft Nase an Nase gegenüber. Wie wild fing ihr Herz an zu pochen.

„Ich … ich wollte dich eigentlich nur fragen, ob wir nicht zum Frühstück aufbrechen sollen", stammelte sie verlegen. Ihre glühenden Wangen würden sie wohl verraten. Mit einer Hand nahm er galant ein riesiges Handtuch und wickelte sie beide darin ein. Oh wie wunderschön, dachte sie sich. Sie spürte seine Arme, die sich um sie gelegt hatten. Seine warme Haut, seine gleichmäßigen Atemzüge. Das tat so gut. Es war alles so vertraut. So, als ob sie schon jahrelang kennen würden. Als sie seine Lippen auf ihrer Stirn spürte, drückte sie sich enger an ihn heran. Mit einer Bewegung schob er sie sanft zur Fensterfront. Immer noch einen Arm um sie gelegt, öffnete er mit der anderen Hand die Terrassentür, die sich an der Seite des Panoramafensters befand. Sie gingen hinaus. Das riesige, flauschige Handtuch umhüllte ihre Schultern. Gemeinsam ließen sie sich, mit dem Rücken an die Wand gelehnt, nieder und schauten auf den See. Ihr Herzschlag hatte sich wieder beruhigt. Erstaunlich, dass es ihr in seiner Gegenwart möglich war zu entspannen, etwas für sie Seltenes und zugleich Kostbares. In der Anwesenheit der meisten Menschen empfand sie sich unter Anspannung und empfand einen innerlichen Druck. Bei ihm war es anders. Es dauerte eine Weile, bis sie es sich genehmigte, ihren Kopf gegen seine Schulter fallen zu lassen. Warum auch nicht? Allein seine Idee, sich mit ihr hier draußen hinzusetzen, fand sie doch ziemlich romantisch. Und da war es wieder. DADUM … DADUM … DADUMDADUM DADUMDADUM … ihr Herz. Es schlug wieder wie wild.

Die warme Hand an ihrer Schulter, die sie immer enger zu ihm hin zog, verstärkte ihre Erregung. Wo blieb ihr Fluchtreflex? Weg. Ungewohnt und auch schön, dass er nicht ausgelöst wurde. Sie konnte den Augenblick genießen. Die vertraute Stimmung nahm ihr die Angst, über ihre Gefühle zu sprechen.

„Vor dem Interview habe ich irgendwie ein mulmiges Gefühl. Ich will nicht, dass es mir danach schlechter geht."

Er drückte sie sanft. Diese kleine Geste schaffte es, ihre Sorgen zu dämpfen. Anstelle dessen wurde eine gewisse Neugier geweckt. Wie kam Leo eigentlich mit dem bevorstehenden Gespräch zurecht? Aus dem Bauch-gefühl heraus hielt sie die Frage in diesem Moment für unangebracht und behielt sie daher für sich.

„Wenn wir auf Auma treffen, dann bin ich gespannt, wie er sich uns gegenüber verhält. Immerhin war er einer der Typen, die uns gefangen genommen haben."

Wie cool. Daran hatte sie gar nicht mehr gedacht. Für sie waren die positiven Elemente vorrangig gewesen, aber er hatte recht. Das komisches Gefühl war wieder da. Ihr Magen zog sich zusammen. Wollte sie überhaupt darüber sprechen? Was wollte sie wirklich? Diese Unsicherheit war auch ein Grund für das Bedürfnis, ihre Gefühle für Leo nicht größer werden zu lassen. Denn das könnte Probleme geben. Nach Möglichkeit wollte sie sich aber alle Probleme vom Leibe halten. Sie atmete laut aus.

Sie spürte, wie ein Tropfen von ihren nassen Haaren den Hals herunterwanderte. Es war wie eine zärtliche Berührung.

Warum eigentlich nicht, warum soll ich es nicht doch versuchen?, schoss es ihr durch den Kopf.

„Fliegst du heute Abend direkt zurück?"

Seine Stimme holten sie zurück in die Gegenwart. Wie meinte er das? Automatisiert drückte sie sich von ihm weg und schaute ihn verwundert an. Hatte er das wirklich gefragt? War es etwa ein Angebot? In ihrem Bauch flatterte es vor Freude.

„Warum?"

Behutsam zog er sie wieder näher zu sich heran und flüsterte:

„Weil ich sichergehen will, auf keinen Fall mit dir zusammenzutreffen, du dusselige Nuss!" Er drückte sie noch fester an sich und strubbelte ihr durchs Haar.

Sie setzte sich aufrecht hin. Die Nähe ließ sie bestehen, rutschte sogar noch etwas enger an ihn heran.

„Was hättest du denn anzubieten?"

„Ich habe noch keinen Plan. Aber es fällt uns bestimmt was Schönes ein. Hast du Lust?"

Das Flattern in ihrem Bauch wurde größer und größer. Und die Art, wie er sie dabei ansah, machte es nicht gerade leichter. Sie fühlte sich wie im siebten Himmel.

„Okay."

Zack, riss er ihr das Handtuch weg und rannte davon. Das darauf folgenden Wettrennen gewann Leo natürlich und warf sich triumphierend aufs Bett.

„Gewonnen!"

Dabei riss er die Arme hoch und lachte dieses unbeschreibliche Lachen. Die winzigen Fältchen, die sich um seine Augen bildeten, hätte sie am liebsten direkt geküsst, und das, obwohl sie verloren hatte.

Außer Puste stellte sich vor ihn hin. Stemmte beide

256

Fäuste in die Hüfte, verzog den Mund und guckte beleidigt zur Decke.

Mit einer Hand klopfte er aufs Bett und lud sie ein, sich zu ihm zu legen. Ein ‚Bitte' nahm ihr dann gänzlich den Wind aus den Segeln. Elegant ließ sie sich neben ihm auf dem Bett nieder und stützte die Hände unters Kinn. Mit ihren Füßen wippte sie hin und her. Auch wenn sie seine Handtuchaktion im ersten Moment nicht so genial fand, so gab sie der ganzen Sache doch ihren besonderen Reiz. Am liebsten hätte sie ihn gepackt und so lange geküsst, bis sie nicht mehr konnte. Und noch viel länger. Doch er kam ihr zuvor, indem er sich zu ihr beugte und ihr einen Kuss auf die Stirn gab. Dann wanderte er herunter zu der Nase und anschließend zu ihrem Mund. WOW!

Ein Hitzeschwall durchströmte sie. Es war, als ob Lava durch sie hindurch strömen und gleichzeitig sprudelnde Bläschen in ihren Adern fließen würden. Dieser Mund. Mehr davon. Am Vortag hatte er sie schon völlig verrückt gemacht. Ihre Körper verschlangen sich ineinander. Jetzt noch mal, das wäre toll.

Doch anstatt ihren Gefühlen einfach nachzugeben, schubste sie ihn spielerisch von sich.

„Komm, sonst verpassen wir noch unser Frühstück." Mit einem Blick über ihre Schulter vergewisserte sie sich schnell, wie er auf ihre unerwartete Planänderung reagierte.

Doch Leo schien keineswegs verärgert oder missgestimmt.

„Lass es uns später nachholen." Dabei wirkte sein Grinsen unschuldig und zuckersüß. Sie musste lachen. Mit einer eleganten Bewegung drehte sie sich zu ihm und gab ihm einen dicken Schmatz auf seinen Bauch.

„Nicht schlecht."

Auf seinem Gesicht lag nun ein freches Grinsen.

„Mach ruhig weiter! Und von dort, wo du aufgehört hast, bitte nur noch abwärts."

Seine Augen blitzten sie herausfordernd an.

"Später."

Sie erhob sich rasch und warf ein herum liegendes Hemd in seine Richtung. Es schwebte vor ihm zu Boden.

"Nicht getroffen!"

Sie warf ihm eine Kusshand zu und zog sich ihre Sachen über. Während sie bereits bei ihren Schuhen angelangt war, lag er noch immer völlig nackt und entspannt auf dem Bett. Wieso hatte sie es so eilig, wegzukommen? Sie wusste es selber nicht. Stattdessen warf sie sich zurück aufs Bett, um ihn wild und leidenschaftlich zu küssen.

"Treffen wir uns gleich unten … oder …?"

"Oder? Ich warte am Absatz der Treppe, okay?"

"Okay." Und damit gab sie ihm noch einen letzten Kuss und verschwand.

Kapitel 40

Mit der Morgensonne um die Wette strahlend, schlenderten sie gemeinsam die Treppe, die zur Terrasse führte, hinunter. Es war so auffällig, dass sich einige Köpfe zu ihnen drehten und an anderen Tischen getuschelt wurde. Ob sich wirklich alles auf sie bezog, wusste sie nicht, aber es gefiel Catherin. Innerlich lächelte sie vergnügt. Ihr Blick ging zum Himmel, in dem kein Wölkchen zu erkennen war. Unter den von Sonne durchfluteten Sonnenschirmen erspähte sie einige Gäste, die ihren Platz schon gefunden hatten. Weiße Stofftischdecken, Kaffeeduft und frische Brötchen luden zu einem gemütlichen Frühstück ein. Sie spürte, wie ihr Magen grummelnde Geräusche von sich gab. Hunger, den hatte sie und sie freute sich aufs Frühstück. Der Ausblick auf den inzwischen türkisblau schimmernden See rundete die ganze Sache noch ab. Was für perfekter Start in den Morgen. Sie fühlte sich leicht und stark zugleich. Unverletzlich. Sollten die Leute doch reden, wenn sie wollten.

„Kommt, setzt euch zu uns", erklang es fröhlich. Es kam von Odette, die mit Edeltraut, Nicoletta und Lennja an einen mit frischen Wiesenblumen dekorierten

Tisch gemütlich zusammensaß. Catherin schnupperte. Da war er wieder, der Geruch, der ihr vorhin schon in die Nase gestiegen war. Frischer Kaffee! Die liebevoll dekorierten Marmeladengläschen, die Frühstückseier in ihren lustigen Eierbechern und duftende Brötchen machten es ihnen zudem leicht, die freundliche Einladung anzunehmen.

„Hmm, der Geruch von frischem Kaffee am Morgen ist einfach unschlagbar", beteuerte Catherin und machte Anstalten, sich zu setzen, woraufhin ein Rücken und Geschiebe von Stühlen folgte. Die Geräusche verebbten langsam, als alle ihre Plätze eingenommen hatten.

„Wir haben gerade überlegt, wie es wäre, wenn man hier leben würde", kam es von Lennja, deren Augen vor Begeisterung glitzerten.

„Also, wir haben uns vorgestellt, genau hier ein Haus zu bauen. Natürlich nicht so groß wie dieses hier. Ach übrigens, das hier müsste selbstverständlich weg. Dann gäbe es genügend Platz für unser neues Haus."
Catherin nickte begeistert.

„Selbstverständlich."

„Eher so ein Natursteinhaus. Mit anliegender Terrasse. Und einem Grundstück bis zum See."
Lennjas Blick wanderte hinunter zum See.

„Ohlala, hier in der Gegend!? Das wäre wohl unbezahlbar."
Mit einer abwehrenden Handbewegung schob Lennja Leos Kommentar einfach bei Seite.

„Papperlapapp!"

„Über Finanzen möchten wir hier bitte nicht sprechen. Über derartige Kleinigkeiten machen wir uns keine Gedanken!" Und prusteten los.

„Also ich wäre dabei", rief Nicoletta.
Catherin schaute zu ihr. Heute Morgen wirkte sie irgendwie anders, natürlicher. Gerade fiel ihr eine kleine

Strähne ins Gesicht. Es machte ihr Gesicht weicher und ließ sie entspannter aussehen. Was hatte sich verändert?

„Irgendwas hast du mit deinen Haaren gemacht. Du siehst anders aus. Klasse."

„Siehst du. Habe ich dir ja gleich gesagt. Direkt, als du noch ganz zerwuselt im Bett lagst."

„Ihr habt zusammen übernachtet?", schoss es aus Catherin hervor.

Edeltraut lehnte sich zurück und sah die beiden grinsend an.

„Ihr beiden, glaub ich, auch."

Leo grinste und gab Catherin einen Kuss auf die Wange.

„Dann sind unsere Übernachtungsmodalitäten ja geklärt. Wann seid ihr denn mit den Interviews dran, oder habt ihr es schon hinter euch?", wollte Catherin wissen, wohl auch, um von dem Thema abzulenken, und schob gleich noch eine Frage nach, die sie mehr zu interessieren schien:

„Habt ihr wirklich alle zusammen übernachtet?"

„Klar, Nicoletta war auch dabei." Was nun folgte, war eine ausführliche Beschreibung des vorherigen Abends und der viel zu zeitigen Weckaktion. Und alles nur, weil der See so romantisch ausgesehen hatte. Edeltraut knuffte Odette dabei liebevoll in die Seite.

Catherin konnte es kaum fassen.

„Dann habt ihr wirklich einen so gigantischen Ausblick aus eurem Zimmer?"

„Wenn du willst, kannst du ihn dir ja gleich mal ansehen."

„Ja klar, gerne. Aber erst mal frühstücken."

Das heitere Gemurmel um sie herum ließ darauf schließen, dass sich die Menschen, die sich hier zusammengefunden hatten, wohlfühlten. Ein guter Start in diesen aufregenden Tag.

Kapitel 41

Am Rand der Terrasse, unter einem Sonnenschirm, saßen Marielu und Alex zusammen und besprachen die weitere Vorgehensweise des heutigen Tages. Auma würde gegen Mittag dazukommen. Ganz wie von selbst war Marielu in die Rolle der Befragten gerutscht. Den fließenden Übergang hierzu hatte sie sehr wohl bemerkt und zugelassen. Es war für sie okay, anders als erwartet, aber okay. Dann hatte sie es hinter sich und konnte freier in den weiteren Tag schauen.

„… alles in allem war die Tatsache, dass die Gruppe auch noch getrennt wurde und ich einem Teil überhaupt nicht beistehen konnte, ganz fürchterlich für mich. Ich als Verantwortliche. Die Ungewissheit, was mit ihnen geschehen würde, konnte ich kaum aushalten. Zuerst bin ich natürlich davon ausgegangen, dass sie fliehen konnten. Das hatte mir Erleichterung verschafft. Nach ein paar Tagen – ich weiß nicht, wie es dazu gekommen ist – erfuhr ich, dass auch sie weiter in Gefangenschaft geraten waren. Das war der absolute Tiefpunkt. Ich fühlte mich völlig hilflos. Gerade ich, die ich gewohnt war, strukturiert zu agieren. Mein Handlungsspielraum war drastisch eingeschränkt." Lieblos stocherte sie mit der Gabel in den Resten des Rühreis herum. Vorhin hatte sie ihm noch erklärt, wie herrlich ein Frühstück mit einem guten Rührei war. Für sie der beste Start in den Tag. Und dass dieses Rührei hier perfekt war.

„Die Hilflosigkeit in dieser Situation. So etwas hatte ich noch nie erlebt. Die mangelnde Möglichkeit, mit den Entführern zu kommunizieren. Die ständigen Aggressionen. Das alles war eine enorme Belastung, nicht nur für mich. Wie sich die Situation auf die Jugendlichen ausgewirkt hat, haben Sie durch Ihre persönlichen Gespräche ja schon mitbekommen. Zwischendurch, da machte ich mir bittere Vorwürfe, mit ihnen überhaupt in die Hauptstadt gefahren zu sein. Die meisten zeigten sowieso kein Interesse an dem Ausflug. Aber ich wollte sie umstimmen. Ihnen ein möglichst komplettes Bild von Kenia zeigen. Dieses Land ist so wunderschön und facettenreich. Dass daraus ein Albtraum werden würde, daran hatte ich im Leben nicht gedacht."

Im Weiteren schilderte sie ihm die Willkür, der sie täglich ausgesetzt waren. Mal durften sie ein paar Stunden an die frische Luft, am nächsten Tag blieben sie in der staubigen und stinkenden Hütte eingesperrt. Nichts, aber auch gar nichts war vorhersehbar. Ihren Jugendlichen hatte sie eingebläut, zum Toilettengang immer jemanden mitzunehmen. Es gab keine Peinlichkeiten mehr. Am Anfang hatte sie noch versucht, die meisten von ihnen zu begleiten. Doch das war auch keine ideale Lösung. Dann blieb der andere Teil der Gruppe schutzlos zurück. Wie sie es auch drehte, sie konnte nicht allen helfen. Die Situation zerriss sie innerlich. Später hatte sie erfahren, dass es der anderen Gruppe ähnlich ergangen war und ihnen einigen noch schlimmere Dinge widerfahren waren. Was ihnen fehlte, war jegliche Art von Schutz.

Lange, sehr lange Zeit habe sie sich aus diesen Gründen Vorwürfe gemacht. Ob der Selbstmord Yumas zu verhindern gewesen wäre? Hätte sie ihn schützen können? Wenn die Gruppen nicht getrennt worden wäre, wie wäre es dann gelaufen? Fürchterliche Dinge mussten ihre Jugendlichen miterleben. Dinge, die für Erwachsene schon schwer zu ertragen waren. Yuma, der den Zorn der Kidnapper immer und immer wieder auf sich gezogen hatte. Warum er das tat? Diese Frage konnte ihr keiner aus der Gruppe beantworten. Ob sie in der Lage gewesen wäre, positiv auf ihn einzuwirken? Wer konnte das im Nachhinein schon sagen. Sie wünschte so sehr, dass sie ihm hätte zur Seite stehen können oder irgendein anderer Mensch.

Aber diese ganzen Wenns und Abers führen zu nichts. Im Nachhinein verursachen sie einem nur ein schlechtes Gefühl und änderten rein gar nichts. Eine ganze Weile schlug sie sich mit dem Vorwurf herum, warum sie diese Reise überhaupt mit so jungen Menschen gemacht hatte. Aber da waren sie schon wieder, diese Wenns. Lächelnd hob sie die Augenbrauen.

Er spürte, wie ihr selbstbewusster Blick auf ihm ruhte. Zurückgelehnt saßen sie beide da. Ihre Arme lagen entspannt auf den Lehnen. Obwohl sie kleiner war als er, schaffte sie es irgendwie, auf ihn herabzuschauen. Es wirkte ein wenig arrogant, was ihrer sonstigen Verhaltensweise widersprach. Warum machte sie das?
Schön, im herkömmlichen Sinne, war sie nicht, fand er. Aber was für eine Ausstrahlung. Ihr direkter Blick. Die Natürlichkeit ihres Lachens. Die unbefangene Art zu erzählen. Das Gefühl, das sie ihrem Gegenüber gab, sich Zeit für ihn zu nehmen. Wirklich präsent zu sein. Eine Gabe, die nicht mehr allzu häufig zu finden war, stellte er anerkennend fest. Dann ihre Kleidung, schlicht und elegant. Ihr Partner konnte sich glücklich schätzen, mit so einer Frau zusammen zu sein.
War sie überhaupt verheiratet? Hatte sie Kinder? Wie gut,

dass er hinter seinen beruflichen Aufgaben die private Neugier verbergen konnte. So war es ihm möglich, fast alles in Erfahrung zu bringen.

Ihre Kinder seien zu dem Zeitpunkt der Unruhen noch klein gewesen, erzählte sie. Das sei als unterschwellige Belastung noch hinzugekommen. Sie brachte nicht nur die ihr anvertrauten Jugendlichen, sondern auch ihre eigene Familie in Gefahr. Bei ihrer Rückkehr habe ihr Mann sehr viel Geduld bewiesen und sei ihr mit viel Liebe entgegengetreten. Das hätte ihr gutgetan. Gemeinsam versuchten sie die Erlebnisse zu verarbeiten, besorgten sich aber auch noch professionelle Hilfe. Mittlerweile seien ihre beiden Kinder erwachsen und selbstständig.

Bei seiner Erkundigung, die sich auf den aktuellen Stand ihrer Beziehung bezog, musste sie lachen. Was das denn mit der Befragung zu tun habe, wollte sie wissen. Er war Profi genug, um ihr glaubhaft zu erklären, dass es als vollständiges Entwicklungsbild der Befragten wichtig sei. Sie hatte genickt. Ob sie ihm glaubte, konnte er nicht wirklich abschätzen. Aber sie antwortete ihm lächelnd, dass ihre Ehe glücklich und harmonisch sei. Durch das Geschehene vielleicht noch bewusster und aufmerksamer als zuvor. Lachend ergänzte sie dann noch, auch wenn sich alles zum Guten gewendet habe, würde sie niemandem eine solche Erfahrung wünschen. Unter Umständen würden auch Beziehungen dadurch zerstört.

„Wer weiß? Vielleicht hatte dieses Trauma auch Auswirkungen auf die Beziehungsfähigkeit dieser Truppe", fügte sie abschließend mit einem Blick auf den See noch hinzu.

Warum sie das denken würde, fragte er sie.

Mit der Zunge fuhr sie sich über die Lippe, so als ob sie etwas schmecken wollen würde, und ließ einige Zeit verstreichen. Ihre Augen wanderten durch ihre Gruppe. Mal ruhte ihr Blick länger auf der einen Person, mal huschte er schnell weiter.

„Nun, es gibt erstaunlich viele Singles in unserer Gruppe." An ihren Fingern ging sie die Teilnehmerliste durch und führte den entsprechenden Beziehungsstatus hinzu. „Na, sieht nicht gerade nach einer beziehungsfreudigen Truppe aus." Ihre Augenbrauen verzogen sich zu einer fragenden Geste. Alex, der seinen Blick ebenfalls durch die Reihen wandern ließ, grinste plötzlich. Er deutete auf einem Tisch, an dem Leo und Catherin saßen.

„Über Nacht könnte sich da etwas geändert haben."

„Ja, habe ich auch schon mitbekommen." Zufrieden lehnte sie sich zurück und genoss den Anblick des frisch verliebten Paares. Sie waren von einer Art Schutzschild, einer positive Aura umgeben, die sie bis zu sich hin spüren konnte, so meinte sie zumindest. Ein Grinsen flog über ihr Gesicht.

Es war schon eine ganze Weile her, da war es ihr genauso ergangen.

Erneut schaute sie zu ihnen hinüber. Selbst die kleinsten Gesten von ihnen waren erfüllt von Liebe und Zärtlichkeit. Blicke, die ein Leuchten in die Augen des anderen zauberten.

Eine wohliges Gefühl erfüllte sie. Alte Erinnerungen vermischten sich mit aktuellen Situationen. Auch wenn es in ihrer heutigen Beziehung nicht mehr so knisterte, so stellte sich mit Genugtuung fest, welch warmes und zugleich kraftvolles Gefühl sie erfüllte, wenn sie an ihren Mann dachte. Ein Gefühl tiefer Verbundenheit und Liebe. Wenn sie sich ihren Mann vorstellte, mit seinem für sein Alter immer noch recht sportlichen Körper und seinen schönen Händen, dann wirbelte es zwar nicht mehr wie wild in ihr herum, aber sie freute sich schon sehr darauf, zu ihm nach Hause zu kommen.

„Was lässt Sie so zufrieden strahlen?" fragte Alex.

Sollte sie ihm von ihren Empfindungen erzählen? Warum nicht!

„Ich freue mich einfach auf meinen Mann, wenn ich nach Hause komme."

Sie hatte sich für die kurze Version entschieden. Er grinste.

„Sind Sie verheiratet?", erkundigte sie sich.

„Ohoh. Das ist eine komplizierte Geschichte." Die Frage schien ihn zu beunruhigen, denn er stützte sich auf und rückte tiefer in eine Ecke, so als ob er sich verkriechen wolle.

„Sie müssen es nicht erzählen, wenn Sie nicht wollen." Beschwichtigend hob sie dabei die Hände in die Höhe.

„Alles gut. Ich war verheiratet, ist aber nicht gutgegangen. Sie fand, ich sei kein Beziehungsmensch." Mit verschränkten Armen schaute er sie an. Es war, als ob er eine kleine Festung um sich errichten würde. Die Mauer um seinen Körper herum hatte er schon aufgebaut. Ruhig und besonnen, so, wie es ihre Art war, ließ sie ihm etwas Zeit, um dann eine Frage zu stellen.

„Und Ihre Meinung dazu?"

„Ach, ich glaube, meine Meinung ist nicht relevant. Zu viele Fragen, zu viele Unterstellungen." Abrupt hörte er auf zu sprechen und machte eine Pause. Verschloss seinen Mund mit einem Finger und klemmte den Daumen unters Kinn. Sein Blick zu Boden gerichtet, schien er zu überlegen.

Und wieder ließ sie ihm Zeit. Beim Interview war er ähnlich mit ihr vorgegangen.

Er hob den Kopf, sah sie mit trotzigem Blick an. Die Arme immer noch geschlossen vor seinem Körper gepresst.

„Ja, und es gab dann wohl auch Zeiten, in denen ich nichts anbrennen ließ. Vielleicht war das ja der Hauptgrund."

Er brauchte sich nicht vor ihr zu rechtfertigen. Sollte sie ihm das sagen? Jeder konnte doch sein Leben leben, wie er wollte. Für sie wäre es reine Schulmeisterei gewesen, wenn sie jetzt etwas sagen würde. Daher ließ sie es sein. Zuhören, ohne zu werten, war eine Eigenschaft, die sie sich mit den Jahren angeeignet hatte. Es hatte eine befreiende Wirkung auf sie. Menschen so wahrzunehmen, wie sie sind, und sie so zu lassen, das hatte ihr viele wirklich neue Eindrücke verschafft und ihren Horizont in erstaunlicher Weise erweitert. Ein Austausch auf einer ganz neuen Ebene war möglich geworden. Ihr Schubladendenken, das sie in ihrer Jugend hatte, war fast völlig verschwunden und damit hörte sie nicht mehr nur das, was sie hören wollte. Außerdem liefen ihr dadurch erstaunlicherweise immer neue Menschen über den Weg. Menschen, die andere Lebenskonzepte hatten und anders dachten. Eine spannende und bereichernde Zeit hatte sich durch diese Art zu leben für sie aufgetan.

„Sollen wir jetzt mit den Interviews weitermachen?", fragte sie, ohne Druck zu machen.
Mit einem Grinsen wandte er sich ihr wieder zu. Rückte im Sessel weiter nach vorne, stützte sich auf den Armlehne ab und erhob sich.

„Können wir gerne machen."

„Es sind nicht mehr viele, die sich noch eingetragen haben, und die schaffe ich bis zum Mittag. Hoffe ich zumindest. Man weiß ja nie, was kommt."

„Weiterhin viel Erfolg." Sie prostete ihm mit ihrem Kaffeebecher zu und lächelte ihn an. Einen Moment lang blieb er einfach stehen und sah sie an.

„Danke. Danke, dass Sie es unkommentiert haben stehen lassen." Seine Hand streifte flüchtig ihren Arm. „Die meisten Menschen müssen irgendetwas Schlaues dazu sagen."
Er zwinkerte ihr zu und verschwand von der Terrasse.
Nach dem Frühstück sollten die Interviews fortgeführt

werden, so hatten sie es gestern vereinbart. Er blickte sich um. Niemanden war zu sehen. Er nahm sich die Liste, die noch am gleichen Platz lag wie am Vortag, und sah hinein. Wer war der Nächste?

Kapitel 42

„Das Rührei ist wirklich phantastisch." Castigo
schob sich eine Portion in den Mund. „Hmm…mm, und
der krosse Speck, einfach genial. Leute, der Tag ist
gerettet." Die letzten Worte wurden von der Serviette
verschluckt, mit der er sich über den Mund wischte.

„Ich bin ja eher der Müsli-Mensch. Ein ordent-
liches Müsli und frisches Obst, fertig."
Castigo beugte sich zu Tak und schaute auf seinen Platz.

„Wie Müsli sieht mir das da aber nicht aus?"
Mit der Gabel zeigte er auf Taks Teller, der mit gebrate-
nen Würstchen und Rührei gefüllt war.

„Aber wenn du lieber Müsli isst …" Dabei griff
er mit einer Hand nach dessen Teller.

Mit erhobener Gabel verteidigte sich der
vermeintliche Müsli-Esser.

„Finger weg, da kenne ich keine Freunde."

„Ohhhh, hört sich gefährlich an?" Castigo zog
grinsend seine Hand zurück und aß weiter.

„Solange ich nicht gefrühstückt habe, ist mit mir
nicht zu spaßen. Also Vorsicht. Danach ist alles okay, da
kann passieren, was will."
Zur Bestätigung nahm er eine Gabel voll, schob sie sich

in den Mund und schaute Castigo genüsslich kauend an.

„Hattest du das auch schon vor unserer Gefangennahme? Ach du Scheiße …"

Bestürzt sprang Castigo auf und fasste sich gegen die Stirn.

„Jetzt hätte ich fast meinen Termin bei Alex vergessen."

Schnell schaufelte er noch zwei Gabeln Rührei in seinen Mund und kaute hektisch darauf herum, spülte sie mit dem letzten Rest seines Kaffees hinunter, klopfte Tak freundschaftlich auf die Schulter und verschwand.

„Du hast noch Ei am Mund", rief ihm Tak hinterher.

Castigo wischte sich rasch um den Mund, konnte aber nichts entdecken. Taks schallendes Gelächter machte ihm klar, dass er veräppelt wurde. Seine Reaktion war ein erhobener Mittelfinger, den er ihm im Davongehen präsentierte.

Castigo erkannte Alex schon von Weitem, wie er mit der Liste in den Händen auf ihn wartete.

Castigo hastete auf ihn zu.

„Sorry, ich bin der Nächste. Mein Frühstück hat mich so begeistert, dass ich unseren Termin fast vergessen hätte."

„Alles in Ordnung? Gut geschlafen? So weit alles okay?"

„Bestens."

Castigos Hände glitten in seine Hosentaschen und ballten sich zu Fäusten.

„Wohin sollen wir uns setzen?"

Alex zeigte mit einer Hand nach draußen und mit der anderen nach innen.

„Hier drinnen ist es noch schön leer, dafür ist er draußen herrlich frisch und sonnig."

Castigo deutete mit dem Kopf nach draußen.

„Wenn wir draußen was finden, wäre das toll. Nicht zu nah an der Terrasse und im Schatten, dann wäre ich dabei."

Ein Bediensteter, der ihre Unterhaltung mitbekam, bot ihnen Hilfe an. Er zeigte ihnen einen Platz, an dem sie ihre Ruhe hatten und gleichzeitig an der frischen Luft waren.

Sie folgten ihm zu einer Sitzgruppe, die von drei stattlichen Laubbäumen überdacht wurde und gleichzeitig einen herrlichen Blick auf den See bot. Genau richtig, dachte Castigo.

„Jo, hier lässt es sich aushalten."

Castigo sah sich um, hielt seine Arme aber schützend vor der Brust verschränkt.

„Ich möchte bitte noch etwas bestellen."

„Sehr gern."

„Für mich einen Latte Macchiato und für Sie?" Castigo wies auf den Journalisten.

„Das Gleiche bitte."

Die Bedienung wandte sich ab und ging. Jetzt waren sie alleine.

Aus einiger Entfernung drang Gemurmel von der Terrasse herüber. Zwischendurch war immer wieder Gelächter und Gekicher zu hören.

Alex begann ihr Gespräch mit ein paar Fragen zu Castigos Beruf und seinem Aufgabenfeld. Anschließend zu seinem Elternhaus. Bei dem letzten Thema hielt sich Castigo mehr als bedeckt.

Alex' Bemühungen, mehr aus ihm herauszubekommen, schlugen fehl. Er war nicht bereit, sich näher darüber auszulassen. Für Alex war es insofern in Ordnung, als er hoffte, über Castigos Schwester mehr zu erfahren.

Das Gespräch geriet immer wieder ins Stocken und Alex hatte Mühe, Castigos Augenmerk in Richtung der gemeinsamen Reise zu lenken. Irgendwie verlief das Gespräch anders als bei den Vorherigen. Von Anfang an, hatte Alex das Gefühl aktiv sein zu müssen, doch das schien die verkehrte Taktik gewesen zu sein.

Mit einem energischen Ruck setzte sich Castigo in die Ecke des Sofas. Beide Hände hielten das Getränk umschlossen. Vor Anspannung waren seine Knöchel ganz weiß. Der Schaum begann zu zittern. Unvermittelt stellte er das Glas ab.

„Lassen Sie uns schnell zum Punkt kommen, so ersparen wir uns beiden viel Zeit."

Die Worte wirkten wie eine Kampfansage, sein zusammengekniffener Mund und der gesenkte Kopf vervollständigten diesen Eindruck.

„Gut. Erzählen Sie. Wie haben Sie die Situation damals erlebt?"

„Wie soll ich sie schon erlebt haben? Es war für mich so traumatisch wie für jeden von uns."

Pause.

Die Anspannung schien sich zu verstärken. Rasch hob und senkte sich sein Brustkorb. Beide Hände lagen völlig verkrampft in seinem Schoß. Den Blick stur zu Boden gerichtet. Langsam ballten sich seine Hände zu Fäusten. Jetzt musste Alex geschickt agieren, sonst würde das Interview in die Hose gehen.

„Wie haben Sie Ihre Befreiung empfunden?"

„Ach, sind wir jetzt schon bei der Befreiung? Das ging aber schnell."

Seine Fragen hatten einen zynischen Beigeschmack. Mit erhobenem Blick sah er Alex jetzt vorwurfsvoll in die Augen.

„Ich dachte mir, dass es vielleicht einfacher für Sie wäre, wenn Sie dort beginnen. Aber von mir aus, fangen Sie dort an, wo Sie wollen."

Warum duzte er einige Leute, überlegte Alex, und andere siezte er automatisch? Warum er ausgerechnet jetzt daran denken musste, wusste er auch nicht. Wahrscheinlich hatte er es immer schon so gemacht, aber warum? Jetzt war aber nicht der Zeitpunkt, um darüber nachzudenken. Im Moment sah es so aus, als ob das ganze Ding gleich den Bach runtergehen würde.

„Kommen Sie, lassen Sie uns ein paar Schritte am See entlang gehen."

Völlig entgeistert schaute Castigo zu ihm hoch, stand dann aber auch auf und ging mit. Alex lenkte das Gespräch auf neutrale Themen. Den See und die kleinen Boote, die darauf herumschaukelten. Vom Wassersport kamen sie auf die Freizeitangebote, die in diesem Gebiet möglich waren, und irgendwann, ohne dass es Castigo richtig mitbekam, leitete Alex ihn elegant zu dem eigentlichen Thema.

Castigo begann zu erzählen.

Er berichtete von den herrlichen Ausflügen, die sie noch vor der Gefangennahme unternommen hatten. Die Vorfreude über den bevorstehenden Tauchausflug. Dann die Städtetour, die keiner richtig wollte, und die daraus resultierende Geiselnahme. Seine Beschreibungen hörten sich an wie die eines unbeteiligten Beobachters. Sehr präzise und detailgetreu. Gefühle wurden nicht berücksichtigt. Seine Darstellungen glichen mehr einer Analyse als einer emotionalen Wahrnehmung.

Marielu erhielt einen besonderen Stellenwert. Über die ganze Zeit habe sie es geschafft, ihm Zuversicht und Sicherheit zu vermitteln.

Um seine Schwester habe er sich viel mehr Sorgen gemacht als um sich selbst.

Die Verhältnisse im Lager und die hygienischen Zustände wurden nur oberflächlich abgehandelt. Doch bei dem Ereignis, bei dem er austreten musste und Männer zu ihm gekommen waren, da geriet er ins Stocken und räusperte sich. Alex spürte, dass dort etwas passiert sein musste, das größer war als das bisher Erzählte.

Es knackte laut. Alex blickte fragend zu Castigo, der durch das Kneten seiner Hände dieses Knacken hervorrief. Er selbst schien es gar nicht wahrzunehmen.

Jetzt waren seine Arme wieder eng um seinen Körper geschlungen. Wie ein Tier im Zoo pendelte er vor und zurück und schaute mit leeren Blick an Alex vorbei. Dann fuhr er mit seiner Darstellung der Ereignisse in einer neutralen Berichtsform fort.

Es seien Männer gekommen. Die hätten ihn erst herumgeschubst, gerufen und dabei gelacht. Er habe nicht gewusst, was er machen sollte. Um Hilfe zu rufen, dazu hatte er viel zu viel Angst. Außerdem habe er nicht gewusst, ob es überhaupt genutzt hätte. Auf ihn haben sie wie eine wilde und unkontrollierte Truppe gewirkt. Unberechenbar. In dem Moment, als er eine Möglichkeit zur Flucht erkannt habe, konnten sie ihn leider stoppen.

Zwei Männer hielten ihn fest und zerrten an ihm herum. Dieses irre Gejohle würde ihm ein Leben lang in Erinnerung bleiben. Castigos Blick lief an Alex vorbei, vorbei auf die hellen Sonnenflecken des Sees. Doch auch davon schien er nichts mitzubekommen. Nicht die kleinste Bewegung war bei ihm zu erkennen, noch nicht einmal sein Atmen.

Doch dann sah Alex, wie er auf einmal tief Luft holte und langsam den Kopf hob. Stockend ging es weiter. Castigo schilderte, wie ihm ein Mann die Waffe erst an die Schläfe gehalten und dann in den Mund gesteckt habe. Wie verwundert er über das warme Metall war. Wie verrückt, an was man in so einer Situation denken musste. Eigentlich hätte das Metall doch kalt sein müssen. Dann beschrieb er ihre irren Gesichter und wieder ihr irres Gelächter.

Immer wieder dieses Lachen.

Ein lauter Befehlston habe die Männer zusammenschrecken lassen und das ganze Spiel nahm ein so jähes Ende, wie es begonnen hatte. Sie ließen ihn wie einen nassen Sack fallen. Erst als er allein war und zusammengekauert am Boden lag, habe er gemerkt, dass seine Wangen ganz nass waren und r am ganzen Körper zitterte.

Später, in der Hütte, hätte ihn seine Schwester dann gefragt, was los sei. Er habe ja ganz nasse Augen. Irgendetwas von hingefallen, sich wehgetan und so weiter, habe er ihr vorgeschwindelt. Sie sollte doch nicht noch mehr verängstigt werden, als sie es ohnehin schon war. Und was hätte es auch genutzt? Ab diesem Zeitpunkt habe er dafür gesorgt, dass seine Schwester nie wieder alleine vor die Hütte ging. Wenn möglich, immer in Begleitung von mindestens zwei Personen aus ihrer Gruppe.

Ohne ein weiteres Wort zu wechseln, gingen die beiden Männer nebeneinander her, bis Castigo ganz allmählich die Herrlichkeit dieses Ortes wieder wahrzunehmen schien.

Sein Kopf bewegte sich wieder. Er blickte umher und deutete auf ein paar Ruderer in einem Boot, die Probleme hatten, Kurs zu halten. Das amüsierte ihn. Der Reporter sah ihn an.

„Ich danke Ihnen dafür, dass Sie mir Ihre Geschichte erzählt haben.“

Castigo lächelte ihn an.

„Ich wünschte, es wäre nur eine Geschichte.“ Castigo bückte sich und warf einen Flitschstein ins Wasser. Mehrere Male tippte er auf und versank.

„Wie cool, das hab ich seit Jahren nicht mehr gemacht.“

Alex bückte sich, um für sich nach einem geeigneten flachen Stein zu suchen.

„Gute Idee.“

Dann warfen sie um die Wette.

„Fünf Mal.“

„Ha, sieben Mal."
„Das kann ich besser."

Kapitel 43

Von der Terrasse beobachtete Catherin die beiden Männer.

„Scheint 'ne schwierige Geburt zu sein", sagte sie, zum See gewandt.

Edeltraut stützte ihr Kinn auf die Hand.

„Glaube auch. Ich habe sie auch schon 'ne Weile im Auge. Deinem Bruder merkt man gar nichts an. Immer heiter und witzig. Ein offenes Ohr für andere. Charmant und weltoffen. Jetzt scheint eine andere Tür geöffnet worden zu sein."

„Ich weiß nicht, ob ich das gut oder schlecht finden soll."

„Wahrscheinlich doch gut. Denn wer weiß, ob er überhaupt schon mal über die Dinge gesprochen hat, die er damals erlebt hat."

Catherin friemelte nervös an der Schleife ihres Stuhlbezugs herum.

„Ich will nicht, dass es ihm schlecht geht."

„Wird es nicht …", beruhigte sie Leo, „… und wenn, dann sind wir für ihn da."

Erst nachdem Leo ihr antwortete, wurde ihr klar, dass sie ihre Gedanken laut ausgesprochen hatte. Sie drückte sich an Leo, der sie behutsam in seine Arme schloss.

„Ich weiß nicht, ob ich das Interview überhaupt noch will", flüsterte sie in sein Ohr.

„Wenn du nicht willst ...", sagte er, ebenso leise, „... dann kannst du es einfach lassen."

Seine Hand glitt ihr dabei sanft über den Kopf.

So einfach war das!

Auch wenn sie sich eingetragen hatte, musste sie nicht hingehen. Früher wäre es für sie keine Option gewesen. Wenn man etwas zugesagt hatte, dann musste man es auch einhalten, egal was passierte, so war sie erzogen worden.

„Guckt euch das mal an. Die spielen Steinehüpfen auf dem See." Odette war ganz begeistert.

„Ohhh, das ist ja cool, das würde ich jetzt auch gern machen", stimmte auch Nicoletta mit ein.

Max, der ihre Äußerung mitbekommen hatte, drehte sich zu ihr.

„Wer zuerst am See ist!"

Damit rannte er los. Nicoletta stürzte ihnen hinterher.

Auch Lennja, die alles vom Nachbartisch aus mitbekommen hatte, rannte hinterher.

Tak war völlig irritiert und hob erstaunt die Hände.

„So schnell können Unterhaltungen beendet sein." Pia und Tim lachten.

„Beinahe wäre ich auch losgestürmt", gab Tim lachend zu.

Pia grinste ihn an und gab ihm einen Klatsch an den Hinterkopf. Pia liebte es, wenn er so war, und drückte sich an ihn.

„Ich bin froh, dass wir's schon hinter uns haben." Tim lehnte seinen Kopf gegen sie.

„Jetzt kommt nur noch Auma." Pia schaute auf ihre Uhr. „Ist gar nicht mehr soooo lange hin."

Sie schauten sich an.

Auch Tak schien eigentümlich berührt.

„Ist schon eine merkwürdige Situation. Ich dachte, ich würde ihn nie wieder sehen. Na ja, ich dachte ja auch, er sei tot, und jetzt werden wir sogar mit ihm sprechen können. Ob er wohl unsere Sprache spricht?"
Mit den Augen verfolgten sie die größer gewordene Gruppe am See. Es hatte sich etwas verändert dort unten.

Castigo, eben noch ernst und erstarrt, war wie ausgewechselt. Seine Bewegungen fließend und nicht mehr abgehackt. Jetzt alberte er sogar mit Lennja herum. Ärgerte sie, wenn sie zu einem Wurf ansetzen wollte.
    „Ich glaube, wir müssen deinen Bruder nicht retten", sagte Leo und küsste sie zärtlich aufs Ohr.
    „Glaub' ich auch nicht." Und sie ließ sich in Leos Umarmung fallen.

Es war ein herrlicher Spaß. Alles Schwere und Bedrückende war weggeblasen. Er fühlte sich wie ein Schulkind.
Männer werden acht, danach wachsen sie nur noch! Dieser Spruch schoss ihm durch den Kopf und brachte ihn zum Lachen. Und zwar so laut, dass Lennja ihn verwundert ansah. Sie verstand nicht so recht, was der Grund dafür sein konnte.
Wie süß sie aussieht, mit ihren strubbeligen, hellblonden Haaren, dachte Castigo.
    „Hast du Angst zu verlieren oder warum hörst du auf?", ertönte es in verwegenem Ton von ihr. Da stand sie kurz vor dem Wasser und sah ihm herausfordernd in die Augen.
Ganz schön frech, fand er.
Sollte er es machen? Vielleicht würde sie ja sauer werden. Aber nach dem Gespräch fühlte er sich so unglaublich erleichtert, dass er nicht weiter darüber nachdenken wollte, und rannte einfach los.
PLATSCH !

Vergnügtes Lachen erklang von den Umherstehenden. Klatschen und ein paar ‚Oh mein Gott's, oder ‚Ach du Sch…' waren auch dabei.

Catherin, die alles mitbekommen hatte, schlug die Hände vor den Mund und sprang auf. Nun hatte die Situation am See die ungeteilte Aufmerksamkeit der gesamten Frühstücksgesellschaft. Catherin, die mitbekommen hatte, wie Castigo Lennja gepackt und mit ihr in den See gesprungen war, rannte, neugierig geworden und auch etwas aufgeregt, mit den anderen zum See hinunter.
„Bist du jetzt völlig durchgeknallt?"
Bis zu den Hüften standen sie im Wasser. Lennjas bunt geblümte Bluse, das breite Band um ihre Taille, alles hing nun durchnässt an ihr herunter. Von den Haarspitzen rann ihr Wasser übers Gesicht. Ihr Aussehen glich dem einer kampfbereiten Amazone, nur eben in blond und etwas moderner.
Für einen Moment war es ganz still, denn jeder der Umherstehenden erwartete ein Gewitter, das über Castigo hereinbrechen würde. Mit Castigos Aktion hatte keiner gerechnet und es war so schnell gegangen, dass man noch nicht sagen konnte, wie man eigentlich dazu stand.

Catherin war amüsiert. Ihr Bruder. So war er nun mal, und sie liebte diese Facette an ihm. Hoffentlich war Lennja nicht allzu sauer.
Es passierte immer noch nichts. Man hätte eine Stecknadel fallen hören können, selbst die Vögel hatten aufgehört zu zwitschern.
Mit erhobenem Kopf sah Lennja Castigo in die Augen, der von seiner Aktion nicht mehr ganz so überzeugt zu sein schien.
Sie ließ ihn noch einen Augenblick zappeln, bevor sie sich mit einem wilden ‚Uhhhhaaaaa' auf ihn stürzte und

versuchte, ihn zu zoppen.

Catherin war sich sicher, dass dies nur gelang, weil ihr Bruder erleichtert war, dass Lennja nicht sauer auf ihn war. Sonst hätte sie es kaum geschafft, ihn unter Wasser zu tauchen.

Ihr Bruder war so süß.

Leo, der von der Aktion genauso begeistert war, schlang seine Arme um Catherin und gab ihr einen dicken Kuss auf den Hals. Sie drehte sich zu ihm, sah ihn an und gab ihm einen riesigen Schmatz auf seinen göttlichen Mund. Leo war einfach toll.

Unterdessen im See.

Nach ihrem kurzen Kampf traten Lennja und Castigo gemeinsam aus dem Wasser.

„Ich hoffe, du bist nicht allzu sauer auf mich?" Zeitgleich schüttelte er seine Haare, wie ein nasser Hund. Die Tropfen, die ihr dabei ins Gesicht flogen, wischte sie sich demonstrativ langsam ab.

„Oh sorry! Ich bin eben ein Gentleman! Durch und durch."

Du bist schon klasse so, wie du bist, dachte sich Lennja und grinste ihn an.

Castigo hatte sein schönstes Lachen aufgesetzt.

Zum einen, weil ihm die Art von Lennja immer mehr gefiel, und zum anderen, weil er bei der Rangelei unter Wasser mitbekommen hatte, dass der Rest von ihr auch nicht schlecht war. Alles in allem eine richtig gute Aktion von ihm, resümierte er. Mit diesem Hochgefühl ging er einen Schritt auf Lennja zu, die ihm dabei entgegen kam. Doch dann ging sie mit zügigen Schritten einfach an ihm vorbei!

„Jetzt werd' ich mich erst einmal umziehen, bevor ich mit meinem Interview starte."

Damit verschwand sie in Richtung Terrasse.

Wie schade, fand Castigo. Das Interview hatte er gar nicht mehr im Kopf. Mist, hoffentlich war ihr seine Aktion nicht zu verrückt. Quatsch, beschloss er, denn er fand seine spontane Idee klasse, und als er sich dann noch an die Balgerei im Wasser erinnerte, funkelten seine Augen. Ja, war alles okay, entschied er.

Catherin hielt die Hand vor den Mund gepresst. Sie war jetzt wieder besorgt, weil sie die Situation nicht genau einschätzen konnte. Mit aufgerissenen Augen drehte sie sich zu Leo.

„Ich glaube, mein Bruder bekommt Ärger."

„Ooooh nein, das glaube ich nicht. Guck dir doch mal Lennja an. Sie sieht gar nicht wütend aus."

Damit hatte er wohl recht. Jetzt sah sie es auch. Lennja war zwar pitschnass und ging mit großen Schritten geradewegs zum Haus, aber in ihren Augen war ein lustiges Funkeln zu erkennen. Um ihren Mund erkannte sie kleine Lachfältchen. Er hatte recht, sie sah glücklich aus.

„Weißt du was, ich glaube, ich muss dich auch mal in den See werfen, wenn das dann eine derartige Wirkung hat", neckte Leo sie. Seine Bemerkung nahm sie nur mit halbem Ohr auf, da ihre Aufmerksamkeit wieder bei ihrem Bruder lag. Sie versuchte herauszufinden, wie es bei ihm aussah. Mit den Händen in den Hosentaschen stand er da und schaute Lennja mit einem verschmitzten Grinsen hinterher. Eine kleine Pfütze hatte sich unter ihm gebildet. Alles schien in Ordnung zu sein, vielleicht sogar mehr als das. Wie schön! Unstimmigkeiten konnte sie einfach nicht leiden. Ihrem Bruder sollte es immer gutgehen und jetzt erst recht, wo sie sich hier so wohl- fühlte. Er brauchte das ebenso wie sie. Wie von selbst fielen ihre vor Anspannung hochgezogenen Schultern herab und sie atmete tief durch. Was ein Glück für ihn. Wenn sie es sich recht überlegte, als potenzielle Partnerin ihres Bruders hatte sie Lennja noch nie gesehen. Irgendwie komisch. Ganz neu. Aber auch GUT.

Jetzt drangen auch Leos Worte wieder zu ihr durch.

„Ich sehe, du genehmigst deinem Bruder die Sache mit Lennja. Das freut mich! Denn für ihn wird es unglaublich wichtig sein, was du von dieser Liaison hältst."

In weiser Voraussicht duckte sich Leo und hielt schützend die Hände vor sich.

Catherin verdrehte aber nur die Augen und drehte den Kopf zur Seite. Irgendwie hatte er ja recht, aber sie fühlte sich halt für ihn verantwortlich.

Leos Art gefiel ihr, wie er alles gerade heraus auf den Punkt brachte, und außerdem in einer diplomatischen Form, die sie gut annehmen konnte.

„Brauchst dich nicht verteidigen. Ich schlage keine Schwächeren."

Lächelnd rückte sie näher und seine Arme umschlossen sie ganz fest. Geborgenheit, schoss ihr durch den Kopf, als seine Lippen ihren Kopf sanft berührten.

Kapitel 44

In ihrem Zimmer angekommen, zog Lennja sich schnell etwas Trockenes an, um anschließend zu ihrem Termin zu kommen.

Alex, der die Aktion ja mitbekommen hatte, brauchte nicht informiert zu werden. Das war beruhigend für sie. Obwohl sie sich – um ehrlich zu sein – in diesem Moment gar keine Gedanken darüber machte. Alles kribbelte in ihr. Sie fühlte sich beschwingt. Vor lauter Glück hätte sie hüpfen können. Das Grinsen auf ihrem Gesicht wollte nicht verschwinden. Sie schob mit beiden Zeigefingern ihren Mund zusammen, aber … plopp, da war es wieder, ihr Grinsen. Was für eine coole Aktion. Was für ein cooler Typ. Raus aus dem normalen Trott. Mal was Verrücktes tun. Ihr Körper fühlte sich an, als ob die doppelte Menge Sauerstoff durch ihre Adern fließen würde. Was sollte sie jetzt anziehen? Hmm. Ihr Blick fiel auf ein Kleid in ihrem Schrank. Würde ihm bestimmt auch gefallen. Sie grinste. Es war ein knielanges, im Empirestyle geschnittenes, weich fallendes Seidenkleid. Sie hielt es vor sich, schaute in den Spiegel und drehte sich übermütig im Kreis. Vor lauter Freude hätte sie schreien können. Den Blick zum Spiegel gerichtet, hielt sie noch einmal inne und betrachtete sich wohlwollend. Sie drehte sich hin und her und befand, dass ihr Rot verdammt gut stand. Schnell fuhr sie sich noch mit den Fingern durch die Haare und eilte dann die Treppe hinunter zu Alex, der mit einigen Personen aus der Gruppe auf der Schwelle zur Terrasse stand.

An Castigos Reaktion erkannte sie, dass ihre Kleiderwahl ein Volltreffer war. Zufällig hatte er sich zu ihr umgedreht, als sie die Treppe heruntergeeilt kam, und seinen Satz dann abrupt unterbrochen. Mit großen Augen stand er da und sah sie an.

„HALLO? Gib es auch noch ein Ende bei deinem Satz?" Castigo zuckte zusammen. Max hatte ihn angesprochen, aber warum?

Mit diesem durchschlagenden Erfolg hatte sie nicht gerechnet. Wie schön, dachte sie. Schön, schön, schön. Da bewegte sich was und riss sie aus ihren Tagträumereien. Es war Alex, der ihr zuwinkte. Offensichtlich war er startbereit.

Ohne Castigo eines weiteren Blickes zu würdigen, spazierte sie an ihm vorbei und suchte sich mit Alex einen ruhigen Ort, an dem sie reden konnten.

Das Gespräch verlief schnell und relativ unbelastet, was der Tatsache geschuldet war, dass Lennja sich im Moment wohlfühlte und ihre Erinnerungen dieses starke Gefühl nicht überschatten konnten. Alex notierte, dass sie von dem Übergriff auf Castigo nichts mitbekommen hatte. Ihr selbst sei zum Glück – außer den traumatischen Rahmenumständen – nichts weiter passiert. Das ging flott, dachte er sich.

„Rot steht Ihnen ausgesprochen gut", bemerkte Alex noch zum Abschluss. Sie reichte ihm die Hand, verbeugte sich mit einem freundlichen Lachen und einer ausladenden Handbewegung und verabschiedete sich anschließend von ihm.

„Die Nächsten bitte", rief sie, beide Hände an den Mund gelegt und ein wenig zu laut, hinaus auf die Terrasse.

„Da ist aber jemand froh, dass es vorbei ist", stellte Leo belustigt fest.

Draußen sah es jetzt ganz anders aus. In der Zwischenzeit hatten sie unter den Sonnenschirmen mehrere Tische zu einer Gruppe zusammengestellt, sodass sie in einer großen Runde zusammensitzen konnten. Richtig einladend sah es aus! Der lange Tisch mit frischen Blumen, funkelnden Gläsern und wunderschönem Geschirr. Wie bei einem gemütlichen Familientreffen. Von beiden Seiten standen Stühle um die Tische. Hier und da blitzte die Sonne durch die Schirme und erzeugte kleine Lichtflecken auf den Tischdecken. Was jetzt noch fehlte, war das leckere Essen. Lennja verspürte ein Grummeln im Bauch, vielleicht kam es aber auch von der ganzen Aufregung. HUNGER! Als sie nähertrat und Ausschau nach einem freien Platz hielt, winkte ihr Leo schon zu. Catherin und er würden jetzt zu Alex gehen und da würde für sie genug Platz frei.

„Ihr macht das zusammen? Auch nicht schlecht."
Für Edeltraut, die neben Leo gesessen hatte, kam diese Version der Befragung überhaupt nicht infrage, sie hatte ihre Äußerung aber völlig ernst gemeint: Solange sie es nicht musste, konnte doch jeder machen, was er wollte.

„Aber beeilt euch. Gleich ist es zwölf und dann kommt doch unser Besuch", rief Odette ihnen nach.
Marielu hob beruhigend die Hand, als sie die irritierten Blick der beiden registrierte.

„Macht euch keine Sorgen. Lasst euch Zeit. Wir warten auf euch."

Die Berichte von den beiden waren eine erneute Bestätigung für Alex, unter welch unmenschlichen Verhältnisse die Gefangenen leben mussten. Wobei die äußerst unhygienischen Verhältnisse noch zu den harmloseren Bestandteilen der Gefangenschaft gehörten. Die andauernde Bedrohungen, verbunden mit der Unberechenbarkeit der Geiselnehmer waren weitaus belastender für die Gemeinschaft.

Den Tag, an dem Castigo bedroht wurde, erwähnte Catherin im Zusammenhang mit einer Veränderung, die sie bei ihrem Bruder wahrgenommen hatte, deren Ursache sie aber nicht kannte. Von ihm habe sie keine konkrete Bestätigung bekommen, aber sie vermutete, dass ihm an diesem Tag etwas Schlimmes passiert sein musste.

Castigo hatte es seiner Schwester also nicht erzählt. Wie sollte er seinen Bericht dann veröffentlichen? Sollte sie über die Erlebnisse ihres Bruders durch seinen Artikel erfahren? Das ging nicht. Darüber müsste er sich später noch Gedanken machen.

Dann folgte die Beschreibung des Befreiungstages. Darauf war erstaunlicherweise bisher noch keiner eingegangen.

Es wäre für alle ganz überraschend gekommen.

Ihre Schilderung war so emotional und echt, dass sich Alex selbst als erfahrener Journalist mehrere Male räuspern musste. Die Freude wurde von ihr in so bunten Farben beschrieben, dass sie noch heute zu spüren war.

Mensch, reiß dich zusammen, ging ihm durch den Kopf. Er war nicht hier, um mit ihnen zu leiden. Er wollte helfen! Im bestmöglichen Fall würde man etwas ändern können. Also war es wichtig, dass er die professionelle Distanz zu jeder Zeit aufrechterhielt, und da gehörte übermäßige Gefühlsduselei ganz sicherlich nicht dazu. Es sollten sachliche Berichte entstehen.

An jenem Tag, der genau so furchtbar wie jeder vorausgegangene begann, gab es einen wilden Tumult außerhalb der Hütte. Schüsse aus verschiedenen Richtungen waren zu hören. Es wurde geschrien. Der Moment, in dem die Türen ihrer Hütte aufgerissen wurden und fremde Leute hineinstürzten, wurde als beängstigend geschildert. Panik machte sich breit. Was würde jetzt wieder geschehen? Und dann das Gefühl des Erstaunens und der Fassungslosigkeit, als die Menschen ganz unerwartet in ihrer Sprache redeten. Nett zu ihnen waren! Sie freundlich aufforderten, aus der Hütte zu kommen. Beruhigende Stimmen und liebevolle Worte. Bekannt und doch ganz neu.

Pause.

Auch nach so langer Zeit war Catherin wieder ganz in dieser Situation, sodass ihr Tränen über die Wangen rollten. Leo schloss sie in die Arme. Sie ergriff mit beiden Händen Leos Arm. Dann erzählte sie weiter.

Sie wisse noch genau, wie sie sich ängstlich umgesehen habe. Ihr Glück einfach nicht fassen konnte. Würden sie nach so vielen Tagen wirklich befreit werden? Dann geschah etwas ganz Wunderbares. Ohne sich miteinander abgesprochen zu haben, fassten sich alle, ganz langsam an den Händen und gingen in einer lange Schlange gemeinsam aus der Hütte. Draußen angekommen, habe sie gar nicht begreifen können, was da eigentlich passierte. Wie benommen standen sie da. Unfähig, sich zu rühren. Vorsichtig, ohne sich zu bewegen, nur mit den Augen habe sie versucht, die Umgebung nach ihren Geiselnehmern abzusuchen. Doch die waren weg. Ungläubig habe sie ihre Befreier angestarrt. Immer noch außerstande, sich zu bewegen, erkannte sie, wie ihnen sauberes Wasser und Kleinigkeiten zum Essen gereicht wurden. An die Bananen könne sie sich noch gut erinnern. Wie die dufteten. Aber die meisten von ihnen hätten mit ihrem Wasser im Arm einfach nur dagestanden und mit ungläubigen Blicken umhergeschaut. Sie konnten die Situation nicht fassen. Ihr Wasser habe sie nicht angerührt. Es war zu kostbar. Selbst in das provisorische Zeltlager, in dem sie für die erste Nacht untergebracht wurden, habe sie es mitgenommen. Es war wie ein Schatz. Es war ein Beweis dafür, dass sie befreit worden waren, dass es wirklich passiert war.

In der erste Nacht war sie unruhig und wachte einige Male auf, schlief aber bald wieder ein. Dann war es auch schon wieder Tag. Die Sonne schien und sie freute sich, dass alles noch so war wie am Abend zuvor. Es war also kein Traum. Sie waren frei.

Kapitel 45

Im Eingangsbereich wurde es lauter. Menschen drängelten sich dicht an dicht und sprachen wild durcheinander. Auma war eingetroffen.

Geplant war es eigentlich, dass Alex ihn in Empfang nehmen und in die Gruppe einführen würde. Das war ja nun gründlich schiefgegangen.

Während Alex Leo und Catherin interviewte, betrat Auma etwas zu früh das Hotel. Zu spät zu einem Termin zu kommen, so hatte es Auma gelernt, war gar nicht gut. Also war er früh genug gestartet und stand jetzt da. Mit einer kleinen Aktentasche unter dem Arm. Eine Hand knetete nervös am Leder seiner Tasche, die andere hielt er in der Hosentasche versteckt. Mit sichtlichem Unbehagen trat er von einem Bein auf das andere. Seine Augen hielten nach Alex Ausschau.

Marielu sah ihn zum Glück und reagierte spontan. In ihrer ruhigen und besonnenen Art schritt sie freundlich lächelnd auf ihn zu.

„Sie müssen Auma sein, wenn mich nicht alles täuscht. Marieluise de la Cruz, aber sagen Sie einfach Marieluise."

Er deutete eine Verbeugung an und sah sie dabei an.

„Auma Dafaa, bitte auch einfach nur Auma."

„Kommen Sie mit, wir sind alle sehr gespannt."

Die Aufregung konnte man ihm deutlich ansehen, daher begleitete sie ihn zu den anderen, solange Alex noch nicht da war. Auf dem Weg dorthin verschaffte sie ihm einen schnellen Überblick, was sie bis jetzt gemacht hatten und dass Alex jeden Augenblick dazukommen würde.

Der Tumult löste sich auf, als Marielu, gefolgt von Auma, auf die Terrasse hinaustrat und sich an den großen Tisch setzte.

Plötzlich war es ganz still geworden. Viele Augenpaare beobachteten sie. Der große Tisch sah frisch und einladend aus, genau richtig für diesen gemeinsamen Start.

Zögerlich rückten einige aus der Gruppe näher. Die Stimmung war merkwürdig. Da gab es den einen oder anderen, der ihn offen begrüßen wollte. Andere hingegen, die es bei einem kurzen Nicken beließen. Da spielten gemischte Gefühle eine große Rolle. Wie würde es weitergehen? Was hatte er ihnen zu erzählen? Nach einigem Hin und Her und nachdem sich der überwiegende Anteil von ihnen auf seinen Plätzen niedergelassen hatten, kamen auch Leo, Catherin und Alex dazu.

Auma erhob sich lächelnd, als er den Journalisten erkannte. Ihm war die Erleichterung deutlich anzusehen. Alex eilte auf ihn zu. Der satte Klang eines Handschlags ertönte. Es war, als ob ein Bündnis besiegelt würde. Die beiden Männer lächelten sich an.

„Ich sehe, Marieluise hat dich schon in Empfang genommen. Danke", sagte er, mit dem Blick an sie gewandt. „Nun wollen wir mal sehen, was uns das Treffen heute bringt." Alex schaute unruhig umher. Er wollte dicht bei Auma bleiben, aber neben ihm gab es keinen freien Platz mehr.

Dem unausgesprochenen Wunsch des Journalisten wurde spontan entsprochen. Es ertönte ein lautes Geschiebe von Stühlen. Gerumpele. Man rutschte hin und her, bis ihm ein Stuhl entgegengestreckt wurde, sodass er neben Auma Platz nehmen konnte. Sichtlich erleichtert ließ sich Alex auf seinen Stuhl fallen. Vor lauter Anspannung vergaß er sich zu bedanken. Er hatte gar nichts sagen müssen und sie hatten einfach reagiert. Klasse.

Keiner sagte ein Wort. Stille. Nicht ganz, aber lustiges Vogelgezwitscher war auch das Einzige, was in der beklemmenden Atmosphäre zu hören war. Zum Glück erschien die Bedienung. Mit Erleichterung konnte man sich erst einmal mit den Bestellungen beschäftigen. Etwas Kalkulierbarem und Banalem. Getuschel war zu hören, als alle bestellt zu haben schienen. Marieluise stand jetzt neben Aumas Platz.

„Meine Lieben. Wie angekündigt, möchte ich euch Herrn Auma Dafaa vorstellen. Ihr kennt ihn unter seinem Vornamen Auma." Dabei blickte sie freundlich zu ihm hinüber. Aufmerksam schaute er sie an, nickte und drehte sich zu den erwartungsvollen Gesichtern, die auf ihn gerichtet waren.

„Zuerst einmal möchte ich mich im Namen aller bedanken, dass Sie uns heute besuchen kommen", fuhr Marielu fort. „Es kam für uns alle recht überraschend. Um ehrlich zu sein, wussten wir zuerst nicht, wie wir mit dieser Situation umgehen sollten. Aber jetzt ist alles geklärt und nun gibt es von unserer Seite her, verständlicherweise, sehr viele Fragen. Wir hoffen, einige davon beantwortet zu bekommen."

Unruhig rutschte Auma hin und her.

„Keine Sorge", sagte Marielu, „Niemand steht heute vor Gericht."

Marielu machte eine Pause. Alle Blick waren auf Auma gerichtet.

Sie hatten gestern zwar geklärt, dass keine Verurteilung

vonseiten der Gruppe stattfinden sollte, aber … überlegte Marielu, wie würden sie sich heute verhalten? Jetzt, wo sie ihm direkt gegenüberstanden?

„Wir möchten mit unseren Fragen versuchen, Licht in einige diffuse Dinge zu bringen. Sie für uns verständlicher machen."

„Ist es dir lieber, wenn wir Fragen stellen, oder möchtest du zuerst erzählen?", schaltete sich Alex ein. Über Aumas Gesicht huschte ein Lächeln.

„Ich möchte", Auma erhob sich, „dass Sie mir Ihre Fragen stellen und ich werde versuchen, sie so gut es geht zu beantworten."

Kerzengerade stand er da. Viel selbstbewusster als noch zu Beginn. Er blinzelte weniger und schaute auch nicht mehr so oft zu Boden. Mit einem freundlichen Blick, bei dem er einige aus der Gruppe für einen Augenblick fixierte, setzte er sich wieder.

Erneut entstand eine Stille. Niemand traute sich etwas zu sagen.

Zum Glück kamen die Getränke und wurden verteilt. Auma bekam einen Latte Macchiato, den er gar nicht bestellt hatte. Ausgerechnet mit dem Getränk von Odette wurde es vertauscht. Als sie ihre Getränke tauschten, berührten sich ihre Hände kurz. Ein kalter Schauer durchschoss Odette. Sie atmete tief ein. Es lag nicht allein an der Berührung. Die wieder aufflackernden Erinnerungen lösten bei ihr diesen Schauer aus. Außerstande, ihn anzusehen, reichte sie ihm sein Getränk. Sie bemühte sich, ihre Augen zu heben, doch es war, als ob Gewichte an den Augenlidern hängen würden.

Zum Glück saß Max neben ihr. Ihr Retter. Allein die Art, wie er sie in diesem Moment anschaute, entspannte die Situation und nahm ihr das bedrohliche Gefühl. Sie biss sich auf die Unterlippe und lächelte ihn dankbar an. Ihre Trutzburg.

„Möchte irgendjemand beginnen?", fragte der

Journalist.

Keine Reaktion.

Doch dann prasselten die Fragen los.

„Wieso haben Sie unsere Gruppe gefangen genommen?"

Nicoletta war die Mutige, die die erste Frage zu stellen wagte. Dabei fixierten ihre Augen Auma.

Als er zu einer Antwort ansetzte und dabei wieder aufstehen wollte, polterte auch schon die nächste und die nächste Frage auf ihn ein. Wie ein Trommelfeuer. Alle Stimmen flossen ineinander. Bald konnte man nichts mehr verstehen.

„Wie haben Sie überlebt?"

„Wie haben Sie unsere Sprache gelernt?"

„Wer hat Ihnen geholfen?"

„Was machen Sie jetzt?"

„Warum haben Sie das gemacht?"

„Bereuen Sie es?"

„Was machen Sie heute?"

„Waren das Ihre Freunde?"

„Was war der Zweck unserer Gefangennahme?"

„Hätten Sie uns getötet?"

„Wo leben Sie?"

„Warum uns? Wir waren doch nur irgendwelche Jugendlichen."

„Was machen Sie beruflich?"

„Haben Sie Familie?"

Alex hob beide Arme und stellte sich neben Auma.

„Stopp, stopp, stopp! Einer nach dem anderen, bitte. Das schafft ja keiner." Damit wollte er seinen Schützling vor dem wilden Ansturm der Fragen schützen. Doch diese Sorge schien völlig unbegründet, denn Auma erhob sich. Seine Augen blitzten in der freudigen Erwartung, sich dem Ansturm der Fragen zu stellen.

„Schon gut! Ich freue mich, das Sie so viele

Fragen stellen. Ehrlich gesagt, hatte ich schon Sorgen, es würde schwieriger werden."

Alex fasste sanft Aumas Arm, um ihn dazu zu bewegen, sich wieder hinzusetzen. Noch im Setzen redete der weiter.

„Ich weiß nicht mehr genau, ob es eine der ersten Fragen war, aber ich möchte damit beginnen, warum wir euch gefangen genommen haben."

Ein Murmeln ging durch die Stuhlreihen. Einige lehnten sich entspannt zurück. Andere beugten sich weit vor und stützten ihre Ellenbogen voller Erwartung auf den Tisch. Wieder andere saßen kerzengerade, unter Anspannung, in Sorge auf das, was nun folgen würde.

„Die Ursache waren Unruhen in meinem Heimatland. Bei den Wahlen fühlten wir uns politisch hinters Licht geführt. Es wurde ein Wahlsieger genannt, den keiner von uns haben wollte und der dennoch als Gewinner deklariert wurde. Das war eine himmelschreiende Ungerechtigkeit. Von dem anderen Kandidaten hatten wir uns viele Rechte und Freiheiten für die breite Bevölkerung erhofft. Es wäre ein Schritt hin zu einer demokratischeren Regierung geworden. Bei unserem Hybridregime sollten die autoritären Elemente weiter abgebaut werden."

„Was ist ein Hybridregime?", erscholl ein lauter Zwischenruf.

„Das kenianische Regime ist das einer Präsidialrepublik, der Staatspräsident ist gleichzeitig Regierungschef. Er wird auf bestimmte Zeit gewählt und ist an bestimmte Machtgrenzen, wie die Verfassung oder die Traditionen, gebunden", warf Alex sofort ein.

„Reicht erst mal, danke dir", stellte Marielu energisch fest. Sie befürchtete, Alex würde sonst noch weiter ausholen.

Alle Blicke wanderten zurück zu Auma, der, den Blick zu

Boden gerichtet, sich zu sammeln schien. Dann fuhr fort.

„Diese Wahlen hatten viele Hoffnungen in uns geweckt. Wir konnten etwas in unserem Land verändern und waren bereit dazu. Diese Chance wurde mit der Bekanntgabe der Ergebnisse zerstört. Es wurde uns jemand vorgesetzt, den niemand wollte. Alles würde so weiter gehen wie bisher." Er nahm einen Schluck von seinem frischen Orangensaft und fuhr sich mit der Zunge über die Lippen. „Sie können sich das vielleicht nicht vorstellen, aber für uns ist in diesem Moment eine Welt zusammengebrochen. Diese Lüge einfach hinzunehmen, stand nicht zur Debatte. Gewalt war für uns das einzige Mittel, um an unser Ziel zu kommen. Durch unseren geschichtlichen Hintergrund wussten wir, dass wir nur mit starken Mitteln gegen Ungerechtigkeiten ankommen würden. Mit vorsichtigen Bitten erwirkt man bei uns nichts."

„Das ist bei uns nicht anders", erklang es von der Seite her, woraufhin ein Gemurmel entstand.
Marielu hob eine Hand und das Stimmengewirr verebbte. Auma bedankte sich mit einem Seitenblick bei ihr.

„Aufständische Gruppen hatten sich zusammengerottet, die der Regierung zeigen wollten, dass das Volk den Betrug durchschaute und ihn nicht einfach hinnehmen wollte. Wir mussten uns bewaffnen, da wir Angst vor dem Militär hatten, das hinter der Regierung stand und uns zum Schweigen bringen sollte."
Er ließ eine Pause, in der sein Blick ruhig durch die Runde wanderte. Man hatte den Eindruck, er betrachte jeden Einzelnen aus der Gruppe genauer, um Reaktionen einzufangen. Oder um Verbindungen zu damals herzustellen? Schwer zu sagen. Einige erwiderten seinen Blickkontakt freundlich. Andere wichen ihm aus, indem sie zu Boden blickten oder sich ihrem Nachbarn zuwandten. Aber es gab keinen, der die Stille unterbrechen wollte.

Catherin hatte ein ganz seltsames Gefühl. Dieser Mensch war jetzt hier und stand vor ihnen. Der, von dem sie dachte, dass er getötet worden sei. Wie würde es für sie werden? Wäre sie auf alles gefasst? Schon zu Beginn hatte sie sich eng an Leo gedrückt, der ihr den nötigen Rückhalt gab, um sich der Situation zu stellen. Auma wirkte so anders, anders als sie ihn sich vorgestellt hatte. Das verwirrte sie noch zusätzlich.

Schließlich begann Auma erneut.

„Wir waren sicher, das Richtige zu tun. Wir glaubten, das Recht auf unserer Seite zu haben. Uns war Unrecht widerfahren, also mussten wir uns wehren."

Aus dieser Sicht hatte Catherin es noch nie gesehen. Sie legte den Kopf schief und sah ihn mit verwundertem Blick an.

„Es brannte eine ungeheure Wut in uns. Wir wollten gegen unsere Hilflosigkeit etwas unternehmen. Wir wollten etwas ändern. Dann sind wir zufällig auf Ihre Gruppe getroffen. Unser Anführer erfasste die Situation intuitiv richtig und sah in der Geiselnahme die große Chance, unsere Interessen vehementer durchsetzen zu können. Touristen waren ein gutes Druckmittel, und dazu noch Kinder. Perfekt."

„Dann waren wir ein Zufall?", fragte Lennja. Doch er schien ihre Frage nicht mitbekommen zu haben.

„Wissen Sie, Sie als Touristen brachten unserem Land viel Geld ein. Wenn wir Menschen gefangen nahmen, die so wertvoll für unser Land waren, dann standen unsere Chancen einfach besser. Unsere Verhältnisse würden sich zum Positiven wenden. Ein geeigneteres Druckmittel gab es für uns nicht. Also völlig legitim, aus unserer Sicht heraus. Damals waren wir wirklich davon überzeugt. Zu Beginn wollte Ihnen auch keiner was antun. Die provisorische Unterbringung war aus der Not geboren. Es war ja alles spontan entstanden. Wir mussten improvisieren. Probleme, über die erst einmal nachgedacht werden musste. Um ehrlich zu sein, waren wir mit der Situation ganz schön überfordert. Von der hygienischen Versorgung angefangen, über die Nahrungsbeschaffung und Wasserversorgung. Nichts war geplant. Irgendwie schafften wir es, mit unserer Regierung in Verhandlung zu treten. Das freute uns, doch der Prozess gestaltete sich zäh. Man begegnete uns respektlos. Obwohl wir Ihre Gruppe gefangen hielten, nahm man uns nicht ernst. Wir hatten gehofft, dass alles schneller über die Bühne gehen würde. Die Ergebnisse der Verhandlungen ließen auf sich warten. Das erzeugte bei uns noch mehr Wut. Die ohnehin schon angespannte Situation verschärfte sich."

Er knetete seine Hände, atmete tief ein und senkte den Blick, als wenn er auf einen Text in seinen Händen schauen wollte. Dann hob er seinen Kopf und schaute über die Gruppe hinweg.

„Es stellte sich heraus, dass einige unserer Leute immer schwieriger unter Kontrolle zu bekommen waren. Leute, deren Schwelle zur Gewaltbereitschaft sehr, sehr niedrig lag. Menschen, die auch noch zu sehr viel mehr bereit waren." Sein Kopf senkte sich erneut. Den Blick auf seine Hände gerichtet saß er da. „Die Situation geriet außer Kontrolle." Die Hände lagen jetzt schlaff in seinem Schoß.

Jemand wollte etwas sagen, doch Marielu hob ihre Hand und schüttelte leicht den Kopf.

Stille.

Sie wollte ihn jetzt nicht unterbrechen. Er würde die Zeit bekommen, die er benötigte, um sich weiter zu erklären.

„Ich wollte nie, dass Ihnen etwas passiert." Seine Worte waren zum Boden gerichtet. „Dass wir Sie gefangen genommen haben, das war – wie ich damals glaubte – korrekt. Alles, was darüber hinaus geschah, ist unentschuldbar."

„Ich möchte mich bei Ihnen dafür bedanken, dass Sie mir damals geholfen haben", klang es laut und deutlich von Odette.

Alle Köpfe flogen in ihre Richtung. Sie stand da und schaute ihm mit offenem Blick in sein sichtlich überraschtes Gesicht.

„Ich weiß, dass ich das, was Ihnen meine Freunde damals angetan haben, nicht wieder gutmachen kann, aber ich möchte mich dafür entschuldigen, für alles." Mit diesen Worten war Auma aufgestanden und schaute in Odettes Richtung.

Sie erwiderte seinen Blick standhaft und ihre Mundwinkel verzogen sich zu einem winzigen Lächeln. Den Blick noch immer auf Auma gerichtet, setzte sie sich wieder hin.

„Haben Sie noch Kontakt zu Ihren Freunden?", wollte Leo wissen.

„Eine gute Frage. Der größte Teil gehört aus verständlichen Gründen nicht mehr zu meinem Freundeskreis."

Langsam setzte auch er sich wieder und sprach weiter.

„Mein bis heute bester Freund, Hodari, hatte den Mut, meinen Leichnam abzutransportieren. Wie er mir später erzählte, wollte er mich ordentlich begraben. Auf dem Weg hinaus aus der Stadt habe er gemerkt, dass ich noch lebte, und mich zu seinem Cousin gebracht. Dessen Familie hat mich über Monate langsam wieder aufgepäppelt. Ich verdanke ihm und seiner Familie mein Leben. Auf ewig werde ich ihm dankbar sein."

Pause.

„Was aus den anderen geworden ist, weiß ich nicht."

„Ist Ihnen nie der Gedanke gekommen, Rache zu nehmen?", fragte Max.

Auma sah aufmerksam, aber keineswegs überrascht, zu Max hinüber.

„Ich habe überlebt! Dafür bin ich dankbar. Ich denke, Sie werden es am besten verstehen, wie man auf das Gefühl, Rache zu nehmen, verzichten kann, wenn man etwas Derartiges erlebt hat. Manchmal begreift man erst durch eine extremen Situationen, wie sinnlos ein derartiges Unterfangen wäre."

Bei diesen Worten erhob er sich erneut.

„Wenn ich das Geschehene rückgängig machen könnte, dann würde ich es machen, aber das ist unmöglich. Meine Freunde und ich haben Sie in diese Lage gebracht. Aus heutiger Sicht völlig unverständlich, denn die Mittel waren unverhältnismäßig und, nicht zu vergessen, das erhoffte Ergebnis ist ausgeblieben. Es tut mir also leid."

Stille.

Catherins Verwirrung konnte durch seine Worte nicht gemildert werden. Aber was hatten sie erwartet? Auf der einen Seite waren sie erstaunt über seine offene und ehrliche Art, über die Dinge zu sprechen. Der Grund für ihre Gewaltbereitschaft wurde durch seine Schilderung für sie verständlicher. Auf der anderen Seite wäre es ihr lieber gewesen, wenn er nur ein einfacher Mitläufer gewesen wäre, mit weniger Einfluss. Durch seine Beschreibung wirkte er jetzt eher als führendes Mitglied, dem, im Laufe der Aktion, die Kontrolle über diese Horde Chaoten aus den Händen geglitten war. Diese Gedanken erzeugte Wut bei ihr. Aber da war seine Ehrlichkeit. Das gefiel ihr. Und ... er hatte Mut bewiesen, ihnen heute gegenüberzutreten. Das würde wiederum keiner machen, der nur Mitläufer war. Das erforderte Stärke und das imponierte ihr wiederum. Sie drückte sich näher an Leo heran.

Marielu nahm das Gespräch wieder auf, um keine unangenehme Leere entstehen zu lassen.

„Schön, dass Sie den Mut aufgebracht haben, so deutlich über Ihre Vergangenheit zu sprechen. Ich danke

Ihnen." Sie lächelte ihm zu und fuhr an die anderen gewandt fort. „Gibt es noch weitere Fragen?"

„Schön zu hören, dass Sie Ihre Taten heute bereuen", stellte Max zufrieden fest.

Aumas Augenbrauen zogen sich zusammen und sein Blick lief ins Leere.

„Die Aussagen möchte ich etwas differenzieren. Dass wir damals etwas unternommen haben, um die Ungerechtigkeiten zu beheben, dazu stehe ich auch heute noch. Denn ich glaube, dass durch tatenloses Zusehen und bloße Meckerei bestehende Verhältnisse niemals geändert werden können." Er hielt inne und blickte in verwirrte Gesichter. „Verstehen Sie mich nicht falsch. Die Mittel, die wir damals angewandt haben, sind aus heutiger Sicht völlig falsch. Es sind unschuldige Menschen wie Sie, die in Gefahr geraten sind. Außerdem haben wir uns, obwohl wir eine positive Veränderung für unser Land bewirken wollten, durch diese Aktionen in eine kriminelle Ecke katapultiert. Später wurde in den Medien über uns nur noch als kriminelle Gruppen, die ausländische Jugendliche in Gefahr gebracht hatten, gesprochen. Über unsere eigentlichen Beweggründe wurde überhaupt nicht mehr berichtet. Wir wurden auch nicht nach unseren Intentionen befragt."

Nicolettas Wangen hatten hektische rote Flecken und ihr Atem ging schnell.

„Jetzt sind wohl auch noch die anderen schuld? Oder vielleicht die Presse? Wir haben jahrelang an den Erlebnissen zu knacken gehabt oder haben es immer noch. Bedenken Sie, Yuma hat sich später das Leben genommen, und alles nur, weil wir Mittel zum Zweck waren."

Ihr Gesichtsausdruck wirkte zornig. Ihr Mund verkniffen und die Nasenflügel bebten.

Edeltraut legte ihr beruhigend eine Hand aufs Bein. Doch dieser Versuch ging in die Hose. Wütend schob sie

Edeltrauts Hand weg.

„Ich glaube, hier liegt ein Missverständnis vor", versuchte Alex vermittelnd einzugreifen. „So, wie ich Auma in unseren früheren Unterhaltungen verstanden habe, bereut er die Tatsache, euch gefangen genommen zu haben, zutiefst. Den Umstand aber, sich gegen das ungerechte Regime zur Wehr gesetzt zu haben, diesen Aspekt bereut er nicht. So sehe ich es zumindest."

Auma nickte zur Bestätigung.

Und wieder sprang Marielu ein, die anscheinend die richtigen Worte fand, um die aufgebrachten Gemüter weiter zu besänftigen.

„Vielleicht ist es für Menschen wie uns, die seit Generationen in demokratisch regierten Ländern leben, sehr schwierig zu verstehen, wie Menschen sich fühlen, die in diktatorischen Regimen aufgewachsen sind. Wozu sie nach jahrzehntelanger Unrechts-Behandlung bereit sind, um dagegen vorzugehen. Trotzdem sollten wir unseren Aspekt nicht aus dem Auge verlieren. Im Grunde spiegelt sich in unserer Geschichte die gleiche Ungerechtigkeit und Hilflosigkeit wie in diesem Land. Ein Teufelskreis sozusagen."

Stille.

„Wo haben Sie unsere Sprache so gut gelernt? Wo leben Sie?", wollte Edeltraut wissen.

Ihre Strategie, das Thema zu wechseln, um die aufge-wühlten Gemüter zu besänftigen, hatte Erfolg. Zum Glück wurde zeitgleich die Vorspeise serviert, was für noch mehr Ablenkung sorgte. Teller mit frisch duftenden Brotscheiben und köstlich aussehenden Dips wurden serviert. Eine willkommene Gelegenheit, sich aus der aufkommenden Starre zu lösen, denn man musste für die kleinen Snacks auf dem Tisch Platz schaffen. Dadurch löste sich die Spannung schon fast automatisch. Hier und da wurde eine Brotscheibe stibitzt, da man der Versuchung einfach nicht widerstehen konnte.

Auma sah sich die Brote an und roch vorsichtig an dem Aufstrich. Marielu betrachtete es schmunzelnd.

Er schien zwar interessiert an dem, was gemacht wurde, aber nicht annähernd so verführt, als dass er direkt hätte zugreifen müssen. Stattdessen fuhr er fort.

„Nach meiner Genesung bin ich in Kontakt zu einer Hilfsorganisation in Kenia gekommen."

Die Aufmerksamkeit wandte sich wieder ihm zu. Zufrieden kauende Gesichter schauten ihn an.

„Auf Umwegen bin ich nach Deutschland gelangt. Den Plan, das Land zu verlassen, hatten wir schon lange, falls unsere Revolte nicht glücken sollte. Deutschland war insofern ein Zufall, als dass es sich durch die Hilfsorganisation ergeben hatte. Wie genau ich an ‚World Vision' gekommen bin, würde jetzt den Rahmen unseres Treffen sprengen. Ich beschränke mich nur auf das Wesentliche. Sie arbeiten in verschiedenen Themenbereichen für unser Land. Trinkwasser, Umweltschutz, Kinderrechte und Hygiene. Dank ihnen habe ich begriffen, dass man mit einer fundierten Ausbildung viel mehr für sein Land tun kann als mit einem Gewehr in der Hand. Durch sie wurden mir Möglichkeiten eröffnet, wie Visionen in die Realität umgesetzt werden können. Ich hatte das Glück, dass ich auf sehr offene und engagierte Personen getroffen bin, die aus verschiedensten Bereichen der Welt stammten und für das Projekt brannten. Sie haben bei mir die Begeisterung für das Projekt geweckt, mir ihre Sprache beigebracht und mich ausgebildet. Meine Vergangenheit haben sie zur Kenntnis genommen und mich trotzdem dabei behalten.

Das ist eine große Ehre für mich. Ich wollte mein Land verändern. Nun habe ich die Möglichkeit, mir Wissen anzueignen, um grundlegende Änderungen zu bewirken. Mittlerweile arbeite ich seit einigen Jahren in meinem Land vor Ort und bin der Überzeugung, dass unsere Arbeit Früchte tragen wird."

Sein Lächeln war so zuversichtlich und glücklich, dass Catherin den Eindruck bekam, dass einige Türen, die durch seine Äußerungen eben noch zugefallen waren, sich jetzt wieder öffneten. Sie selbst war hin und her gerissen. Sie versuchte ihre Gefühle zu ordnen.

„Schon eigenartig, ihn jetzt so vor uns sitzen zu sehen", gestand sie Leo. „Natürlich hat er versucht, Odette zu helfen, und dabei sein Leben riskiert, aber er war auch derjenige, der es billigend in Kauf genommen hatte, dass wir alle gefangen genommen wurden." Sie versuchte, weiterhin wütend auf Auma zu sein. Schon allein, weil seine Leute Yumas Leben auf dem Gewissen hatten.

„Findest du es nicht erstaunlich, was er aus seinem Leben gemacht hat?", wandte Leo ein.
Sie drehte den Kopf zu ihm und sah ihn mit großen Augen an. Wie war der denn drauf? Warum sah er nur den Menschen, der sich für sie eingesetzt und was er später aus seiner Situation gemacht hatte? Wie fand sie das denn? War sie zu nachtragend? Es herrschte ein völliges Durcheinander in ihr. Stirnrunzelnd sah sie zu Auma hinüber, der die Ursache für das ganze Durcheinander war. Als sich ihre Blicke trafen, fühlte sie sich ertappt und schaute schnell zu Boden.

„Auf jeden Fall bin ich sehr froh, heute bei Ihnen zu sein. Sie geben mir die Möglichkeit, Sie alle näher kennenzulernen und mein Verhalten zu erklären. Ich hätte das nie für möglich gehalten."
Vor lauter Begeisterung klatscht er in die Hände.
Catherin zuckte zusammen. Plötzlich wurde es ihr klar. Sie waren nur zur falschen Zeit am falschen Ort, das war alles. Kein von langer Hand ausgetüftelter Plan. Immer noch ungläubig über ihre Erkenntnis schüttelte sie den Kopf. Die Wut, die eben noch in ihr brodelte, löste sich immer mehr auf. Er war so reflektiert, so anders. Kein gefühlloser Krimineller. Anders als sie ihn sich

vorgestellt hatte.

„Wenn Sie es mir erlauben, würde ich gern auch eine Frage an Sie stellen!"

Zustimmendes Nicken.

„Wie ist es Ihnen gelungen, sich zu befreien?"

Ein wildes Gemurmel ertönte. Alle quatschten durcheinander. Marielu ergriff das Wort.

„Unsere Organisation bekam ziemlich schnell mit, dass wir unser nächstes Ziel nicht erreicht hatten. Ohnehin war sie durch die Berichte der Aufstände in Nairobi hellhörig geworden. Da keinerlei Hinweise auf unseren Aufenthaltsort ausfindig gemacht werden konnten, leiteten sie eine Suchaktion ein. Ihre größte Angst war, dass wir von den Revolten betroffen sein könnten. Sie machten sich ernsthafte Sorge um uns. Trotz intensiver Recherchen erhielten sie keine Informationen über unseren Verbleib. Ob durch Zufall oder durch gute Beziehungen, das weiß ich nicht, doch irgendwann haben sie unseren Aufenthaltsort erfahren und einen Trupp geschickt. Die haben uns dann sicher herausgeholt.

Bis gestern waren wir der Meinung, dass Sie zu Tode gekommen sind. Sie jetzt so lebendig und agil zu sehen, ist – und ich hoffe, ich spreche im Namen aller – eine wunderschöne Überraschung für uns."

Zur Bestärkung legte sie ihm ihre Hand auf den Arm. Er schaute zu ihr auf. Tränen füllten seine Augen. Schnell blinzelte er sie weg.

Marielu, die die Situation blitzschnell erfasste, reagierte wie immer sehr souverän.

„Damit die ganze Sache jetzt nicht zu feierlich wird, lasst uns essen. Das Buffet ist angerichtet. Ich habe eben ein Zeichen bekommen. Wir können uns dabei ja weiter austauschen. Kommt, lasst uns loslegen."

Einen Moment lang rührte sich keiner. Niemand wollte der Erste am Buffet sein, um nicht als gefräßig zu gelten.

Doch dann erhoben sich die Ersten, die vom Hunger und der Option, sich über etwas Banales wie Essen unterhalten zu können, angetrieben wurden. Und durch die Bewegung lockerte sich die Stimmung weiterhin. Bewegung … ein perfektes Mittel, um auch aus emotionaler Bewegungslosigkeit herauszukommen und den Kopf freizubekommen. So simpel und so effektiv. Auch hier hatte es wieder einmal geklappt. Hier und da ertönte ein fröhliches Lachen.

Marielu ging gemeinsam mit Auma zum Buffet und nutzte den Weg dorthin, um noch mehr über ihn in Erfahrung zu bringen. Verführerische Düfte drangen in ihre Nase. Vor Begeisterung zupfte sie an seinem Ärmel und rieb sich voller Vorfreude über den Bauch, was ihn zum Lachen brachte. Neugierig schlenderten sie an den vielen verschiedenen Tellern und Tiegeln vorbei. Es sah alles so gut aus, da fiel einem die Auswahl schwer. Sie amüsierten sich über ihre Vorstellung, dass sie sich einfach von allem eine Kleinigkeit nehmen sollten. Doch bei der riesigen Auswahl wären sie mit einem Teller gar nicht ausgekommen.

„Was für eine Schande, dass man nicht von allem kosten kann", gestand Marielu.

„Haben Sie eigentlich Familie?", fragte sie ihn, als sie wieder zurück zu ihren Plätzen gingen. Da hatte sie ein Thema gefunden, über das er sich freute. Rasch stellte er seinen Teller ab, drehte sich mit leuchtenden Augen zu ihr um und griff nach seinem Handy. Seine Finger huschten über den Bildschirm, er suchte nach Bildern von seiner Familie, um ihr voller Stolz Fotos zeigen zu können.

„Sind das alles Ihre Kinder?", fragte sie ihn mit erstauntem Blick.

Auma gab ein kehliges Lachen von sich.

„Nein, nein, nur drei von denen. Der Rest sind

Freunde meiner Kinder."

„Eine süße Familie haben Sie."

Auf seine Frage, ob sie verheiratet sei, zeigte sie ihm auch ihre Familie auf dem Handy.

„So große Kinder haben Sie schon, das hätte ich nicht gedacht."

Lachend stupste Marielu ihn an.

„Sie Schmeichler. Aber danke."

Nicoletta, die im Vorbeigehen ein paar Wortfetzen von dem Gespräch mitbekam, erwischte einen Blick auf Aumas Fotos. Ihre Wut hatte sich gelegt. Stattdessen wuchs ihre Neugier. Sie wollte mehr über diesen Mann erfahren. Aber wie sollte sie es anstellen, Kontakt aufzunehmen? Vorhin war ihr Verhalten ihm gegenüber nicht gerade charmant gewesen. Sie fasste sich ein Herz.

„Süße Kinder haben Sie", stolperte etwas zu laut aus ihr heraus, denn mehrere Köpfe drehten sich in ihre Richtung. Röte breitete sich schnell über ihr gesamtes Gesicht aus. Oh nein, wie peinlich. Sie wollte weitergehen, um dem misslungenen Annäherungsversuch zu entfliehen.

Doch Auma reagierte phantastisch und wiederholte, was es schon Marielu antwortete.

„Das sind nicht alles meine, nur drei davon."

Hinter Auma nahm sie Marielus zufriedenen Blick wahr. Das gab ihr Mut.

„Die dunklen Locken haben die Kinder wohl von ihnen?"

„Kann ich nicht bestreiten. Ich hätte mir ja gewünscht, dass sie ein bisschen mehr von meiner Frau mitbekommen hätten, aber …" Entschuldigend zuckte er mit den Schultern.

Beim Essen plauderten sie über ihre Kinder und dies und das. Sie kamen vom Hölzchen aufs Stöckchen, sodass die Unterhaltung fröhlich weiterplätscherte, ohne dass eine unangenehme Pause entstand.

Die Runde war nun wieder vollständig. Ein gemütliches Beisammensein. Die Spannungen waren wie weggeblasen. Über den Tisch hinweg versuchte sich Nicoletta zu erkundigen, wie er seine Frau kennengelernt habe.

Voller Stolz stützte er eine Hand auf dem Tischtuch ab und begann mit seiner Erzählung.

In seiner Ausbildung sei er ihr begegnet. Es sei Liebe auf den ersten Blick gewesen, gestand er. Auch wenn es sich kitschig anhörte. Zu Beginn hinderten ihn seine Vorurteile daran, mit ihr in Kontakt zu treten. Eine weiße Frau, die würde sich nicht ernsthaft auf jemanden wie ihn einlassen. Dann habe er irgendwann seine Hemmungen überwunden und sich einen Ruck gegeben. Wie man sieht, hat's dann doch geklappt und es sind auch ein paar herrliche Kinder dabei herausgekommen. Er lachte herzhaft.

Wie ihre Kinder in sprachlicher Hinsicht aufwachsen würden, wollte Edeltraut wissen, deren Neugier die Vorbehalte ihm gegenüber verdrängt hatte.

„Ein paar Brocken Spanisch, durch meine Frau natürlich. Sie findet allerdings, dass ihre Sprache immer zu kurz kommt. Dann ein bisschen Swahili und Englisch natürlich."

Was denn mit Deutsch sei, wollte Odette wissen. Mit Deutsch würden sie sich schwer tun, warum auch immer. Vielleicht später einmal. In der Schule würde es sich schon irgendwie ergeben.

Die Stimmung am Tisch wurde lebendiger. Es bildeten sich kleinere Gruppen, die untereinander schwatzten. Um Auma herum versammelten sich immer mehr Personen. Sie hatten ihre Stühle herangezogen und saßen dicht an dicht um ihn herum. Zuvor waren sie freundlich, aber bestimmt darauf hingewiesen worden, sich nicht auf die Tische zu setzen. Das Stimmengewirr wurde mit

Vogelgezwitscher durchmischt. Heiter und zufrieden. Man hätte meinen können, bei diesem Treffen hätte es keinerlei Zwischenfälle gegeben.

Im Schatten an einen Baum gelehnt, unterhielten sich Alex und Marielu.

"Wie schön, dass es so gekommen ist", sagte Alex.

Schmunzelnd schaute sie zu der Gruppe hinüber, in deren Mitte jetzt Auma saß. Der anfängliche Wirbel war zum Glück verflogen. Rundherum offene und interessierte Gesichter. Lachen klang herüber.

"Ja!", dachte sie, verschränkte die Arme und nickte zufrieden.

Kapitel 46

Was für eine angenehme Atmosphäre, dachte Catherin. Leute, die sich angeregt unterhielten, die sich ihre Bilder auf den Handys zeigten, und immer wieder ausgelassenes Gelächter. Aber wo war Marielu?

Etwas abseits entdeckte sie sie zusammen mit Alex. Zufrieden, beinahe glücklich sahen die beiden aus. Für sie war die Aktion bestimmt genauso anstrengend wie für alle anderen hier. Bestimmt war ihnen ein Stein vom Herzen gefallen, als alles so verlaufen war, wie es war. Zum Glück, fand Catherin.

Ihr Blick fiel auf ihren Bruder. Umringt von ein paar Leuten. Lennja, die wie selbstverständlich einen Arm auf seinen Rücken stützte, während sie etwas erzählte. Wie süß.

Lennja deutete auf sein Handy-Display. Sein Blick wanderte nach oben und er schaute sie mit seinem Lächeln an. Ein Lächeln, das Kriege hätte schlichten können oder wenigstens Streitereien. Zumindest hatte sie es immer so empfunden. Dieses Lachen hatte er schon als kleiner Junge. Lennja lächelte zurück. Verschmitzt und zuckersüß.

Ein warmes Gefühl durchfuhr sie. Ihr Bruder wirkte glücklich. Wie schön für ihn. Was auch immer daraus entstehen würde, er sollte es genießen und sie würde ihm die Daumen drücken.

Eigentlich hatten sie sich nur treffen wollen. Um …? Ja, was war noch mal der Anlass? Marielu hatte alle zusammengetrommelt. Die Idee, dass sich alle von damals noch mal sehen sollten, hatte ihr gefallen. Neugierig darauf, was in der Zwischenzeit so alles passiert war, hatte sie direkt zugesagt. Ein schönes Wochenende wollte sie sich machen. Die Location war ja prädestiniert dafür, dass eigentlich nix schiefgehen konnte. Wenn das Treffen doof geworden wäre, hätte sie sich zurückgezogen und das Wochenende im Ort verbracht, so war ihr Plan.

Und dann die unerwartete Wendung. Ihrem natürlichen Fluchtreflex hatte sie zum Glück widerstanden. Mit der Hilfe ihres Bruders und … und Leo. Das war ja auch noch so ein Ding, mit dem sie niemals gerechnet hätte.

Der ganze Trubel um Auma hatte sich zum Glück wieder gelegt. Es war viel in Bewegung gekommen, auch bei ihr. Das Treffen hatte ihnen gutgetan, fand sie. Sie musste grinsen, denn, um ehrlich zu sein, hatte es ihr sogar sehr, sehr gutgetan. Es war, als ob sich etwas in ihr geglättet hätte.

Was war das doch für ein Tumult am Anfang, als der Journalist aufgetaucht war. So viele Ängste und Widerstände.

Und jetzt … Jetzt unterhielten sie sich offen miteinander. Am Ende war Aumas überraschender Besuch doch gut.

Epilog

Vom Schatten eines Baumes, der sie vor der Sonne schützte, saßen mehrere Personen, die in eine angenehme Unterhaltung vertieft waren. Vor circa acht Jahren waren sie am gleichen Ort, die Gruppe war damals größer und der Grund des Treffens ein anderer. Mittlerweile verband sie eine enge Freundschaft.

Catherin und Leo waren immer noch ein Paar. Bei ihrem ersten offiziellen Date nach ihrem Treffen war sie trotz allem, was schon passiert war, nervös. Sie fragte sogar ihre Freunde um Rat, was sie anziehen sollte. Eine ihrer Freundinnen meinte, sie solle etwas ganz Heißes anziehen, was ihn sofort umwerfen müsste. Hmm? Ihrer Meinung nach besaß sie so etwas gar nicht. Letztendlich hatte sie etwas ausgewählt, worin sie sich wohl- und sexy fühlte. Anscheinend traf sie damit auch seinen Geschmack. Vielleicht war es aber auch völlig egal, was sie anhatte. Denn zu diesem Zeitpunkt war er schon unsterblich in sie verliebt, wie er ihr später gestand. Sie passten einfach zusammen. Wie Ar... auf Eimer, wie ihre Freundin, die mit dem Rat zum heißen Outfit, zu sagen pflegte.

Trotz ihrer vielen Arbeit schien das gemeinsame Leben plötzlich viel leichter und einfacher. Und sie schafften es sogar, sich einen Hund zuzulegen. Ein Herzenswunsch von Leo. Als sie ihn einmal fragte, was sie denn noch so über ihn wissen müsste, kam das mit dem Hund. Eigentlich war nach reiflichen Überlegungen, wie der Hund mit ihren Jobs zu vereinbaren wäre, ein kleiner angedacht. Jetzt hatten sie einen Irischen Wolfshund. Zugegeben, klein war der nicht, aber so süß! Er war ein Zufallsprodukt. Durch einen Klienten war Leo an ihn gekommen. Tierschutzbund, Welpen und so weiter. Der ausgemachte Termin war eigentlich dazu gedacht, NUR MAL ZU GUCKEN. Und das war es dann. Sie schauten in zwei Augen, die so schön waren wie bei einem Wesen aus einer anderen Welt.

Als er sie angähnte, kam ihnen ein Schwall unglaublicher Gerüche entgegengewabert. Sie sahen sich an und beschlossen einvernehmlich, diesen Tatbestand stillschweigend zu ignorieren. Seit diesem Moment war er ihr treuer Begleiter.

Was war noch passiert? Sie hatten Auma in seiner Heimat besucht. In den Zeiten vor Gordon, ihrem Irischen Wolfshund. Dort lernten sie Aumas Arbeit und natürlich auch seine Familie kennen. Bei ihrer erste Reise nach Kenia waren die vergangenen Erlebnisse plötzlich wieder da. Doch die Gastfreundschaft, mit der sie von seiner Familie aufgenommen wurden, hatte sie schnell auf andere Gedanken gebracht. So konnten sie das Land neu kennenlernen, wobei Aumas Familie sie oftmals bei ihren Entdeckungsreisen begleitete. Gemeinsam hatten sie viel Spaß und mit der Zeit war daraus eine enge Freundschaft entstanden.

Die Beziehung zu Leo verunsicherte sie zu Beginn noch erheblich. Doch jeder Fluchtversuch von ihr, der sie im

Grunde nur schützen sollte (sich binden war doch gefährlich), wurde von ihm souverän abgefedert. Er war einfach genial.

Schließlich hatte sie den Mut gefunden, sich fallen zu lassen und ihm zu vertrauen. Als sich bei ihr das Gefühl von Sicherheit einstellte, war es wie eine Explosion. Eine positive Explosion der Gefühle. Es war, als ob sich Seiten eines Buches öffneten, die vorher nicht existierten. Wie … ach, es war einfach unbeschreiblich! Nicht, dass sie nicht hin und wieder mit ihm im Clinch gelegen hätte, nein, Meinungsverschiedenheiten gab's natürlich auch. Aber Respekt und Achtung waren eine Grundlage, sodass es nicht ausuferte. Wieder etwas Neues. Dieses ganze Sich-ständig-beweisen-Müssen hörte auf und damit auch der Drang, anderen Menschen hinterherzulaufen und um deren Aufmerksamkeit oder Gunst buhlen zu müssen. Passé.

Privat umgaben sie sich ausschließlich mit Menschen, die sie mochten und von denen sie ebenfalls wertgeschätzt wurden.

Die Menschen, die Freunde in einem Atemzug mit deren beruflicher Ausbildung oder Kontostand nannten, waren ebenfalls passé!

Freunde waren Freunde, Punkt!

Das war es auch, was sie schon immer an ihrer besten Freundin bewundert hatte. Sie nahm die Menschen so, wie sie waren. Sah deren Fähigkeiten und förderte sie und akzeptierte Entscheidungen auch, wenn sie nicht in ihrem Sinne waren. Stellte Freunde mit deren Vornamen vor, anstatt, wie andere Leute, mit Titel und Rang. Solche Menschen wie ihre Freundin taten einfach nur gut. Und das Leben war zu kurz, um es mit Leuten zu vergeuden, die Kraftsauger waren.

Ja, seit dem Treffen vor acht Jahren hatte sich viel verändert.

Leo und Catherin waren beruflich engagiert und glücklich. Zu Anfang hatte sie es ihm wirklich nicht leicht gemacht, aber rückblickend konnten beide darüber lachen. Nach langer erfolgloser Suche nach einem gemeinsamen Zuhause wurden sie dann doch fündig und zogen zusammen. Die Einrichtung des Hauses schuf die eine oder andere Auseinandersetzung, die ausgefochten werden musste. Mal gewann die eine, mal die andere Partei. Beim Garten waren ihre Vorstellungen so unterschiedlich, dass er zu Beginn stiefmütterlich vernachlässigt wurde. Irgendwann nahmen ihre gemeinsamen Ideen doch Gestalt an und sie setzten sie Stück für Stück um. Allein die Gestaltung des Gartenteiches mit Bachlauf hatte, von der Vorzeichnung – um sicherzugehen, dass es auch die vereinbarten Ideen waren – bis hin zur Fertigstellung, schon vier Jahre gedauert. Gartenpflanzen. Nächstes Thema. Sie waren wie Kinder. Zuerst wurde alles gekauft und so angepflanzt, wie sie es schön fanden. Mit dem Erfolg, dass einige Anpflanzungen nicht gelangen. Sonnenstand, Bodenbeschaffenheit etc. waren ihnen bis dahin völlig egal gewesen. Sie lernten dazu und allmählich gedieh ihr Garten mehr und mehr. Zwei Apfelbäume trugen mittlerweile üppige Früchte, auch wenn sie im letzten Jahr recht sauer ausfielen.

Sie liebte es, wenn sie von einem stressigen Job nach Hause kam, den Hund zu schnappen und in den Garten zu gehen, um den Teich zu entalgen. In Ruhe nahm sie sich die Stellen vor, in denen die Fadenalgen sich breitmachten, und entfernte sie. Das war wie Meditation für sie. Da vergaß sie die Zeit völlig. Leos Vorschläge, was man alles tun könne, um das Zeug wegzubekommen, verebbten, als er begriff, wie wichtig dieses Entalgen des Teiches für sie war. Dann sollte sie doch so lange in dem Teich herumstochern, wie sie wollte, wenn es sie glücklich machte!

So war Leo. Ihr Retter, Ihre Trutzburg, ihr Freund, Liebhaber, Gesprächspartner, Quatschmacher ... er war einfach klasse.

Und trotzdem gab es nicht nur sie als Mikrokosmos. Das war ja das Großartige. Es gab gemeinsame Freunde, aber auch Freunde, die jeder alleine traf. Alles völlig entspannt. Himmlisch.

Und ihre Eltern?

Ohhohh ... das war ein ganz spannendes Thema. Nachdem sie sie ja lange Zeit ... welches Wort beschreibt ihr Verhältnis korrekt? Naja ... nachdem sie lange Zeit ein nicht ganz so herzliches Verhältnis miteinander pflegten, hatte es sich dann doch weitestgehend geändert. Wie es dazu gekommen ist? Hm, gute Frage.

Zum Glück las Leo genauso gerne wie sie. Daher stöberten sie, egal wo sie hinkamen, in Buchhandlungen oder Charity-Läden herum, um neue Beute zu machen. Wo sie das Buch gefunden hatte, konnte sie nicht mehr sagen. ‚Drehbuch für Meisterschaft im Leben‘. Der Geheimtipp für alle Personen, die ihre Eltern immer noch für alles in ihrem Leben verantwortlich machen. Einfach genial. Und das Buch soll so viel bei ihr ausgelöst haben? Genau. Schon beim Lesen hatte es sofort KLICK gemacht. Sie alleine war für ihr Leben verantwortlich. Niemand anderes. Dass ihre Eltern ihr das Leben geschenkt haben, dafür konnte sie dankbar sein. So einfach war das und so wahr. Aber Catherin lief nicht unmittelbar nach dieser neuen Erkenntnis zu ihren Eltern und alles war wieder gut. Nein, NEIN! Das dauerte noch eine ganze Weile. Aber irgendwann griff sie nach dem Hörer und rief sie an. Nach einigen holprigen Anfangsversuchen entwickelte sich die Kommunikation auf beiden Seiten immer besser. Und immer wenn etwas vonseiten ihrer Eltern kam, was sie verletzte, machte sie

sich klar, dass die im Grunde alles gaben, was sie konnten. Auch wenn sie sich etwas anderes von ihnen gewünscht hätte, so gaben sie ja schon ihr Möglichstes. Mehr ging eben nicht. Das war einerseits traurig, aber auch beruhigend, weil sie sie ja nicht bewusst verletzten.
„Und da ritten sie gemeinsam in den goldenen Sonnenuntergang."
So weit sind wir noch nicht, aber auf einem guten Weg.

Was machen die anderen?
Wie schon erwähnt, saßen sie zusammen und warteten. Die Gruppe bei dem heutigen Treffen war kleiner, nur noch der harte Kern, diejenigen, zu denen der Kontakt geblieben war.
Catherin klatschte begeistert in die Hände.
        „Oh, ich bin gespannt, wie's wird."
Marielu und ihrer Familie würden es dieses Mal nicht schaffen. Aumas Familie war noch am See, würde aber gleich mit Lennja und Castigo dazu kommen. Ja, richtig gehört …
Tak würde gegen Abend anreisen. Sein letztes Buch wurde ein Bestseller und nach der Lesung, die ganz in der Nähe stattfand, wäre er auch dabei.
Odette und Max lebten seit Jahren zusammen. Kommentierten es aber nicht weiter. Warum auch? Ihre Fernreise überschnitt sich leider mit dem Termin hier, daher würden sie dieses Mal nicht kommen.
Alex und Edeltraut kommen morgen. Sie fragen sich jetzt sicherlich, warum sie zusammen genannt werden?
JA!
Sie sind ein Paar. Verrückt, nicht?